香港恒生大學講師
陳洲 編著

日語的
自我修養

U0099840

萬里機構

作者的話

如果要選一個代表香港電影界的輝煌名詞，當然會根據回答者不同年齡、性格及成長背景等因素而出現不同的答案，而我首先在腦海靈光一閃的就是周星馳先生（本書為了表示筆者對周先生的喜愛，容許恃熟賣熟的稱呼他為「星爺」）。他的電影有甚麼引人入勝之處，這是個主觀的問題，問 10 個人，10 個人的答案都會有若干不同；但對我而言，在童年階段，那個物質環境不算富裕的年代，逢星期六到我姑姐家裏玩，晚上都會去租 1-2 盒「錄影帶」，在品嚐一頓豐盛的晚餐後，大人小朋友都會迫不及待地佔一個好位置，然後靜待錄影帶帶給我們數小時的視覺享受——印象中，每隔幾個禮拜就會看一次星爺的電影，有時候是新的作品，有時候是重租舊的電影；大家明明知道下一個場面是甚麼，甚至能把對白倒背如流，但每一次看彷彿都是那麼新鮮，還是一如以往的捧腹大笑。歷久常新——或許這就是星爺電影的最大魅力吧！

在星爺的影迷而言，我想總會有一兩句令你刻骨銘心，甚或成了人生座右銘的經典對白。説到此，我突發奇想：如果把星爺的經典對白翻譯成日語，再加入一些模仿日本語能力考試（N 試）的元素，那豈不是：

1. 能讓母語為日語的日本朋友認識星爺對白有趣之處？

2. 能讓母語為中文，且正在學習日語的朋友領略怎樣把中文翻譯為日語？

3. 能作為一本有趣的閱讀刊物之餘，更或多或少有助於 N 試的預備？

4. 開一個先河，帶動日語同業把香港影藝界其他叱吒風雲的人物及其功績，一個接着一個的演繹出來？

5. 承上題，開一個先河，帶動其他作家／老師以不同語言（如英語）共同發揚香港曾經輝煌一時的影視文化？

在這本書中，1-3 我有把握做到，而 4-5 則傾向夢想性質，但「做人如果沒有夢想，那跟鹹魚有甚麼區別呢？」（請參閱本書第 77 篇）如果這書能為香港本土文化作出一點微末的貢獻，於願足矣。

本書特點

I. 以上 1-3；

II. 盡量網羅星爺不同類型的電影對白作題材，一方面不偏重於某幾套作品，另一方面通過較多樣的角度，嘗試引導讀者去了解星爺電影的宏觀世界（從 1990 年的《賭聖》至 2016 年作為導演的《美人魚》，每套電影最少 1 篇相關內容，最多的是《少林足球》，共 8 篇）；

III. 把 88 篇分為 4 個主題，分別為「飲食生活」、「浪漫愛情」、「搞笑語言」和「社會人生」；

IV. 根據每篇的內容和特性，分別採用

A：現代日語翻譯：即採用平白的現代日語翻譯；

B：旋律歌詞翻譯：配合旋律並把歌詞翻譯，原則上譯作可當歌詞唱出；

C：古典漢文翻譯：以古典日語對中文詩歌作出翻譯，呈現出一種古典美；

目錄中和每篇測試內容一欄最後的英文字（A、B、C）表示該作品採用以上其中一個翻譯手法。

V. 88 篇對應 N5-N1 各種程度，但總括來說為了讓剛學習日語的朋友也能看得明白，大部分的篇章以 N5-N4 水平的日語（並附有語彙解釋）譯出。另外，有數篇內容超越 N1 程度，卻又恰到好處地表現出星爺電影對白的精妙 / 意蘊，姑且題名為 N0。總括來說，N5-N0 分佈如下：

日語的自我修養

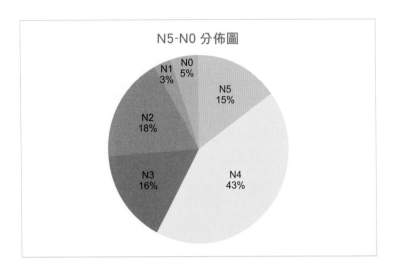

N5-N0 分佈圖

VI. 每篇附有 2 個練習，88 篇共 176 個練習，當中包含不同類型的測試內容，比例如下：

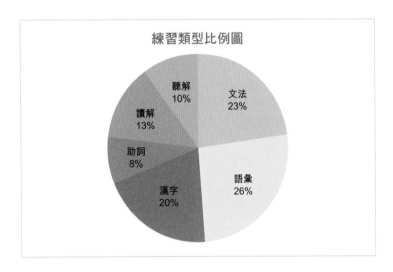

練習類型比例圖

VII. 每篇「基本解説」後，都會利用 1 個重點的單詞或文法，引導學習者創作自己的對白。寫完 88 句屬於自己的對白後，你也可以成為一個導演（或編劇）啦！

VIII. 按照 N5-N0 不同的水平，為每題練習設定分數，學習者可從所得總分看自己對日語及星爺的認知屬於哪個等級。

最後，節錄我和老婆的一句對話（50% 虛構）結束。

我：首先我要謝謝我家人，因為他們一直在我身邊支持我。另外我要謝謝我的老婆，因為她給我這個機會，讓我寫這本書，她很辛苦地跟我討論了很久。所以這本書有一半是屬於你的，老婆，謝謝你！

老婆：不對啊，老公，我跟你討論的時候，真的感覺不到你跟我有交流，只覺得你好像完全沒有辦法投入，某些描述則流於表面，略顯浮誇啊。其實，你真的不太會寫書耶！（笑）

陳洲

書於香港恒生大學 M523 教員室

2022 年 4 月 9 日

5

日語的自我修養

本書使用方法

由於日語某程度上就像數學公式一般，本書將會用以下代號表達不同的詞性和動詞變化：

代號	意思	例子
T	Topic ＝主題	日文：図書館には（T）本があります。 中譯：【説起】圖書館裏【這個主題】（T），有書。
S	Subject ＝主語	日文：図書館には本（S）があります。 中譯：圖書館裏，有書（S）。
O	Object ＝賓語	日文：私は本（O）を読みます。 中譯：我看書（O）。
P	Place ＝地點	日文：図書館（P）には本があります。 中譯：圖書館裏（P），有書。

代號	意思	例子
V	Verb ＝動詞	日文：私は本を読みます（V）。 中譯：我看（V）書。 V 丁寧 or V ます（例 1）： **現在 / 將來肯定**：読みます **現在 / 將來否定**：読みません **過去肯定**：読みました **過去否定**：読みませんでした V 普通（例 1）： **現在 / 將來肯定**：読む **現在 / 將來否定**：読まない **過去肯定**：読んだ **過去否定**：読まなかった V 丁寧 or V ます（例 2）： **現在 / 將來肯定**：あります **現在 / 將來否定**：ありません **過去肯定**：ありました **過去否定**：ありませんでした V 普通（例 2）： **現在 / 將來肯定**：ある **現在 / 將來否定**：ない **過去肯定**：あった **過去否定**：なかった

日語的自我修養

代號	意思	例子
い形	い形＝い形容詞	**い形丁寧：** **現在 / 將來肯定**：良^いいです **現在 / 將來否定**：良^よくないです or 良^よくありません **過去肯定**：良^よかったです **過去否定**：良^よくなかったです **い形普通：** **現在 / 將來肯定**：良^いい **現在 / 將來否定**：良^よくない **過去肯定**：良^よかった **過去否定**：良^よくなかった
な形	な形＝な形容詞	**な形丁寧：** **現在 / 將來肯定**：親切^{しんせつ}です **現在 / 將來否定**：親切じゃないです or 親切じゃありません **過去肯定**：親切^{しんせつ}でした **過去否定**：親切^{しんせつ}じゃありませんでした **な形普通：** **現在 / 將來肯定**：親切^{しんせつ}（だ / な） **現在 / 將來否定**：親切^{しんせつ}じゃない **過去肯定**：親切^{しんせつ}だった **過去否定**：親切^{しんせつ}じゃなかった

代號	意思	例子
N	Noun ＝名詞 （當名詞不需要嚴格分辨 T、S、O 或 P 等的情況下，一般用 N 來表示。）	**N 丁寧：** **現在 / 將來肯定**：日本人<ruby>にほんじん</ruby>です **現在 / 將來否定**：日本人<ruby>にほんじん</ruby>じゃないです or 日本人<ruby>にほんじん</ruby>じゃありません **過去肯定**：日本人<ruby>にほんじん</ruby>でした **過去否定**：日本人<ruby>にほんじん</ruby>じゃありませんでした **N 普通：** **現在 / 將來肯定**：日本人<ruby>にほんじん</ruby>（だ / な） **現在 / 將來否定**：日本人<ruby>にほんじん</ruby>じゃない **過去肯定**：日本人<ruby>にほんじん</ruby>だった **過去否定**：日本人<ruby>にほんじん</ruby>じゃなかった
Stem	1.「V ます」刪除「ます」 2. 形容詞 /N 的普通型	**V**：行<ruby>い</ruby>き、食<ruby>た</ruby>べ、し / 来<ruby>き</ruby> **形容詞 /N**：安<ruby>やす</ruby>い、有名<ruby>ゆうめい</ruby>、日本人 如果是 V-stem 的話，則只含 V
V る	動詞「辭書型」	I：行<ruby>い</ruby>く II：見<ruby>み</ruby>る / 食<ruby>た</ruby>べる III：する / 来<ruby>く</ruby>る
V ない	動詞「ない型」	I：行<ruby>い</ruby>かない II：見<ruby>み</ruby>ない / 食<ruby>た</ruby>べない III：しない / 来<ruby>こ</ruby>ない
V て	動詞「て型」	I：行<ruby>い</ruby>って II：見<ruby>み</ruby>て / 食<ruby>た</ruby>べて III：して / 来<ruby>き</ruby>て

日語的自我修養

代號	意思	例子
Ｖた	動詞「た型」	Ⅰ：行<ruby>行<rt>い</rt></ruby>った Ⅱ：<ruby>見<rt>み</rt></ruby>た / <ruby>食<rt>た</rt></ruby>べた Ⅲ：した / <ruby>来<rt>き</rt></ruby>た
普	普通型	<ruby>行<rt>い</rt></ruby>く、<ruby>行<rt>い</rt></ruby>かない、<ruby>行<rt>い</rt></ruby>った、<ruby>行<rt>い</rt></ruby>かなかった、<ruby>行<rt>い</rt></ruby>っている、<ruby>安<rt>やす</rt></ruby>い、<ruby>有名<rt>ゆうめい</rt></ruby>、<ruby>日本人<rt>にほんじん</rt></ruby> （以上是典型的普通型，但有機會出現個別的特別形態，將在每章解説部分説明。）
Ｖ受身	動詞「受身型」	Ⅰ：<ruby>行<rt>い</rt></ruby>かれる Ⅱ：<ruby>見<rt>み</rt></ruby>られる / <ruby>食<rt>た</rt></ruby>べられる Ⅲ：される / <ruby>来<rt>こ</rt></ruby>られる
Ｖ使役	動詞「使役型」	Ⅰ：<ruby>行<rt>い</rt></ruby>かせる Ⅱ：<ruby>見<rt>み</rt></ruby>させる / <ruby>食<rt>た</rt></ruby>べさせる Ⅲ：させる / <ruby>来<rt>こ</rt></ruby>させる
Ｖ可能	動詞「可能型」	Ⅰ：<ruby>行<rt>い</rt></ruby>ける Ⅱ：<ruby>見<rt>み</rt></ruby>られる / <ruby>食<rt>た</rt></ruby>べられる Ⅲ：<ruby>出来<rt>でき</rt></ruby>る / <ruby>来<rt>こ</rt></ruby>られる
Ｖ意向	動詞「意向型」	Ⅰ：<ruby>行<rt>い</rt></ruby>こう Ⅱ：<ruby>見<rt>み</rt></ruby>よう / <ruby>食<rt>た</rt></ruby>べよう Ⅲ：しよう / <ruby>来<rt>こ</rt></ruby>よう
ば型	Ｖ・形容詞・Ｎ「ば型」	Ⅰ：<ruby>行<rt>い</rt></ruby>けば Ⅱ：<ruby>見<rt>み</rt></ruby>れば / <ruby>食<rt>た</rt></ruby>べれば Ⅲ：すれば / <ruby>来<rt>く</rt></ruby>れば **い形容詞**：<ruby>安<rt>やす</rt></ruby>ければ **な形容詞**：<ruby>有名<rt>ゆうめい</rt></ruby>なら or <ruby>有名<rt>ゆうめい</rt></ruby>であれば **Ｎ**：<ruby>日本人<rt>にほんじん</rt></ruby>なら or <ruby>日本人<rt>にほんじん</rt></ruby>であれば 如果Ｖば的話只包括上述Ⅰ，Ⅱ，Ⅲ

最後，從上述「普」的例子「行く、行かない、行った、行かなかった、行っている、安い、有名、日本人」可見，由於篇幅關係，每章解説部分只能收錄「普」

1. 5 個 V 的基本變化

2. い / な形和 N 主要在

3. 將來 / 現在式下的

4. 肯定

文型，然而真正的「普通型大家族」實在遠不止此。在此整理一次，讓大家明白整個「普通型大家族」為何物。

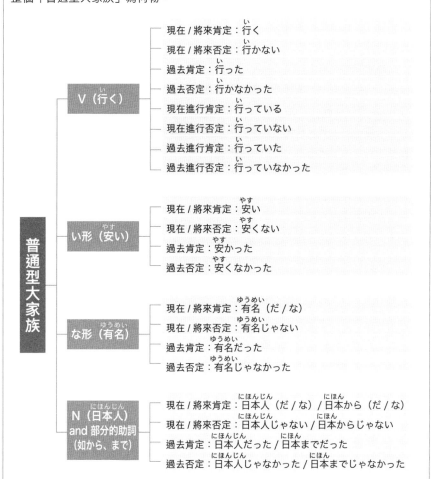

V（行く）
- 現在 / 將來肯定：行く
- 現在 / 將來否定：行かない
- 過去肯定：行った
- 過去否定：行かなかった
- 現在進行肯定：行っている
- 現在進行否定：行っていない
- 過去進行肯定：行っていた
- 過去進行否定：行っていなかった

い形（安い）
- 現在 / 將來肯定：安い
- 現在 / 將來否定：安くない
- 過去肯定：安かった
- 過去否定：安くなかった

な形（有名）
- 現在 / 將來肯定：有名（だ / な）
- 現在 / 將來否定：有名じゃない
- 過去肯定：有名だった
- 過去否定：有名じゃなかった

N（日本人）and 部分的助詞（如から、まで）
- 現在 / 將來肯定：日本人（だ / な）/ 日本から（だ / な）
- 現在 / 將來否定：日本人じゃない / 日本からじゃない
- 過去肯定：日本人だった / 日本までだった
- 過去否定：日本人じゃなかった / 日本までじゃなかった

普通型大家族

目 錄

第1場 飲食生活

日語的自我修養

第4場
社會人生

15

日語的自我修養

第1場
飲食生活★

單元 1-22 的學習內容一覽表

單元	學習內容	用例 / 意思 / 文法接續	JLPT 程度
1	にも vs には	用例：P1 には～、P2 にも～ 意思：P1 有～，而 P2 也有～	5
2	過^すぎる	用例：～ 過^すぎる 意思：過分～ 文法接續：Stem ＋過^すぎる	5
3	なんの vs どんな	用例：なんの N vs どんな N 意思：甚麼 N	5
4	連濁^{れんだく}	用例：「的」vs「和」～連濁^{れんだく}的基本原理	4
5	のに	用例：N1 を V るのに、N2～ 意思：要達到 V N1 這個目的，會使用 N2 這工具 / 　　　N2 這工具很有用 / 需要 N2 這工具…… 文法接續：V る＋のに	4
6	んじゃないか（と）	用例：～んじゃないか（と） 意思：不是～嗎？ 文法接續：普＋んじゃないか（と）	4
7	なさる	用例：お / ご V なさる 意思：V 的尊敬語 文法接續：お＋ V-stem ＋なさる 　　　　　ご＋ III 類 V 變 N ＋なさる	4

單元	學習內容	用例 / 意思 / 文法接續	JLPT 程度
8	ように見える	**用例**：～ように見える **意思**：看起來像～ **文法接續**：普＋ように見える	4
9	①たら ②そうだ	**用例**：①Vたら～ 　　　　②～そうだ **意思**：①一V，就發現～ 　　　　②聽説～ **文法接續**：①Vた＋ら 　　　　　　②普＋そうだ	4
10	口語變化①	**用例**：「Vておく（teoku）」→「Vとく」～日語刪除母音e，保留母音o的傾向	4
11	ください	**用例**：お/ごVください **意思**：V的尊敬語 **文法接續**：お＋V-stem＋ください 　　　　　　ご＋Ⅲ類V變N＋ください	4
12	ながら	**用例**：～ながら **意思**：一邊～ **文法接續**：Stem＋ながら	4

日語的自我修養

單元	學習內容	用例 / 意思 / 文法接續	JLPT 程度
13	わけじゃない / わけではない	用例：〜わけじゃない / わけではない 意思：並非〜 文法接續：普＋わけじゃない / わけではない	3
14	なんと言っても	用例：Ａより、なんと言ってもＢ 意思：比起Ａ，Ｂ才是最重要 / 關鍵	3
15	さえすれば / さえあれば	用例：〜 さえすれば / さえあれば 意思：只要 / 只要是〜的話 文法接續：V-stem ＋さえすれば い形容詞的い→く、な形容詞＋で＋さえあれば	3
16	あるかないかによる	用例：Ｎ が / のあるかないかによる 意思：視乎有沒有Ｎ	3
17	気味	用例：〜気味 意思：有〜的傾向 / 徵狀 文法接續：V-stem、Ｎ ＋気味	2
18	んじゃない / んじゃねえ	用例：〜んじゃない / んじゃねえ 意思：禁止 / 別〜 文法接續：Ｖ て、Ｖ る＋んじゃない / んじゃねえ	2
19	以上	用例：〜以上 意思：既然〜 文法接續：普＋以上	2

單元	學習內容	用例 / 意思 / 文法接續	JLPT程度
20	①にかけては ②に限らず	**用例**：① N にかけては 　　　② N に限らず **意思**：①在 N 這個範疇 / 能力上 　　　②不一定 / 不單是 N	2
21	目を誤魔化す	**用例**：N の目を誤魔化して V **意思**：逃過 N 的法眼而 V	1
22	①ばそれまで ②にも程がある	**用例**：① V ばそれまで 　　　②〜にも程がある **意思**：①如果 V 的話那麼一切就完了 　　　②就算是〜也應該有個限度 / 分寸 **文法接續**：① V ば＋それまで 　　　②V る、V ない、い形、な形、N ＋ 　　　にも程がある	1

請把 1-22 篇（道具拍板上的分數）加起來，便可知你對飲食生活的了解屬於：

 / 75

0-25 烏嘴狗級：你前生只懂貪吃不守門口，今世不理解生活意義。

26-60 唐牛級：你對飲食生活有一定了解，且懂得撒尿拉屎，但未臻化境。

61-75 食神級：外表黯然銷魂的你已經領悟到食的真諦，真正得道。

21

日語的自我修養

「我哋嘅菠蘿飽裏面真係有菠蘿嘅，我哋嘅西多士真係有屎嘅！」

老闆：我們的菠蘿包裏面是真有菠蘿的，我們的西多士是真有屎的！

店長（てんちょう）が自分（じぶん）の榮記茶餐廳（ウェィンゲイファミレス）を次（つぎ）のように宣伝（せんでん）しています。

店長（てんちょう）：（題一）のメロンパンには確実（かくじつ）にメロンが入（はい）っていますし、

フレンチトースト***（題二）本当（ほんとう）にうんこが入（はい）っていますよ。

*** フレンチトースト：French toast ＝西多士

題一

| 1 弊店（へいてん） | 2 御社（おんしゃ） | 3 拙者（せっしゃ） | 4 貴様（きさま） |

題二

| 1 でも | 2 では | 3 にも | 4 には |

★★2

「冇電視睇點算啦？」
「哎呀，世界末日啦！
慘無人道呀！」

電影	《家有囍事》
分數	每題 1 分
測試內容	N5 語彙／文法 A

常父：不能看電視，怎麼辦呢？
常母：天呀，世界末日！慘無人道呀！

常家の二人のお年寄りが壊れたテレビを見て、悲しく叫んでいます。

常　　父：テレビが（題一）んだけど、どうすればいいの？

常　　母：ああ、地球が滅びる。これは（題二）よ。

題一

1 見ない 　　　2 見せない 　　　3 見えない 　　　4 見られない

題二

1 酷すがない 　　2 酷いすがない 　　3 酷すぎる 　　4 酷いすぎる

日語的自我修養

「啊，霞姨呀，我做錯咗啲咩呢吓？」
「唔知你做乜！」
（中略）
「尹天仇…」
「霞姨，呢啲飯盒係我㗎…」

尹天仇：啊，霞姨，我做錯了甚麼呀？
霞姨：不知道你做啥！
（中略）
霞姨：尹天仇…
尹天仇：霞姨，這些盒飯是我的…

尹天仇（ワンティンサウ ハーイー）が霞姨に自分（じぶん）の犯（おか）した過（あやま）ちとは何（なに）かと聞（き）いています。

尹天仇（ワンティンサウ）：あっ、霞姨、俺（おれ）、さっき（題一）過（あやま）ちを犯（おか）したのかね？

霞姨（ハーイー）：あんたなにやってたか（題二）わからないよ。

（中略（ちゅうりゃく））

霞姨（ハーイー ワンティンサウ）：尹天仇…

尹天仇（ワンティンサウ ハーイー）：霞姨，これらは僕（ぼく）の弁当（べんとう）だが…

題一

1 なに	2 なんの	3 どれ	4 どんな

題二

1 さっぱり	2 しっかり	3 すっかり	4 すっきり

 24 第 1 場：飲食生活

★★★4

「誠實豆沙包！」

電影	《整蠱專家》
分數	每題 1 分
測試內容	N4 語彙 A

二人の男の人がそれぞれの道具を出して競い合っています***：

I. 無敵整蠱箱：無敵の道具（A：かばん　B：ばこ）

II. 忌廉血滴子：（A：クリーム　B：ドリーム）付き血滴子

III. 遙控電流蕉：電気が流れる（A：バナナ　A：パパイヤ）

IV. 誠實豆沙包：食べたら真実を語る（A：焼きそば　B：どら焼き）

V. 慚愧波板糖：懺悔***したくなるペロペロ***（A：キャンセル　B：キャンディー）

VI. 肌肉硬化針：筋肉がカチカチ***になる（A：ちゅうしゃじょう　B：ちゅうしゃき）

VII. 超級戀膠膠：スーパー（A：のりのりだ　B：のびのびた）

VIII. 霹靂金剛拳：（A：クッキング　B：キングコング）パンチ

IX. 紅粉迫擊炮：ピンクの（A：こな　B：こま）を発射し砲台

*** 競い合う：競爭 / 比較

*** 懺悔する：懺悔

*** ペロペロ：用舌舔的擬聲擬態詞

*** カチカチ：硬梆梆

日語的自我修養

電影	《無敵幸運星》
分數	每題1分
測試內容	N4 讀解 A

「呢隻（手指公）愛嚟打手指模、呢隻（食指）愛嚟篤人背脊、呢隻（中指）問候你老母、呢隻（無名指）愛嚟戴結婚戒指。」
「咁手指尾呢？」
「手指尾愛嚟撩鼻屎。」

幸運星：這根（拇指）用來打指模、這根（食指）用來打小報告、這根（中指）問候閣下娘親、這根（無名指）用來戴結婚戒指。
巢家二哥：那小指呢？
幸運星：小指用來挖鼻屎。

ハンワンセィン　　　　　　　　　　　　　　　　　ゆび　つか　かた
幸運星がそれぞれの指の使い方を説明しています。

ハンワンセィン　　　　おやゆび　しもん　と　　　　ひとさ　ゆび　ひと
幸運星：親指は指紋を取る（題一）使う。人差し指は人をチクる ***
　　　　つか　　　なかゆび　　たく　　かあさま　　あいさつ　　　つか　　くすりゆび
（題一）使う。中指はお宅のお母様にご挨拶する（題一）使う。薬指
　　けっこんゆびわ　　　　　　　　　つか
は結婚指輪をはめる（題一）使う。

チャウけのにばんめのあにき　　　　　こゆび
巢家二哥：じゃ、小指は？

ハンワンセィン　こゆび　はなくそ
幸運星：小指は鼻糞をほじる ***（題一）使うさ。

*** チクる：打小報告

*** ほじる：挖

第 1 場：飲食生活

題一

1 ように   2 のに   3 のは   4 とは

題二

幸運星^{ハンワンセィン}の指^{ゆび}の使^{つか}い方^{かた}について、正^{ただ}しい説明はどれですか？

1 鼻^{はな}をほじほじする（＝ほじる）ときに、一番最後^{いちばんさいご}の指^{ゆび}は使^{つか}わない。

2 一番最初^{いちばんさいしょ}の指^{ゆび}は人^{ひと}にお礼^{れい}を示^{しめ}すときに使^{つか}う。

3 人^{ひと}のお母^{かあ}さんを呼^よぶには、二番^{にばん}めの指^{ゆび}が役^{やく}に立^たつ。

4 四番^{よんばん}めの指^{ゆび}は目出度^{めでた}い時^{とき}にしか使^{つか}わない。

日語的自我修養

★★★6

「等咗十年，我重以為國家經已忘記咗我添。」
「點會呢？就算係一張廁紙，一條底褲，都有佢本身嘅用處㗎嘛。」

普

凌凌漆：等了十年，我還以為國家已經把我忘記了。
司令：怎麼會呢？就算是一張衛生紙，一條內褲，都有它本來的用途呀。

日

司令が 10 年間ずっと任務のなかった 零 零 漆（レインレインチャッ）を励まして（はげ）います ***。

零 零 漆（レインレインチャッ）：10 年も待（ま）ち続（つづ）けてきたけど、もう国（くに）に忘（わす）れられた（題一）と思（おも）ってたよ。

司令（しれい）：（題二）！たとえトイレットペーパー一枚（いちまい）でもパンツ一丁（いっちょう）*** でも、それぞれの使い道（つか みち）*** があるじゃないか。

*** 励（はげ）ます：鼓勵
*** 一丁（いっちょう）：內褲 / 豆腐 / 外賣等東西的量詞
*** 使い道（つか みち）：用途

題一

1 じゃないか　　2 じゃありませんか　　3 んじゃないか　　4 んじゃありませんか

題二

1 すべて　　2 やっと　　3 まさか　　4 しかも

☀☀7

「哦，對唔住啊，你 book 嘅
唔係麗晶酒店，你 book 嘅
係麗晶大賓館。」
「Shit！」

電影	《國產凌凌漆》
分數	每題 1 分
測試內容	N4 文法 / 漢字 A

普

酒店服務員：哦，對不起呀，您訂的不是麗晶酒店，您訂的是麗晶大賓館。

凌凌漆（來到麗晶大賓館破落的門牌前，忍不住說）：TMD！

日

麗晶（ライチェン）ホテルで零零漆（レインレインチャッ）とスタッフが部屋（へや）の予約（よやく）について話（はな）しています。

ホテルのスタッフ：お客様（きゃくさま）がご予約（よやく）（題一）のは麗晶（ライチェン）ホテルではなく、麗晶宿屋（ライチェンやどや）*** でございますが…

零零漆（レインレインチャッ）：（麗晶宿屋（ライチェンやどや）のボロボロ *** の看板（かんばん）を見（み）ながら）：畜生（ちくしょう）***（題二）！

*** 宿屋（やどや）：賓館

*** ボロボロ：破爛不堪

*** 畜生：TMD

日語的自我修養

題一
1 なさった　　2 いただいた　　3 いたした　　4 なった

題二
1 ちょっさん　　2 ちきしょ　　3 ちくしょう　　4 ちょっせい

電影　《國產凌凌漆》

分數　每題1分

測試內容　N4 聽解 A

「表面上係一個大哥大電話，
實際上，佢係一個鬚刨嚟嘅。」

聽解問題

題一（選擇見上圖）

題二

1　モデル F40　　　2　モデル 911　　　3　モデル 119　　　4　モデル 40F

「昨日，我菲律賓工人行過街市，聽
到有個賣魚佬講話有條友仔叫做賭
神，係你！哈…我當堂嚇一跳，原
來得啖笑，呢個世界，居然有人自稱
為賭神，咁即係分明當我流啫！」

電影	《賭俠》
分數	每題 1 分
測試內容	N4 文法 A

普

阿星：昨日，我菲律賓工人走過市場，聽到有個賣魚的男人說有個
傢伙做賭神，是你！哈…我聽完嚇一跳，後來覺得很好笑，這個
世界，居然有人自稱為賭神，那分明是不把我放在眼裏吧！

日

阿星がビデオを撮りながらしゃべっています。

阿星：昨日，俺のフィリピン人のメイドさんが市場に（題一）、そこ
にいる魚のおっちゃん *** にそなた *** がギャンブルの王様って話を教
えて（題二）。俺ははじめはびっくりしたけど、のちにふざけんな（ふ
ざけるな）*** と思った。世の中に自分のことをギャンブルの王様と
自称するやつがいるなんて。つまり、この俺様のこと眼中にない ***
わけだね。

*** おっちゃん：等同「おじさん」＝大叔　　*** そなた：你

*** ふざけるな：別開玩笑
*** 眼中にない：不放在眼中

題一

1 行けば　　　　2 行くなら　　　　3 行くし　　　　4 行ったら

題二

1 くれたそうだ　　2 もらったそうだ　　3 もらいそうだった　　4 くれそうだった

31

日語的自我修養

電影	《唐伯虎點秋香》
分數	每題 1 分
測試內容	N4 聽解 B

「燒雞翼，我鍾意食」

聽解問題

題一

1. 唐伯虎（トーンバッフー）は手羽先（てばさき）を嫌（きら）うそうだ。
2. 唐伯虎（トーンバッフー）はもうすぐ死（し）ぬそうだ。
3. 唐伯虎（トーンバッフー）はまだ死（し）なないそうだ。
4. 唐伯虎（トーンバッフー）は自分（じぶん）の母親（ははおや）と一緒（いっしょ）に手羽先（てばさき）を食（た）べたそうだ。

題二

1. 今（いま）手羽先（てばさき）を食（た）べないでほしいと。
2. 今（いま）手羽先（てばさき）を食（た）べなくてもいいと。
3. 今（いま）手羽先（てばさき）を食（た）べないとダメだと。
4. 今（いま）手羽先（てばさき）を食（た）べないで麺（めん）を食（た）べなさいと。

☆11

電影	《97 家有囍事》
分數	每題 1 分
測試內容	N4 文法 / 漢字 A

「唔該，等埋呀…恭仔！」
「佢係邊個呀？」
「我咪係佢女朋友囉。」
「喂，啊，…恭仔！」
「哈哈哈哈哈哈，呢個真係教整咖喱雞㗎，陰公真係。」

 女 ABCDEF：不好意思，請等一下…恭仔！
老恭女朋友：她是誰呀？
女 ABCDEF：我是他女朋友哦！
印度人：喂，啊，…恭仔！
老恭：哈哈哈哈哈哈，這個真的是教煮咖喱雞的，天哪。

 エレベーターの中なかで男おとこの人ひとが複数ふくすうの女おんなの人ひとと話はなしています。

女おんな ABCDEF：ちょっと（題一）。…あら、恭仔じゃないか？

老恭ロウゴンの彼女かのじょ：誰だれ、この人ひと？

女おんな ABCDEF：彼女かのじょに決きまってるじゃん ***！

印度人インドじん：あのう、あっ…恭仔ゴンザイ！

老恭ロウゴン：ハハハハハハ，この人ひとはマジで *** 俺おれにチキンカレーを教おしえてくれる<u>師匠</u>（題二）なんだ。なんてこった ***！

*** に決きまってるじゃん：不用說 / 當然　　　*** マジで：真的

*** なんてこった：怎麼會這樣的？

日語的自我修養

題一

1 待<ruby>ち<rt>ま</rt></ruby>　　　　　2 お待<ruby>ち<rt>ま</rt></ruby>　　　　　3 お待<ruby>って<rt>ま</rt></ruby>　　　　　4 お待<ruby>ちして<rt>ま</rt></ruby>

題二

1 ししょ　　　　　2 しじょ　　　　　3 ししょう　　　　　4 しじょう

☆12

「哎！啲廁紙邊度擺㗎？」

「床邊擺嘅……」

「是死者用嚟抹嘢㗎。」

「抹咩呀？」

「你話呢？」

「唔——都冇壞嘅！咪當做下Facial囉。

（順手攞起旁邊紙杯一飲而盡）啱唔啱聽

呀，黎Sir？」

「頭先死者嗰杯精液去邊啊？哦，喺度呀。

咦，點解冇曬嘅？」

<table>
<tr><td>電影</td><td>《逃學威龍 III 之龍過雞年》</td></tr>
<tr><td>分數</td><td>每題 1 分</td></tr>
<tr><td>測試
內容</td><td>N4 語彙／文法 A</td></tr>
</table>

普　黎 Sir：哎！衛生紙哪裏拿的？
　　周星星：床邊拿的……
　　黎 Sir：是死者用來擦東西的。
　　周星星：擦甚麼？
　　黎 Sir：你說呢？
　　周星星：唔——也不壞呀！就當做 Facial 唄。（順手拿起旁邊紙杯
　　　　　　一飲而盡）我說得對嗎，黎 Sir？
　　化學老師：剛才死者那杯精液去哪呀？哦，在這。咦，為啥都沒了？

日　周星星が上司の黎 Sir の濡れた顔を（題一）ペーパーで拭いてあげ
　　ました。

　　黎 Sir：その（題一）ペーパー、どこから取ってきた？

日語的自我修養

周星星：ベッドの隣ですけど…

黎 Sir：被害者が生前性行為した後、それであれを拭いてたのよ。

周星星：あれといいますと？

黎 Sir：言わなくても分かるでしょう。

周星星：まあまあ、フェイシャルマスク *** の代わりになると考えれば、別に悪くないでしょう【と（題二）ながら、近くに置いてある紙コップを手に取って中のものを全部飲み切った】。黎 Sir、私のこの考えはいかがでしょうか？

化学の先生：あれ？先ここにあった精液のコップは？あ、あった。

えっ、でもなんでカラカラ *** に？

*** フェイシャルマスク：Facial mask ＝ 面膜

*** カラカラ：空空如也

題一

1 フレッシュ　　　2 ダッシュ　　　3 ラッシュ　　　4 ティッシュ

題二

1 言おう　　　2 言え　　　3 言い　　　4 言う

☆13

「我唔係針對你，我係話 在座咁多位都係垃圾。」

電影	《破壞之王》
分數	每題 2 分
測試內容	N3 文法 / 語彙 A

大師兄：我不是針對你，我是說在座各位都是垃圾。

大師兄(ダイシヘン)がゴミとは何(なに)かということについて説明(せつめい)しています。

大師兄(ダイシヘン)：(ゴミとは) 別(べつ)にお宅(たく)*** のことを指(さ)している (題一) よ！(題二)、俺(おれ)が言(い)いたいのは、ここにいる諸君(しょくん)たちはどれもゴミだってこと *** だ。

*** お宅(たく)：類似「あなた」＝你

*** ってこと：「ということ」的縮寫，這麼的一回事 / 這樣的一件事

題一

1 わけだ　　2 わけにはいかない　　3 わけじゃない　　4 わけがない

題二

1 すると　　2 っていうか　　3 ようやく　　4 次第(しだい)に

電影　《食神》
分數　每題 2 分
測試內容　N3 聽解 A

「最慘係啲大腸，裏面都未通乾淨，重有嗜屎！」

聽解問題

1

2

3

4

カレー

題一

1　良い物を選んでいなかったこと。

2　湯通ししていなかったこと。

3　きちんと洗っていなかったこと。

4　煮過ぎたこと。

題二（選擇見上圖）

★15

「根本就冇食神。或者人人都係食神。老豆老母、阿哥細佬、條仔條女，只要用心，人人都可以係食神！」

電影	《食神》
分數	每題 2 分
測試內容	N3 語彙 / 文法 A

史提芬周：根本就沒有食神。或者人人都是食神。老爸老媽、哥哥弟弟、男友女友，只要用心，人人都可以當食神！

シータイファンザウ が誰でも食神になれるという意見を述べています。

シータイファンザウ
史提芬周：（題一）、食神は存在していなかった。あるいはみんなが食神かもしれない。親父でも、おふくろ***でも、兄貴でも、弟でも、彼氏でも、彼女でも、とにかく一生懸命（題二）さえすれば、だれでも食神になれるんだ。

*** おふくろ：「媽媽」的比較粗俗的講法

題一

1 ますます　　2 だんだん　　3 そもそも　　4 そろそろ

題二

1 やる　　2 やって　　3 やってい　　4 やり

日語的自我修養

★16

「你會晤會老點你老豆呀？」
「會，睇下有無着數。」
「如果有着數呢？」
「點到佢慌呀！」
「賤格！」

龍兒：你會不會耍你老爸？
小寶：會，看有沒有好處。
龍兒：如果有好處呢？
小寶：把他耍得團團轉呀！
龍兒：無恥之徒！

小寶が龍兒に嘘をつくことの必要性を説明しています。

龍兒：じゃ、自分の父親を騙そうとする？

小寶：もちろんするよ。まあ、正確に言うと、利益があるかないかに（題一）。

龍兒：もしあったら？

小寶：とことんまで *** 騙したる *** わい。

龍兒：卑しい（題二）輩 *** ！

*** とことんまでV：V到底　　　*** 騙したる：等同「騙してやる」
*** 卑しい輩：無恥之徒

題一
1 やる　　　　2 よる　　　　3 かかる　　　　4 わたる

題二
1 いやしい　　2 さみしい　　3 むなしい　　4 まずしい

★017

「月經前緊張……」
「你玩我呀，四眼仔？」

電影	《家有囍事》
分數	每題 2 分
測試內容	N2 讀解 A

医者（いしゃ）が男性（だんせい）の患者（かんじゃ）さんの症状（しょうじょう）を男性（だんせい）の家族（かぞく）に教（おし）えています。

医者（いしゃ）：症状（しょうじょう）はというと、例（たと）えば、うつ ***…（常歓（ショーンフン）は急（きゅう）に泣（な）き出（だ）した。）

医者（いしゃ）：引（ひ）き付（つ）け ***…（常歓（ショーンフン）の体（からだ）には直（ただ）ちに引（ひ）き付（つ）けが起（お）きた。）

医者（いしゃ）：精神分裂（せいしんぶんれつ）…

常歓（ショーンフン）：誰（だれ）が淫乱（いんらん）？お前（まえ）が淫乱（いんらん）。誰（だれ）が淫乱（いんらん）？俺（おれ）こそ淫乱（いんらん）。

医者（いしゃ）：態度（たいど）ででかい…

常歓（ショーンフン）が爪楊枝（つまようじ）を銜（くわ）えて：チッ！

医者（いしゃ）：身分（みぶん）(or身（み）の程（ほど)) を弁（わきま）えない ***…（常歓（ショーンフン）は突然（とつぜん）Sheilaをキス。）

常滿（ショーンムン）：コノヤロー ***！自分（じぶん）の嫁（あによめ）をキスするなんて全（まった）く身分（みぶん）を弁（わきま）えないやつだ。

医者（いしゃ）：そうそう。それがまさに特徴（とくちょう）。あとは、犯罪（はんざい）に走（はし）る傾向（けいこう）あり…

常歓（ショーンフン）は枕（まくら）にナイフを向（む）ける：強盗（ごうとう）だ、パンツを出（だ）せ！…金（かね）じゃなくてパンツだパンツ。なに、パンツ履（は）いてないって？

医者（いしゃ）：しかも生理前（せいりまえ）になると、緊張（きんちょう）(a)…

41

日語的自我修養

常　歡：近視眼め、俺を弄ぶ *** 気か？

*** うつ：抑鬱

*** 引き付け：痙攣

*** 身分を弁えない：不分尊卑

*** コノヤロー：混蛋

*** 弄ぶ：耍 / 玩弄

題一

常　歡の症状の中で最も家族の反感を買うものはどれですか？

1. 引き付け

2. 身分を弁えないこと

3. 犯罪に走る傾向

4. 精神分裂

題二

（a）に入れる最も適切な言葉はどれですか？

1. まみれ

2. ずくめ

3. っぱなし

4. 気味

「爭咩呀？溝埋變做瀨尿
牛丸呀，笨！」

電影	《食神》
分數	每題 2 分
測試內容	N2 文法 / 漢字 A

史提芬周：爭甚麼？摻在一起做瀨尿牛丸哦，笨蛋！

史提芬周（シータイファンザウ）がこっそり *** と小さな声（ちいこえ）で次（つぎ）のことを言（い）っています。

史提芬周（シータイファンザウ）： 争（あらそ）ってん（題一）！混（しょんべんだんご）ぜて（題二）小便団子でも作（つく）っ

てみたら？このどアホ *** ！

*** こっそり：靜悄悄地 / 鬼鬼祟祟地

*** どアホ：白痴

題一

1 じゃねえ　　　2 じゃん　　　3 じゃあ　　　4 じゃこ

題二

1 まぜて　　　2 こんぜて　　　3 わぜて　　　4 たぜて

日語的自我修養

「我本身呢，係一個汽車維修員。呢個士巴拿係攞嚟上螺絲用，係好合理嘅。」

業餘球隊隊長：我本身是一個汽車維修員。這個扳子是用來上螺絲的，這很合理吧。

おとこ ひと じぶん しごとないよう おし
男 の 人 が 自分 の 仕事内容 を みんな に 教えています。

アマチュアチームのキャプテン みな ぼく ひとり じどうしゃせいびし
業餘球隊隊長：皆さん、僕は一人の自動車整備士でございます。
じどうしゃせいびし まわ も ある
自動車整備士（題一）、ネジ *** を回すためにスパナ *** を持ち歩く
ごうりてき てんかい
*** のは（題二）合理的な展開であろう。

*** ネジ：螺絲

*** スパナ：Spanner 扳子，廣東話的「士巴拿」

も ある
*** 持ち歩く：拿着走

題一

1 である以上　　2 にもかかわらず　　3 ときたら　　4 のみならず

いじょう

題二

1 よって　　　　2 つれて　　　　　　3 さいして　　　4 いたって

第 1 場：飲食生活

☆020☆

電影	《漫畫威龍》
分數	每題 2 分
測試內容	N2 文法 A

「前輩你似乎茅咗少少喎，鬥頭髮長，我梗唔夠你長！」
「係咩，唔一定要頭髮嘅，嚟你身上面任何一條毛，長過我呢條頭髮呢，都當你贏呀笨。」

劉精：前輩你似乎有點無賴，比頭髮長，我肯定不夠你長！
牛牡丹：是嗎，不一定是頭髮，但凡在你身上任何一條毛，比我這條頭髮長的話，就算你贏呀笨蛋。

牛牡丹が自分の頭から一本の髪の毛を抜いて、劉精のとどっちが長いかを競おうとしています。

劉精：先輩、少しずる過ぎませんか？髪の毛の長さに（題一）、先輩に勝てる訳ないじゃないですか？

牛牡丹：そうなの？じゃ、髪の毛（題二）、体毛なら何でもいいんで、とにかくあたしのこの髪の毛より長けりゃ ***、お前の勝ちとしようじゃないか？このどアホ！

*** 長けりゃ：長ければ

題一

1 に対しては　　　2 にかけては　　　3 によっては　　　4 にしては

題二

1 を抜きにしては　　2 どころか　　　3 だらけ　　　4 に限らず

日語的自我修養

電影　《新精武門 1991》
分數　每題 3 分
測試內容　N1 語彙 / 漢字 A

「強哥，呢排李 sir 吸得咁緊你知㗎啦，我哋講數都要轉下方式。灣仔個地盤就用『山竹牛肉』嚟做代號。」

「挑！大爛雄呀！識咗你十幾年都唔識轉膊㗎！咁啦，呢碟「牛肉」我哋就一人一半！」

「唔得！我要一個人食晒！」

「各位！唔使爭呀！要多籠咪得囉！」

大爛雄：強哥，最近李 sir 看得很嚴你也知道的，我們說話也要換一換方式。灣仔那個地盤就用「山竹牛肉」來做代號。

強哥：TMD！大爛雄！認識你十幾年腦筋還是不會轉！這樣吧，這碟「牛肉」咱們就一人一半！

大爛雄：不行！我要一個人吃！

劉精：各位！不用爭呀！多叫一籠不就好了嗎？

<ruby>点心販売係<rt>てんしんはんばいがかり</rt></ruby> の <ruby>劉精<rt>ラウジェン</rt></ruby> が<ruby>お客様<rt>きゃくさま</rt></ruby>に<ruby>点心<rt>てんしん</rt></ruby>をもう<ruby>一<rt>ひと</rt></ruby>つ<ruby>注文<rt>ちゅうもん</rt></ruby>するよう<ruby>提案<rt>ていあん</rt></ruby>しています。

<ruby>大爛雄<rt>ダイランホンキョン</rt></ruby><ruby>兄貴<rt>あにき</rt></ruby>：強哥よ、<ruby>ご存じ<rt>ぞんじ</rt></ruby>の<ruby>通<rt>とお</rt></ruby>り、<ruby>最近<rt>さいきん</rt></ruby><ruby>李警部<rt>りけいぶ</rt></ruby>が<ruby>結構<rt>けっこう</rt></ruby><ruby>俺<rt>おれ</rt></ruby>らをしつこく<ruby>取<rt>と</rt></ruby>り<ruby>締<rt>し</rt></ruby>まってる ***んで、<ruby>俺<rt>おれ</rt></ruby>らも<ruby>新<rt>あたら</rt></ruby>しい<ruby>話<rt>はな</rt></ruby>し<ruby>方<rt>かた</rt></ruby>であいつらの<ruby>目<rt>め</rt></ruby>（題一）といけない<ruby>訳<rt>わけ</rt></ruby>よ。とりあえず、<ruby>灣仔<rt>ワンチャイ</rt></ruby>の<ruby>縄張<rt>なわば</rt></ruby>り ***（題二）のことを、この「<ruby>山竹牛肉<rt>くわいぎゅうにく</rt></ruby>」で<ruby>言<rt>い</rt></ruby>い<ruby>換<rt>か</rt></ruby>えようじゃないか？

強哥：畜生！大爛雄め！おめえとはかれこれ *** 十何年の付き合いだけど、相変わらず石頭 *** じゃないか。ずばり ***、この「牛肉」は半々でシェアしようじゃないか？

大爛雄：無理！俺は一人占め *** できないと気が済まねえ ***。

劉精：お客様！お好きでしたら、奪い合うことなくもう一蒸篭 *** 頼まれたら／頼まれては如何でしょうか？

*** 取り締まる：監視／調査

*** 縄張り：地盤

*** かれこれ：大約

*** 石頭：頑固

*** ずばり：開門見山／就說一句話

*** 一人占め：獨佔

*** 気が済まない：不甘心

*** 蒸篭：放點心的蒸籠，亦指點心

47

題一

1 が霞まない　　2 を誤魔化さない　　3 を奪われない　　4 が届かない

題二

1 いいなり　　2 しきたり　　3 さだまり　　4 なわばり

電影	《情聖》
分數	每題3分
測試內容	N1 讀解 A

「快賠錢！不賠錢一槍 baang6 瓜你！」

022

毛毛が程勝（盲人になりすます男の人）のお金を騙し取ろうとしています。

毛毛（モウモウ）：やばい。やっちゃった！

程勝（チェンセィン）：What happen？

毛毛（モウモウ）：人をひいちゃったみたい。

毛毛（モウモウ）（下車）：しっかりして！（自分とおばあちゃんの二役を同時に演じる）おばあちゃん、大丈夫ですか？

おばあちゃん：痛いよ。あんたのせいで血だらけになって足も折れてるじゃないか？早く弁償しろ！

毛毛（モウモウ）：すみません、お金が足りないみたいです。少々お待ちください。お兄さん、おばあちゃんに弁償しないといけないので、ちょっとお金を貸してくれませんか？

程勝（チェンセィン）：誰に弁償するんですか？

毛毛（モウモウ）：おばあちゃんをひいちゃったみたいで。

程勝（チェンセィン）：あっそ、とりあえず、様子を見てこよう。（下車）

毛毛（モウモウ）：【盲人（もうじん）なのに】ウソだろう！

程勝：ばあちゃん！ばあちゃん！どこにいますか？

毛毛（モウモウ）（ばあちゃんになりすます***）：苦しいよ！早（はや）く弁償（べんしょう）しろ！

程勝（チェンセイン）：ばあちゃん！ばあちゃん！大丈夫（だいじょうぶ）ですか？

ばあちゃん：ああ、苦（くる）しいよ…

程勝（チェンセイン）（毛毛（モウモウ）にビンタ***を）：じゃあ、死（し）んでしまいそうな感（かん）じですか？

ばあちゃん：早（はや）く弁償（べんしょう）しろ。さもないと***、警察（けいさつ）を呼（よ）ぶよ。

程勝（チェンセイン）：そうだね、警察（けいさつ）はまだ来（き）ていないし。警察（けいさつ）が来（き）てからにしよう。

ばあちゃん：お巡（まわ）りさんだ。よく来（き）てくれた。お巡（まわ）りさん！

程勝（チェンセイン）：どこに？

毛毛（モウモウ）（婦警（ふけい）になりすます）：警察（けいさつ）の者（もの）でございます。ばあちゃん、どうして血（ち）だらけになって手足（てあし）がちぎれちぎれ***になっているんですか？おい、そっちの盲人（もうじん）、あなたは人（ひと）をひいたでしょう？早（はや）く弁償（べんしょう）しろ！

程勝（チェンセイン）：仮（かり）に弁償（べんしょう）しなかったらどうなるのかね。

婦警（ふけい）：弁償（べんしょう）してくれないと、逮捕（たいほ）するぞ。怖（こわ）くないか？

程勝（チェンセイン）：逮捕（たいほ）されるだけだったら別（べつ）に怖（こわ）くないね。どうせ死（し）にゃ***しないし。すぐ人（ひと）を処刑（しょけい）してしまう解放軍（かいほうぐん）とは訳違（わけちが）うからさ。解放軍（かいほうぐん）だったら、俺（おれ）はビビる***かもしれないよね。

毛毛（モウモウ）：ちょうど解放軍（かいほうぐん）がこっちに向（む）かって歩（ある）いてきています。

程勝（チェンセィン）：まさか！

毛毛（モウモウ）（解放軍（かいほうぐん）になりすます）：（北京語（ぺきんご））多摩田（たま〜だ）（＝TMD），盲人（もうじん）め，ここで何（なに）やってんだ？

毛毛（モウモウ）：盲人（もうじん）がおばあちゃんをひいてしまいましたが、一向（いっこう）に ＊＊＊ 弁償（べんしょう）しようとしません。

解放軍（かいほうぐん）：（北京語（ぺきんご））弁償（べんしょう）せい！棚以内（たないない）だ（＝他奶奶的）、弁償（べんしょう）しないと、バンって一発（いっぱつ）脳（のう）みそを吹（ふ）き飛（と）ばしたる ＊＊＊ ぜ。

程勝（チェンセィン）：北京語（ぺきんご）なんかわからないよ。

おばあちゃん：「弁償（べんしょう）しないと。バンって一発（いっぱつ）脳（のう）みそを吹（ふ）き飛（と）ばしたる」って解放軍（かいほうぐん）さんが話（はな）しているよ。

解放軍（かいほうぐん）：（北京語（ぺきんご））癌（がん）に何（にゃん）だ（＝幹你N的）！はやく弁償（べんしょう）せい！そうしないと、バンって一発（いっぱつ）脳（のう）みそを吹（ふ）き飛（と）ばしたる。

程勝（チェンセィン）：一発（いっぱつ）で殺（ころ）されてしまえばそれまでだから怖（こわ）くないさ。犬（いぬ）を連（つ）れてきて俺（おれ）を死（し）ぬまでずっとじわじわ噛（か）み続（つづ）けさせない限（かぎ）り、俺（おれ）は怖（こわ）くないぜ。

毛毛（モウモウ）：あっ、あっちに一匹（いっぴき）の犬（いぬ）が！

程勝（チェンセィン）：偶然（ぐうぜん）にも程（ほど）があるでしょう。

（毛毛（モウモウ）は犬（いぬ）になりすます）

程勝（チェンセィン）：ワンちゃん、何（なん）か言（い）った？

犬（いぬ）：はやく弁償（べんしょう）してもらワン ＊＊＊ と！死（し）ぬまで噛（か）み続（つづ）けてやるワン ＊＊＊。

第1場：飲食生活

*** さもないと：不然的話

*** 死にゃ：死には

*** なりすます：扮

*** ビンタ：狠狠地摑一巴

*** ちぎれちぎれ：四分五裂

*** ビビる：害怕

*** 一向に：毫不

*** 脳みそを吹き飛ばす：腦漿四濺

*** 為了配合狗的形象及對白，這裏特意把原來的「もらわないと」和「やるわい」的劃線部分改為「ワン」

題一

程 勝はどうして解放軍なら怖くないと言っていましたか？

1. どうせ死なないから怖くない。
2. すぐ死ぬから怖くない。
3. 痛まずにゆっくり死ねるから怖くない。
4. 死んだら解放軍になれるから怖くない。

題二

自分を除けば、毛毛は一人で何役を演じましたか？

1. 三役
2. 四役
3. 五役
4. 六役

日語的自我修養

　　題一的 4 個選擇是「弊店<ruby>へいてん</ruby>＝本店」、「御社<ruby>おんしゃ</ruby>＝貴司」、「拙者<ruby>せっしゃ</ruby>＝在下」和「貴樣<ruby>きさま</ruby>＝你這混蛋（黑道用語）」，因前面已有「自分<ruby>じぶん</ruby>の榮記茶餐廳<ruby>ウェィンゲイファミレス</ruby>」，所以當選 1。

　　題二的助詞，因為「我們的菠蘿包裏面（P1）是真有菠蘿（N1）的，我們的西多士（P2）是真有屎（N2）的」，P1 和 P2 都是地點 Place 的代號，因為 N1 和 N2 是「存在」在 P1 和 P2 裏面的 N ＝ Noun，應該用「P に N」而不是「P で N」，所以 1，2 可刪除。此外，P1 有 N1（菠蘿包裏面有菠蘿）而 P2 也有 N2（西多士裏面也有屎），屬於「も」概念，所以是「にも」，比較如下：

Ⅰ　メロンパンにはメロンが入<ruby>はい</ruby>っていますし、フレンチトーストにもうんこが入<ruby>はい</ruby>っています。（菠蘿包裏面有菠蘿，而西多士裏面也有屎。）

Ⅱ　メロンパンにはメロンが入<ruby>はい</ruby>っていますが、フレンチトーストにはうんこが入<ruby>はい</ruby>っていません。（菠蘿包裏面有菠蘿，但西多士裏面沒有屎。）

Ⅲ　メロンパンにはメロンが入<ruby>はい</ruby>っていませんし、フレンチトーストにもうんこが入<ruby>はい</ruby>っていません。（菠蘿包裏面沒有菠蘿，而西多士裏面也沒有屎。）

Ⅳ　メロンパンにはメロンが入<ruby>はい</ruby>っていませんが、フレンチトーストにはうんこが入<ruby>はい</ruby>っています。（菠蘿包裏面沒有菠蘿，但西多士裏面有屎。）

Ⅴ　家<ruby>いえ</ruby>ではお酒<ruby>さけ</ruby>を飲<ruby>の</ruby>みますし、学校<ruby>がっこう</ruby>でも飲<ruby>の</ruby>みます。（在家喝酒，在學校也喝。）

Ⅵ　家<ruby>いえ</ruby>ではお酒<ruby>さけ</ruby>を飲<ruby>の</ruby>みますが、学校<ruby>がっこう</ruby>では飲<ruby>の</ruby>みません。（在家喝酒，在學校則不喝。）

仿作對白

使用「P1 には…P2 には／にも」創作獨自的對白。

例　A1：あたしの心<ruby>こころ</ruby>には彼<ruby>かれ</ruby>しかいないし、彼<ruby>かれ</ruby>の心<ruby>こころ</ruby>にもあたししかいない。

　　（人家心裏面只有他，而他心裏面也只有人家。）

A2：あたしの心<ruby>心<rt>こころ</rt></ruby>には<ruby>彼<rt>かれ</rt></ruby>しかいないが、<ruby>彼<rt>かれ</rt></ruby>の<ruby>心<rt>こころ</rt></ruby>にはあの<ruby>女<rt>おんな</rt></ruby>（のこと）しか

いない。（人家心裏面只有他，而他心裏面卻只有那個狐狸精。）

A1：＿＿＿＿＿には＿＿＿＿＿＿＿＿＿し、＿＿＿＿にも＿＿＿＿＿＿＿＿＿。

A2：＿＿＿＿＿には＿＿＿＿＿＿＿＿＿が、＿＿＿＿には＿＿＿＿＿＿＿＿＿。

參考書籍：《日本語能力試驗精讀本 N5》chapter 62

題一　答案：4

題二　答案：3

文法：Stem（<ruby>行<rt>い</rt></ruby>き、<ruby>食<rt>た</rt></ruby>べ、し／<ruby>来<rt>き</rt></ruby>、<ruby>安<rt>やす</rt></ruby>い、<ruby>親切<rt>しんせつ</rt></ruby>、<ruby>男<rt>おとこ</rt></ruby>）＋<ruby>過<rt>す</rt></ruby>ぎる

題一和題二均是徘徊在 N5-N4 單詞。題一的 4 個選擇都可成立，但處境不同，如：

I 　<ruby>忙<rt>いそが</rt></ruby>しいから、テレビを<ruby>見<rt>み</rt></ruby>ない。（很忙，所以不看電視。）

II 　<ruby>遅<rt>おそ</rt></ruby>いから、<ruby>子供<rt>こども</rt></ruby>にテレビを<ruby>見<rt>み</rt></ruby>せない。（已經很晚了，所以不讓小孩看電視。）

III 　<ruby>眼鏡<rt>めがね</rt></ruby>をかけていないから、テレビが<ruby>見<rt>み</rt></ruby>えない。（沒有帶眼鏡，看不到電視。）

IV 　テレビが<ruby>壊<rt>こわ</rt></ruby>れているから、【テレビが】<ruby>見<rt>み</rt></ruby>られない。（電視壞了，不能看。）

留意「<ruby>見<rt>み</rt></ruby>える／<ruby>見<rt>み</rt></ruby>えない」是基於視力問題的「看到／看不到」，而「<ruby>見<rt>み</rt></ruby>られる／<ruby>見<rt>み</rt></ruby>られない」是基於視力問題以外（如機器故障等）的「能看／不能看」。

題二中最接近「慘無人道」意思的是「<ruby>酷<rt>ひど</rt></ruby><ruby>過<rt>す</rt></ruby>ぎる＝過分殘忍」。「Stem＋<ruby>過<rt>す</rt></ruby>ぎる」表示「太／過分」，初學者最容易犯的錯誤是如 4 的「<ruby>酷<rt>ひど</rt></ruby>いすぎる」般，沒有「把い形容詞的い刪除」，下舉使用例子數個：

V 　<ruby>食<rt>た</rt></ruby>べ<ruby>過<rt>す</rt></ruby>ぎると、<ruby>太<rt>ふと</rt></ruby>ってしまうよ。（吃太多，會胖的。）

VI 　そのかばんは<ruby>高<rt>たか</rt></ruby><ruby>過<rt>す</rt></ruby>ぎるから、<ruby>買<rt>か</rt></ruby>えない。（那個皮包太貴了，買不起。這裏再提一次，「<ruby>高<rt>たか</rt></ruby>い」的い必須刪除，變成「<ruby>高<rt>たか</rt></ruby>」。）

VII 　この<ruby>問題<rt>もんだい</rt></ruby>は<ruby>複雑<rt>ふくざつ</rt></ruby><ruby>過<rt>す</rt></ruby>ぎます。（這個問題太過複雜。）

日語的自我修養

延伸學習

類似以上 I-IV 的句子還有：

VIII 忙しいから、音楽を聴かない。（很忙，所以不聽音樂。）

XI 遅いから、子供に音楽を聴かせない。（已經很晚了，所以不讓小孩聽音樂。）

X 耳に問題があって、音楽が聴こえない。（耳朵有問題，所以聽不到音樂。）

XI 携帯電話が壊れているから、音楽が聴けない。（手機壞了，所以不能聽音樂。）

XII 歌手が急に来られなくなったので、あの名曲は聴けない。（歌手突然來不了，
所以不能聽到那首名曲。）

　　同樣，「聞こえる / 聞こえない」是基於聽力問題或音量的「聽到 / 聽不到」，
而「聞ける / 聞けない」是基於聽力問題或音量以外（如機器故障或歌手缺席等）的
「能聽 / 不能聽」。有趣的是，「機器故障而完全不能聽的話」是「聴けない」，但
如果是「機器故障導致音量很小，能聽到卻聽得不清楚」的話，一般都會用「聴こえ
ない」。

仿作對白

使用「Stem ＋過ぎる」創作獨自的對白。

例 A：どうして彼を振ったの？（你為甚麼甩了那個男的？）

B：まあ、五月蝿過ぎたからよ。（因為他太囉嗦了。——話説，五月的蒼
蠅令人聯想到煩擾 / 囉嗦，此語源自日本一代文豪夏目漱石在小説中把
原本寫作「煩い」的單詞戲寫為「五月蝿い」，是日本經典的借字。）

A：どうして彼を振ったの？

B：まあ、＿＿＿＿＿＿＿＿＿＿＿＿＿＿＿＿＿＿＿過ぎたからよ。

參考書籍：《日本語能力試驗精讀本 N5》chapter 62

電影：《喜劇之王》　基本解說

　　題一因為是「犯了甚麼錯」的關係，文法上只有「なんの N」和「どんな N」合適，故 1 和 3 可刪除。「なんの」常見於「T はなんの O ですか？」這種句式，如

Ia　これは何のアプリですか？（這是甚麼應用程式？）

Ib　ゲームのアプリです。（這是電子遊戲的應用程式。）

IIa　「キリン」は何の会社ですか？（Kirin 是一家甚麼類型的公司？）

IIb　ビールの会社。（是一家啤酒的公司。）

　　然而，「過ちを犯した」屬於「O を V」的文型，所以相比起「なんの」（雖然不至於完全不明白），「どんな」會更自然。

IIIa　どんなスポーツが好きですか？　✓（你喜歡甚麼運動？）

IIIb　なんのスポーツが好きですか？　△

IVa　どんな商品を製作していますか？　✓（你在製作甚麼商品？）

IVb　なんの商品を製作していますか？　△

　　題二的 4 個副詞均屬於 N5-N4 常見的「A っ B り」副詞。「さっぱり＝味道清淡 / 完全不懂」，「しっかり＝堅固 / 用心做」，「すっかり＝完全忘記」，「すっきり＝清爽」，由於霞姨表示根本不知道尹天仇做啥，所以答案是 1。

仿作對白

使用「どんな」創作獨自的對白。

例　A：どんな夢を持っていますか？（你有甚麼夢想呀？）

　　B：君と一緒に年を取っていくのが俺の夢だ。（和你一起老下去就是我的夢想。）

A：どんな夢を持っていますか？

B：＿＿＿＿＿＿＿＿＿＿＿＿＿＿＿＿＿＿が俺の夢だ。

参考書籍：《日本語能力試験精読本 N5》chapter 69
　　　　　《日本語能力試験精読本 N4》chapter 24

答案：I：B II：A III：A IV：B V：B
VI：B VII：A VIII：B IX：A

中文翻譯

I　無敵整蠱箱：無敵の道具（A：手袋　B：箱子）

II　忌廉血滴子：（A：Cream 忌廉　B：Dream 夢想）付き血滴子

III　遙控電流蕉：電気が流れる（A：Banana 香蕉　A：Papaya 木瓜）

IV　誠實豆沙包：食べたら真実を語る（A：炒麵　B：豆沙包）

V　慚愧波板糖：懺悔したくなるペロペロ（A：Cancel 取消　B：Candy 糖）

VI　肌肉硬化針：筋肉がカチカチになる（A：駐車場＝停車場　B：注射器＝注射器）

VII　超級戀膠膠：スーパー（A：膠水　B：野比大雄）

VIII　霹靂金剛拳：（A：Cooking　B：King Kong）パンチ

IX　紅粉迫擊炮：ピンクの（A：粉　B：芝麻）を発射し砲台

　　I 的「道具箱」是由「道具」和「箱」2 個字組成，但這個「箱」要讀「ばこ」，是基於一個叫做「連濁」的原理所致的。「連濁」是指 2 個漢字相連，後面那個字從清音變成濁音，其原理非常複雜，但作為一個初步的理解（然而當中亦有很多例外），我們可記着：

　　1. 前後兩個單子的關係可用「的」字來串聯則後字「連濁」的機會大，如：

I　青空（藍色的天空）

II　道具箱（放道具的箱子）

　　2. 前後兩個單子的關係可用「和」字來串聯則後字「連濁」的機會小。

III　月日（月份和日子）

IV　父母（父和母）

延伸學習

VII 的 B 選項「のびのびた」是著名動畫《多啦 A 夢》主人翁「野比<ruby>野<rt>の</rt></ruby><ruby>比<rt>び</rt></ruby>のびた」，即「野比大雄」的名字，在日語中「のびた」有「成長了」的意思，據說這是作者寄望大雄能不斷成長而特意為他改的名字；而 IX「<ruby>発射<rt>はっしゃ</rt></ruby>し<ruby>砲台<rt>ほうだい</rt></ruby>」中的「ほうだい」，既有「砲台」的意思，又可表示「放題＝自由地 / 毫無限制地」，語帶雙關，令人幻想「紅粉迫擊炮」似乎能無休止地噴出紅粉的強勁氣勢。

仿作對白

使用「語帶雙關的詞語」創作獨自的對白。

> 例　A：<ruby>生<rt>う</rt></ruby>まれたお<ruby>子<rt>こ</rt></ruby>さんにどんな<ruby>名前<rt>なまえ</rt></ruby>を<ruby>付<rt>つ</rt></ruby>けたんですか？（你為你家剛出生
> 　　　的孩子改了甚麼名字？）
>
> 　　B：<u>「<ruby>少<rt>すこ</rt></ruby>しずつ<ruby>伸<rt>の</rt></ruby>びて<ruby>行<rt>い</rt></ruby>きなさい」</u>という<ruby>意味<rt>いみ</rt></ruby>で、<u>「の<ruby>び<rt></rt></ruby><ruby>太<rt>た</rt></ruby>」</u>と<ruby>名付<rt>なづ</rt></ruby>けたん
> 　　　んです。（我寄托了「慢慢成長」這含義在孩子身上，所以改了「のび
> 　　　太」這名字。）

A：<ruby>生<rt>う</rt></ruby>まれたお<ruby>子<rt>こ</rt></ruby>さんにどんな<ruby>名前<rt>なまえ</rt></ruby>を<ruby>付<rt>つ</rt></ruby>けたんですか？

B：「＿＿＿＿＿＿＿＿＿＿＿＿＿＿＿＿＿＿＿＿＿＿＿」という<ruby>意味<rt>いみ</rt></ruby>で、

　　「＿＿＿＿＿＿＿＿＿」と<ruby>名付<rt>なづ</rt></ruby>けたんです。

參考書籍：《日本語能力試驗精讀本 N4》chapter 14-15

005 基本解說
電影：《無敵幸運星》

題一　答案：2
題二　答案：4

日語的自我修養

中文翻譯

1. 挖鼻的時候，不會用最後一根手指（小指）。

2. 最初的一根手指（拇指）用來表示對他人的禮貌。

3. 呼叫人家的媽媽時，第二根手指（食指）很有用。

4. 第四根手指（無名指）只會在可喜可賀的日子使用。

文法：Vる（行く、見る、する / くる）＋ のに

「のに」除了用來表示「明明…但是」的意思外，還可以通過「N1 をVのに、N2 〜」這句型表示「要達到VN1這個目的，會使用N2這東西 /N2這東西很有用 / 需要N2」等意思，如：

I　紙を切るのに、はさみを使います。（剪紙的話，會用剪刀。）

II　この世を生きるのに、お金が必要です。（要在這個世界生存的話，錢是必要的。）

III　問題を解決するのに、三日かかりました。（花了3天才解決了問題。）

題二可參閱以上中文對白。讀者可能以為「OしかVない」是否定意思，但日語的「OしかVない」表示「只會VO」，如「肉しか食べない」是「只吃肉」而不是「不吃肉」，要注意。

延伸學習

可能有人會問，「ように」不也是有「為了…而」的意思嗎？但不要忘記「ように」前面必須是自動詞（閉まる），可能型（忘れられる）或Vない（忘れない），然而文中的「取る」和「チクる」等均屬他動詞，所以只能與「のに」或「ために」配合。

仿作對白

使用「のに」創作獨自的對白。

例　A：人生の意味を悟るのに、一生かかった。（我花了整整一輩子，才覺悟到人生的意義。）

A：_____のに、一生かかった。

參考書籍：《日本語能力試驗精讀本 N4》chapter 71

題一　答案：3

題二　答案：3

文法： 普（行く、行かない、行った、行かなかった、行っている、安い、有名な、日本人な）＋んじゃないか（と）

　　題一的話，「と思ってた」前必須是普通型，所以2和4不對。「普＋じゃないか」（書面語是「ではないか」）與「普＋んじゃないか（と）」（書面語是「のではないか（と）」）只有一字之差，意思卻大有不同。「じゃないか」主要用來指責，反駁或提醒對方，而「んじゃないか（と）」則用作推測，多譯作「不是～嗎？」。所以，

Ⅰ　これ美味しいじゃないか？＝（反駁對方）你說不好吃，這不是挺好吃的嗎？

Ⅱ　これは美味しいんじゃないか！＝（推測）這應該很好吃吧！

Ⅲ　前にも言っていたではないか？＝（指責對方）這不是早就說了嗎？

Ⅳ　前にも言っていたのではないかと！＝（推測）我想這已經說了吧！

　　而題二，1「すべて＝一切/全部」，2「やっと＝終於」，3「まさか＝難道/怎麼會」，4「しかも＝而且」。日本人聽到一些不可思議的事情時會說「まさか」，表示一種驚訝的情緒。另外「まさか」的借字是「真逆」，其實可以理解為「我的想法跟你的想法不一樣」，很符合令司令不同意零零漆認為「國家已經把我忘記了」的原意。

仿作對白

使用「じゃないか」創作對白。

例　A：このお茶は甘いよ！（這茶很甜哦！）

　　B：苦いじゃないか？（這不是很苦嗎？）

A：＿＿＿＿＿＿＿＿＿は＿＿＿＿＿＿＿＿＿よ！

B：＿＿＿＿＿＿＿＿＿じゃないか？

參考書籍：《日本語能力試驗精讀本 N3》chapter 48

題一　答案：1
題二　答案：3

文法：お ＋ V-stem（書_かき、教_{おし}え）＋ なさる

ご ＋ Ⅲ 類 V 變 N（連絡_{れんらく}、紹介_{しょうかい}）＋ なさる

　　題一是涉及敬語的問題。首先因漆是客人，所以酒店服務員需要使用「尊敬語」表示敬意，而 3 的「いたした」是「謙讓語」，可剔除。餘下的選擇皆可成為「尊敬語」，但 2「いただいた」的話，需要是「お客様_{きゃくさま}に」而不是「お客様_{きゃくさま}が」；4「なった」則前面缺少「に」，需要改成「になった」，所以正確答案是 1「ご予約なさった」。綜合來說，

I	お客様_{きゃくさま}がお / ご V なさった。✓（客人您 V。）
II	お客様_{きゃくさま}がお / ご V 下_{くだ}さった。✓（客人您替我們 V。）
III	お客様_{きゃくさま}がお / ご V になった。✓（客人您 V。）
IV	お客様_{きゃくさま}にお / ご V いただいた。✓（客人您替我們 V。）
V	お客様_{きゃくさま}がお / ご V いたした。✗
VI	わたくしが客様_{きゃくさま}のためにお / ご V いたした。✓（我替客人您 V。）

　　題二的 Shit 的日語是「畜生_{ちくしょう}」，由於「生」字的拼音是 sheng，但凡 ng 結束的漢字，其音讀絕大多數是長音，所以 3 是答案。2 的「ちきしょ」如果改成「ちきしょう」也可以成為答案且聽起來更加粗鄙。無論「ちくしょう」也好「ちきしょう」也好，都是十分粗魯的髒話，日常生活不建議使用。

仿作對白

使用「お / ご V なさった」創作對白。

例　A：お客様_{きゃくさま}、ご注文_{ちゅうもん}なさったのは、和菓子_{わがし}ですか、それともこの私_{わたし}ですか？（客人，你下單的東西是和果子，還是，我？）

B：どっちも頼んでないんですけど…（我兩樣都沒有下單耶…）

A：お客様、ご注文なさったのは、_____ですか、それとも_____ですか？

B：どっちも頼んでないんですけど……

参考書籍：《日本語能力試験精讀本 N5》chapter 11
《日本語能力試験精讀本 N4》chapter 67-68

題一　答案：2
題二　答案：1

凌凌漆：噂，好似呢個 model 嘅 F40 噉樣，表面上係一個大哥大電話，實際上，佢係一個鬚刨嚟嘅。…呢個 model 911，表面上係一個鬚刨，實際上，佢係一個風筒。…其實我着緊呢對鞋——都係一個風筒嚟嘅。

凌凌漆：你看，像這個 model 的 F40，表面上是一個大哥大電話，實際上，他是一個鬚刨來的。…這個 model 911，表面上是一個鬚刨，實際上，他是一個吹風機。…其實我穿的這對鞋——也是一個吹風機來的。

男の人が女の人に自分の道具を紹介しています。

零零漆：ほら、このモデル F40、見た目は携帯電話だけど、実は髭剃り。…このモデル 911 はシェーバーのように見えるけど、ドライヤーであるとは夢にも思わなかったでしょう。…それに、実は今履いている靴は靴じゃなくて、これもまた、んんん、ドライヤーだよ！

題一：見た目じゃなくて実際にドライヤーであるのはどれとどれですか？

題二：携帯電話のモデルはどれですか？

61

日語的自我修養

中文翻譯

題一：不是外表而實際上是風筒的是哪個和哪個？

題二：手提電話的型號是哪一個？

1. Model F40

2. Model 911

3. Model 119

4. Model 40F

文法：普（行く、行かない、行った、行かなかった、行っている、安い、有名な、日本人の）＋ように見える

「実は」的意思「老實説」，很多時候用來表示將會説的事情是真的，如：

Ⅰ　実は、君のことが好きなんだ。（其實，我是很喜歡您的。）

Ⅱ　実は、私も来たばかりなんです。（其實，我也是剛來的。）

而「普＋ように見える」的意思是「看起來像～」，可與「実は」作配合，如：

Ⅲ　彼女はパーティーに行かないように見えたけど、実は嬉しそうに服を選んでいた。（剛才她様子看似不打算去派對，但其實似乎很開心的在選衣服。）

Ⅳ　日本人のように見えるけど、実は香港人だった。（看起來像日本人，其實原來是香港人。）

仿作對白

使用「（の）ように見えるけど」創作獨自的對白。

例　A：これ、チョコのように見えるけど、実はうんこだったよ。（這個看起來是巧克力，其實他是大便）

A：これ、＿＿＿＿＿＿＿のように見えるけど、実は＿＿＿＿＿＿＿だったよ。

參考書籍：《日本語能力試験精讀本 N4》chapter 43

題一　答案：4
題二　答案：2

文法：V た（行った、食べた、した／来た）＋ ら

普（行く、行かない、行った、行かなかった、行っている、安い、有名だ、日本人だ）＋ そうだ

首先是題一，「行くし」是列舉的用法，一定不對。「行ったら」、「行けば」和「行くなら」都可用來表示「如果去」，但「V たら」【和這裏沒有的「V と」】更有「一 V，就發現〜」的語感，這是「V ば」和「V なら」所沒有的，如

I　窓の外を見たら、先生が泣きながらソーセージパンをかじっていた。（我往窗外一看，只發現老師一邊在哭，一邊在啃着腸仔包。下同）✓

II　窓の外を見ると、先生が泣きながらソーセージパンをかじっていた。✓

III　窓の外を見れば、先生が泣きながらソーセージパンをかじっていた。✗

IV　窓の外を見るなら、先生が泣きながらソーセージパンをかじっていた。✗

至於題二，「普＋そうだ」表示「傳聞／聽說」而「Stem ＋そうだ」則是「似乎會／是」，這裏顯然是聽菲律賓工人的覆述，所以是前者。再者，由於是「魚のおっちゃんに」，所以是「もらったそうだ」；如果要選「くれたそうだ」的話則必須是「魚のおっちゃんが」方可。「普＋そうだ」和「Stem ＋そうだ」的例文如下：

V　明日雨が降るそうだ。（聽說明天會下雨。）

VI　明日雨が降りそうだ。（明天似乎會下雨。）

VII　今日日本ではずっと雨が降っているそうだ。（聽說日本今天一直在下雨。）

VIII　今日はずっと雨が降っていそうだ。（【現在在下雨，且】今天似乎一直會在下雨。）

日語的自我修養

仿作對白

使用「普通型＋そうだ」創作獨自的對白。

例　A：あなた、<u>もうすぐ戦争が始まる</u>そうだよ。（親愛的，聽說戰爭馬上要
開始了。）

　　B：ええ、明日にでもこの国から逃げなくちゃ。（對呀，明天得離開這個
國家。）

A：あなた、_____そうだよ。
B：ええ、明日にでもこの国から逃げなくちゃ。

參考書籍：《日本語能力試驗精讀本 N4》chapter 42，64-65

題一　答案：2
題一　答案：3

廣

唐伯虎：燒雞翼～我鍾意食！
銜差：但係你老母講你就快釘！
唐伯虎娘親：愈係快釘之所以愈要整多隻，如果而家唔食以後冇
機會再食。
銜差：你真係就快釘？
唐伯虎：我真係就快釘！
三人：如果而家唔食以後冇機會再食。

普

唐伯虎：烤雞翅～我喜歡食！
銜差：但是你老母說你就快死！
唐伯虎娘親：愈是快死就所以愈要吃多個，如果現在不吃以後沒機
會再食。
銜差：你真的就快死～～？
唐伯虎：我真的就快死～～！
三人：如果現在不吃以後沒機會再食。

役所の人が唐伯虎という男の人になぜこっそり手羽先を食べているかを聞いています。

唐伯虎：「手羽先よ　大好きだ！」

衙差：「しかし　お前が死ぬそうと」

唐伯虎の母親：「そうよだから寝て好物を　今食べとかないと　食べられないのよ！」

衙差：「本当に死ぬか？」

唐伯虎：「まじで死ぬよ！」

三人：「今食べとかないと食べられないのよ！」

題一：唐伯虎に会う前に、衙差はどんな噂を聞きましたか？

題二：息子の唐伯虎がこっそり手羽先を食べたことについて、母親は何と言いましたか？

中文翻譯

題一：在見到唐伯虎之前，衙差聽到甚麼傳言？

1. 聽說唐伯虎很討厭雞翅膀。

2. 聽說唐伯虎馬上就會死。

3. 聽說唐伯虎暫時還不會死。

4. 聽說唐伯虎與他娘親一起吃雞翅膀。

題二：對於自己兒子唐伯虎偷吃雞翅膀一事，他娘親説了甚麼？

1. 希望現在別吃雞翅膀。

2. 現在不吃雞翅膀也可以。

3. 現在不吃雞翅膀不行。

4. 現在請不要吃雞翅膀，改吃麵。

日語的自我修養

題二中，「食べないとダメ」在原來翻譯中是「食べとかないと」，即是「食べておかないと」的口語變化。日本人喜歡把「Vておく（teoku）」説成「Vとく（toku）」，「Vておかないと（teokanaito）」「Vとかないと（tokanaito）」，看羅馬拼音可見，是刪除母音 e，保留母音 o 的一種語言特徵。如：

Ⅰ 言っておくけど、あげるんじゃなく貸してやるだけだよ。（我們説清楚呀，不是給你，是借給你！）

Ⅱ 言っとくけど、あげるんじゃなく貸してやるだけだよ。

Ⅲ 明日はテストでしょう？勉強しておかないとダメよ！（明天是考試吧！得先學習才行呀！）

Ⅳ 明日はテストでしょう？勉強しとかないとダメよ！

仿作對白

使用「Vとかないと」創作獨自的對白。

例 A：来月香港を離れてイギリスへ移住に行くんだって？（聽説你下個月離開香港移民到英國去？）

B：ええ、だから今のうちに友人に貸したお金を回収に行っとかないと。

（對呀，所以趁現在得去拿回借給朋友的錢。）

A：来月香港を離れてイギリスへ移住に行くんだって？

B：ええ、だから今のうちに＿＿＿＿＿＿＿＿＿＿＿＿＿＿＿＿＿＿＿。

011 基本解説

電影：《97 家有囍事》

題一　答案：2
題二　答案：3

文法：お＋ V-stem（書き、教え）＋ ください

**　　　ご＋ Ⅲ 類 V 變 N（連絡、紹介）＋ ください**

題一的答案是源自尊敬語文法「お＋ V-stem ください」或「ご＋ III 類 V 變 N ＋ください」的「お待ちください」，主要是懇請對方 V，符合對白中「請等一下」的情景，再如：

I　是非電話番号をお教えください！（請務必告訴我你的電話號碼！）

II　できれば妹さんをご紹介ください。（可以的話，請介紹你的妹妹給我！）

　　無論「告訴」或「介紹」都是對方發動的行為，所以需要用尊敬語。選擇 4 的「お待ちして」是來自謙讓語「お待ちする」的て型變化，一般後接「います」，表示「我正在等候」，雖然是正確的日語，但不符合這幕的情景。

　　題二的「師匠」，由於「匠」字的拼音是 jiang，但凡 ng 結束的漢字，其音讀絕大多數是長音，所以 1 和 2 不對。4 的答案可以是諸如「市場」或「史上」，但無論「場」（普通話：chang）還是「上」（普通話：shang），都是 ng 作結，完全符合以上原理。

延伸學習

　　和「お＋ V-stem ください」或「ご＋ III 類 V 變 N ＋ください」型態非常類似，但意思完全不同的是「お＋ V-stem する」或「ご＋ III 類 V 變 N ＋する」，如：

III　宜しければ電話番号をお教えしますが…（不嫌棄的話，我可以告訴你的電話號碼…）

IV　問題がないなら、うちの妹をご紹介したいです。（如果你沒問題的話，我想介紹我妹妹給你！）

　　這次，無論「告訴」或「介紹」都是自己發動的行為，需要用謙讓語。

仿作對白

使用「お +V-stem ください」創作獨自的對白。

例　A：ここを自分の家だと思って、ゆっくりお休み下さい！（你就當這裏是自己家，好好休息！）

　　A：ここを自分の家だと思って、＿＿＿＿＿＿＿＿＿＿＿＿＿＿！

參考書籍：《日本語能力試驗精讀本 N5》chapter 11
《日本語能力試驗精讀本 N4》chapter 67-68

文法：V-Stem（行き、食べ、し／来）＋ながら

題一的 4 個選擇分別是「フレッシュ＝ Fresh（新鮮）」，「ダッシュ＝ Dash（快速跑動）」，「ラッシュ＝ Rush（激增／繁忙時間）」，「ティッシュ＝ Tissue（衛生紙）」，後文有「ペーパー＝ paper（紙張）」，由此推測，不難找出答案。

題 2 的 V-Stem ＋ながら是 N5-N4 老是常出現的文法，表示「一邊 V1，一邊 V2」如：

I　先生は泣きながらソーセージパンをかじっていた。（老師一邊在哭，一邊在啃着腸仔包。）

II　あの子は二つのバイトをやりながら、学校に通っています。（那個人一邊打兩份兼職，一邊到學校上課。）

延伸學習

原則上

III　音楽を聞きながら宿題をしています。（一邊聽音樂，一邊寫作業。）

IV　宿題をしながら音楽を聞いています。（一邊寫作業，一邊聽音樂。）

兩句沒有太大的分別，但日語中其實有個不成文的語感，就是「ながら」前面那個動作「屬次要」，而非「ながら」那個動作「才是主角」。所以硬是要找出哪一個學生比較認真寫作業的話，則 III 略優於 IV（笑）。

仿作對白

使用「ながら」創作獨自的對白。

例 A：あなた、うちの子は笑いながら寝ていて可愛いね。（親愛的，我們的
孩子，一邊笑一邊睡，好可愛呀。）

B：<u>公園で遊んでいる夢でも見ているのかな。</u>（會不會夢見在公園裏玩
呢？）

A：あなた、うちの子は笑いながら寝ていて可愛いね。

B：＿＿＿＿＿＿＿＿＿＿＿＿＿＿＿＿＿＿＿＿＿＿＿＿夢でも見ているのかな。

參考書籍：《日本語能力試驗精讀本 N5》chapter 62

013 基本解説

電影：《破壞之王》

| 題一 | 答案：3 |
| 題二 | 答案：2 |

**文法：普（行く、行かない、行った、行かなかった、行っている、安い、
有名な、日本人な）、という / って＋わけじゃない / わけではない**

題一的「わけじゃない」表示「並非」，在 JLPT 考試裏經常與「わけだ＝換言
之」，「わけにはいかない＝不可以」和「わけがない＝不可能」一起出題，用法如：

I おっしゃった品物を製作するのは不可能な / 不可能というわけではないが、
結構なコストがかかりますよ！（要製作您所説的製品並非不可能，但成本會
很高！）

II 納豆は食べられないわけではありませんが、好んで食べるものでもありませ
ん。（納豆嘛，並非不能吃，可也不是喜歡吃的食物。）

題目二「っていうか」是日本年輕人的慣性用語，除了表示「話説回頭」外，還
有「不是 A 啊 /A 不對啊，B 才對」或「與其説是 A，倒不如説是 B」之類的語感，

日語的自我修養

非常符合大師兄那「我不是針對你（A），應該是這樣說，我是說在座各位都是垃圾（B）」的囂張氣焰。N 試出現的機會不大，但作為口語一記無妨，再舉一例：

Ⅲ A：今日は暖かいね！（今天挺暖和的！）

B：っていうか、暑くない？（誰說暖和，你不覺得很熱嗎？）

仿作對白

使用「っていうか」創作獨自的對白。

例 A：彼はあたしの大学のクラスメイト。っていうか、ソウルメイト。（他是我大學的同學。不，是靈魂伴侶才對。）

A：＿＿＿＿＿＿＿＿＿＿＿＿。っていうか、＿＿＿＿＿＿＿＿＿＿。

參考書籍：《日本語能力試驗精讀本 N3》chapter 47

014 基本解說
電影：《食神》

題一　答案：1
題二　答案：3

廣

史提芬周：好好哋一粒咖喱魚蛋，畀你整到冇魚味亦都冇咖喱味，失敗！蘿蔔冇揀過啦，太多渣，失敗！豬皮又煮得太腍，冇咬口呀，失敗！啲豬紅鬆泡泡，一夾就散，失敗中嘅失敗！最慘係啲大腸，裏面都未通乾淨，重有嚿屎，你有冇搞錯呀？

普

史提芬周：好好的一個咖喱魚蛋，被你弄到既無魚味也無咖喱味，失敗！蘿蔔沒挑選過，太多渣滓，失敗！豬皮又煮得太軟，沒有咬勁，失敗！豬血則軟綿綿，一夾就碎掉，失敗中的失敗！最慘就是豬大腸，裏面沒洗乾淨，還有塊屎，你有沒有搞錯呀？

日

男の人は麺を食べつつ、コメントを出しています。

史提芬周：せっかくのカレーの魚団子だが、魚の味もカレー味もないものになってしまって非常に失敗。大根は選んでないから繊維がめっちゃ多くて失敗！ブタの皮も煮過ぎたせいで歯応えがゼロ。これも失敗！ブタの血のゼリーはぐにゃぐにゃで箸でつまむや否や、すぐ崩れてしまう。失敗中の失敗！でも、それよりなんと言ってもこの豚の大腸（ホルモン）、きちんと洗っていないだろう？ほら、でかいうんこがついてるじゃないか。まったく、何やってくれたのよ？

題一：大根の問題は何でしたか？

題二：男の人にとって、一番失敗した食べ物は何でしたか？

中文翻譯

題一：蘿蔔的問題是甚麼？

1. 沒挑選過好的材料。

2. 沒泡在冷水（過冷河）。

3. 沒洗乾淨。

4. 煮得太軟。

題二：對男人而言最失敗的食物是哪一個？

男人説了一句「それよりなんと言っても」，有「比起以上所説的（鹼水麵＋咖喱魚蛋＋蘿蔔＋豬皮＋豬血），以下説的（豬大腸）才是最重要 / 關鍵」的意思，如：

I　お金も大切だし、仕事も大切だけど、何と言っても家族が一番だ。（錢很重要，工作也很重要，但比起這些，家庭畢竟是第一！）

II　今度日本に行ったら、焼き肉や天婦羅より、何と言っても寿司が食べたいなあ。（下次去日本，比起烤肉和天婦羅，最想吃壽司。）

71

日語的自我修養

仿作對白

使用「何と言っても」創作獨自的對白。

例 A：日本と言えば、なんといっても医療制度がきちんと整っている国だ
と思いませんか？（説起日本，你不覺得首先她就是一個治安很好的國
家嗎？）

A：＿＿＿＿＿＿＿＿＿と言えば、なんといっても＿＿＿＿＿＿＿＿＿と思
いませんか？

題一 答案：3
題二 答案：4

文法：V-stem（行き、食べ、し／来）＋さえすれば

い形容詞（い→く）、な形容詞（＋で）＋さえあれば

題一4個選擇分別是「ますます＝越來越」、「だんだん＝逐漸」、「そもそも
＝本來」和「そろそろ＝馬上」，所以答案是3不難理解。

題二的「V-stem＋さえすれば」和「い形容詞（い→く）、な形容詞（＋で）＋
さえあれば」屬於N3程度，表示「只要／只要是〜的話」，例句如下：

I コロナになったのは確かに残念ですが、1週間ほどゆっくり休みさえすれば
元気になると思いますよ。（患上新冠肺炎的確很遺憾，但只要好好休息1個
星期左右就會好的。）

II どんな悪い事をしても、謝りさえすればいいと思っている人がいる。（有人
認為，就算做了甚麼錯事都好，只要道個歉就可以了。）

III 将来の夫は、優しくさえあれば、貧乏人でも平気だ。（將來的老公，只要對
我溫柔，就算是個窮鬼也無所謂。）

IV 将来の奥さんは、綺麗でさえあれば、悪女でも平気だ。（將來的老婆，只要美若天仙，就算是個壞女人也無所謂。）

仿作對白

使用「V-stem さえすれば」創作獨自的對白。

例 A：ここにお名前を書きさえすれば、100万ドルはあなたのものですよ。

（只要在這裏寫上您的名字，這 100 萬港幣就是您的。）

A：_____

さえすれば、100万ドルはあなたのものですよ。

參考書籍：《日本語能力試驗精讀本 N3》chapter 61

016 基本解説
電影：《鹿鼎記 Ⅱ 神龍教》

題一　答案：2
題二　答案：1

文法：N（経験、お金）が / のあるかないかによる

「Nが / のあるかないかによる」表示「視乎有沒有 N」，故題一「利益があるかないかによる＝視乎有沒有利益」。這種組合的其他例子還有：

I お給料は、仕事経験があるかないかによって金額が変わる。（工資多寡會視乎有沒有工作經驗而改變。）

II この学校では、ご両親からのご寄付のあるかないかによってクラス分けを行うこととなっています。（這間學校有一個規則，就是會根據你們【學生】父母有否捐款而決定分你們到哪一班。）

　　題二的 4 個選擇為「卑しい＝卑賤」、「寂しい＝寂寞」、「空しい＝空虛 / 無奈」和「貧しい＝貧窮」。

日語的自我修養

仿作對白

使用「Nが/のあるかないかによる」創作獨自的對白。

例　A：我_わが女王様_{じょおうさま}、来週_{らいしゅう}一緒_{いっしょ}にビーチに行_いきませんか？（親愛的娘娘，下週能否賞面一起去海灘？）

B：あ、君_{きみ}は確_{たし}か運送兵_{うんそうへい}だよね。まあ、時間_{じかん}があるかないかによるから、また知_しらせるわ。（啊，沒記錯你應該是運輸兵？看有沒有時間吧，我再通知你！）

A：我_わが女王様_{じょおうさま}、来週_{らいしゅう}一緒_{いっしょ}にビーチに行_いきませんか？

B：まあ、＿＿＿＿＿＿＿＿＿があるかないかによるから、また知_しらせるわ。

參考書籍：《日本語能力試驗精讀本 N3》chapter 42

☆17 基本解說
電影：《家有囍事》

題一　答案：2
題二　答案：4

廣

醫生：佢嘅病徵包括有抑鬱…（常歡即刻喺度喊。）

醫生：癲癇…（常歡即刻抽筋。）

醫生：精神分裂…

常歡：邊個淫蕩呀？你淫蕩。邊個淫蕩呀？我淫蕩。

醫生：輕佻驕傲…

常歡咬着牙籤：哼！

醫生：冇大冇細…

常歡即刻衝前錫咗 Sheila 一啖。

常滿：嘩！大嫂都錫，你真係冇大冇細呀你！

醫生：就係咁啦！有犯罪傾向…

常歡一刀插向枕頭：家陣老笠呀！除咗條底褲出嚟！…唔係要錢呀！要條底褲呀！咩呀？底褲都唔着？

醫生：月經前緊張…

常歡：你玩我呀四眼仔？

普

醫生：他的病徵包括有抑鬱…（常歡馬上開始哭。）
醫生：痙攣…（常歡開始痙攣。）
醫生：精神分裂…
常歡：誰淫蕩呀？你淫蕩。誰淫蕩呀？我淫蕩。
醫生：輕佻驕傲…
常歡咬着牙籤：哼！
醫生：不分尊卑…
常歡馬上親了 Sheila 一下。
常滿：豈有此理！大嫂也敢親，你真是不分尊卑呀！
醫生：就是這樣的！有犯罪傾向…
常歡一刀插向枕頭：現在打劫！把內褲脫出來！…不是要錢，是要內褲！甚麼？沒穿內褲？
醫生：月經前緊張…
常歡：你要我呀，四眼仔？

中文翻譯

題一：常歡的各種症狀中，最引起家人不滿的是？

1. 痙攣

2. 不分尊卑

3. 有犯罪傾向

4. 精神分裂

題二：哪一個是放在（b）裏最合適的單詞？

1. まみれ＝文法錯誤

2. ずくめ＝文法錯誤

3. っぱなし＝文法錯誤

4. 気味（ぎみ）＝有變得緊張的傾向

文法：V-stem（忘れ（わす））、N（風邪（かぜ））＋ 気味

題二「気味（ぎみ）」前面的 N 多是某些疾病如「風邪（かぜ）」、V-stem 的話則以「遅れ（おく）」、「忘れ（わす）」較普遍，或者是帶感情的形容詞如「心配（しんぱい）」、「不安（ふあん）」等，均表示「有～的傾向 / 徵狀」，例句如：

日語的自我修養

I 季節の変り目めのせいか、今日は風邪気味です。（是否換季之故呢？當下有感冒的傾向【＝哎呀，今天又有感冒的徵狀了】！）

II 年を取ったせいか、最近は忘れ気味です。（是否年紀大的問題呢，最近老是忘記東西。）

III 転校したばかりのころは、かなり不安気味で眠れない日が多かった。（剛轉校沒多久的時候，總是感覺很不安，所以很多時候都睡不着。）

仿作對白

使用「気味」創作獨自的對白。

例 A：彼は最近アルバイトを始めてから、宿題の提出が遅れ気味だ。（自從他最近開始兼職以後，老是遲交作業。）

A：彼は最近＿＿＿＿＿＿＿＿＿＿＿＿＿＿＿＿＿てから、宿題の提出が遅れ気味だ。

參考書籍：《日本語能力試験精讀本 N3》chapter 69

題一　答案：1
題二　答案：1

文法：Ｖて（行って、食べて、して／来て）、Ｖる（行く、食べる、する／来る）＋んじゃない／んじゃねえ

題一的「んじゃねえ」是「んじゃない」的口語，表示「禁止」的意思，語氣比較強硬，多用於上司對部下的口吻，雖平輩之間也會拿來開玩笑，但也許會得罪人，如：

I こら、そこに立ってんじゃねえ！さっさと働け！（喂！別站在那裏，快點幹活！）

II おまえ、毎日毎日遅刻するんじゃないよ。（你這傢伙，別每天每天都遲到！）

76 第 1 場：飲食生活

延伸學習

題目二「混ぜて」亦有「まぜまぜ」這種 ABAB 型的講法，如：

III　いろいろな食材をまぜまぜしてオリジナルのお弁当を作ってみた。（我嘗試
　　把不同的食材混在一起，製作自己原創的便當。）

仿作對白

使用「んじゃない」創作獨自的對白。

例　A：ここだけの話だけど、田中君が佐藤さんにふられたらしいよ。でもほ
　　　　かの人に話すんじゃないよ！（在這裏講完就算了，聽説田中君被佐藤
　　　　小姐甩了。可別告訴其他人哦！）

A：ここだけの話だけど、＿＿＿＿＿＿＿＿＿＿（一個秘密）。でもほかの人
　　に話すんじゃないよ！

参考書籍：《日本語能力試験精読本 N2》chapter 22

題一　答案：1

題二　答案：4

文法：**普（行く、行かない、行った、行かなかった、行っている、安い、**
　　　　有名である、日本人である）＋ 以上

題一的 4 個選擇前都可以配搭 N（自動車整備士），意思如下：

自動車整備士である以上：既然是汽車維修員…

自動車整備士にもかかわらず：儘管是汽車維修員…

自動車整備士ときたら：真是的！説起汽車維修員就讓我生氣 / 發愁…

自動車整備士のみならず：不僅是汽車維修員…

日語的自我修養

然而與後文的「這個扳子是用來上螺絲的」最能搭配的無疑就是「である以上」。

屬於 N2 文法的「以上」，意思是「既然」，後文一般跟着「~ 不用説吧 / ~ 是義務」

這類意思的句子，如：

I　約束した以上、きちんと守ってくださいね！（既然答允了，就一定要遵守到底！）

II　学生である以上、アルバイトより勉強が最優先です。（既然是學生，比起兼職讀書才是最優先！）

題目二「いたって」的漢字是「至って」，作副詞使用時表示「非常 / ~ 之至」

的意思，如：

III　去年の冬は至って寒かった。（去年的冬天十分寒冷。）

IV　経過は至って順調です。（過程非常順利。）

仿作對白

使用「いたって」創作獨自的對白。

例　A：彼はいたって（＝非常に）<u>陽気 / 陰気</u>だから、みんなに好かれる / 嫌われる。（他的個性樂天 / 陰沉之至，故被大家所愛戴 / 討厭。）

B：彼はいたって＿＿＿＿＿＿＿＿＿＿＿＿＿から、みんなに好かれる / 嫌われる。

參考書籍：《日本語能力試驗精讀本 N2》chapter 47，69

題一　答案：2

題二　答案：4

文法：N（日本語、知識）にかけては

　　　N（日本語、知識）に限らず

題一 4 個選擇分別是

髪の毛の長さに対しては：對頭髮長度，有…的意見 / 立場

髪の毛の長さにかけては：在頭髮長度這方面而言…

髪の毛の長さによっては：根據不同的頭髮長度…

髪の毛の長さにしては：以頭髮長度而言，想不到…

通常表達「在某個範疇 / 能力上，某人無出其右」這意思的話，最好的答案是2「かけては」，如：

I　日本語の知識にかけては、山田先生ほど詳しい人はいない。（在日語知識這個層面上，沒有人比山田老師更精通。）

II　香港映画の面白さにかけては、周星馳の映画に勝てるものはないでしょう！（若論香港有趣之處，沒有其他的會超越周星馳的電影吧！）

同樣，題二的 4 個選擇分別是

髪の毛を抜きにしては：如果沒有了「頭髮」這話題，…

髪の毛どころか：豈只頭髮，還有…

髪の毛だらけ：全都是頭髮

髪の毛に限らず：不一定 / 不單是頭髮…

所以，4 的「限らず」是正確答案，再看 2 例：

III　東京は休日に限らず、毎日観光客が多い。（東京不單是假期，平日也有很多觀光客。）

IV　最近は男性に限らず、女性も日本酒を好んで飲むようになった。（不一定是男性，最近連女性都變得愛上喝日本酒。）

仿作對白

使用「にかけては」創作獨自的對白。

例　A：香港の地理の知識にかけては、マイケル陳先生の右に出る者はいない
ので、彼はみんなに地理の神様と呼ばれている。（若論香港地理的知

識，衆人皆認為無出陳米高老師其右，所以他被大家稱為「地理之神」。）

A：＿＿＿＿＿＿＿の知識にかけては、＿＿＿＿＿＿＿の右に出る者はい
ないので、彼 / 彼女はみんなに＿＿＿＿＿＿＿の神様と呼ばれている。

参考書籍：《日本語能力試験精讀本 N3》chapter 41
《日本語能力試験精讀本 N2》chapter 60

021 基本解說

電影：《新精武門 1991》

題一　答案：2
題二　答案：4

中文翻譯

題一：

1. 目が霞む：看不清楚

2. 目を誤魔化す：躲過監視 / 騙人掩飾

3. 目を奪う：看出了神

4. 目が届く：能注意到

題二：

1. 言い成り：唯命是從

2. 仕来り：傳統習慣

3. 定まり：決定的事情

4. 縄張り：黑道或動物的「地盤」

題一「目を誤魔化す」的用法一般是「Nの目を誤魔化してV」表示「逃過N的法眼而進行V」這個意思，如：

I　母の目を誤魔化して勉強しているふりをした。（逃過媽媽的法眼而假裝學習。）

II　夫の目を誤魔化して元彼と密会した。（巧妙地騙過老公而和前度男友幽會。）

仿作對白

使用「目を誤魔化して」創作獨自的對白。

例　A：あの時、父の目を誤魔化してずっと学校に通っているふりをしていて、今となっては非常に疚しく思っています。（那個時候巧妙地騙過老爸，假裝一直在上學，事到如今感到非常的內疚。）

A：あの時、＿＿＿＿＿＿＿＿＿＿＿＿＿＿＿＿＿＿＿、今となっては非常に疚しく思っています。

★22　基本解說

電影：《情聖》

| 題一　答案：2 |
| 題二　答案：2 |

廣

毛毛：哎吔！

程勝：What happen 呀？

毛毛：我車到人喎。

毛毛（落車）：點呀？你見點呀吓？（同時扮自己同阿婆）哎呀，阿婆，你見點呀？

阿婆：好痛呀，你又車斷我隻腳，一地都係血，快 d 賠錢來。

毛毛：哎呀，我唔夠錢添。你等等吓。先生，你可唔可以借住少少錢畀我賠畀人呀？

程勝：賠畀邊個呀？

毛毛：我車到嗰個阿婆囉。

程勝：我睇睇佢（落車）。

毛毛：吓？

程勝：阿婆！阿婆！你喺邊呀？

毛毛（扮阿婆）：好辛苦呀，好辛苦呀。賠錢呀！快賠錢呀！

程勝：阿婆！阿婆，你見點呀？

阿婆：好辛苦呀！哎呀！

程勝（摑咗毛毛一巴）：使死唔使呀？

阿婆：快呀！快呀！你快啲賠錢呀，我搵差人拉你喫！

程勝：係嗎，差人都未嚟呀，等差人嚟至算啦。

阿婆：差！差人！有差人來呀。差人呀！差人！

程勝：喺邊呀？

毛毛（扮女警）：我係差人！阿婆，點解你斷手斷腳一地都係血喫？盲佬，你車到人快賠錢啦喎。

程勝：唔賠得嘛？

女警：唔賠我拉你喫，你唔驚呀？

程勝：拉我唔驚喫喎，唔使死啫。你唔會揸槍斃我嚇話？你估你解放軍呀？你搵解放軍嚟我驚啦。

女警：咁啱，解放軍嚟添。

程勝：唔係話？

毛毛（扮解放軍）：（普通話）TMD的，盲佬，你在這裏幹甚麼？

毛毛（做回自己）：個盲佬車倒人哋唔賠錢喎。

毛毛（扮解放軍）：（普通話）賠錢！他奶奶的，不賠錢一槍 baang6 瓜你！

程勝：我唔識聽國語喫喎。

毛毛（扮阿婆）：個解放軍話叫你賠錢，唔賠錢一槍 baang6 瓜你話！

毛毛（扮解放軍）：（普通話）幹你 N 的！快賠錢！不賠錢一槍 baang6 瓜你！

程勝：都唔驚喫喎，你一槍打我即死都冇乜所謂喫喎。除非你搵隻狗嚟慢慢咬死我，我就怕啦。

毛毛：有頭狗！

程勝：冇咁橋啩？

（毛毛扮狗）

程勝：講咩呀，狗？

毛毛（扮狗）：我話叫你快啲賠錢，如果唔係就咬死你呀。

第 1 場：飲食生活

毛毛：哎呀！

程勝：What happen 呀？

毛毛：我撞到人呀。

毛毛（下車）：還好嗎？你沒事吧？（同時扮自己和老婆婆）哎呀，老婆婆，你沒事吧？

老婆婆：好痛呀，你又撞斷我的腿腳，滿地都係血，快點賠錢呀。

毛毛：哎呀，我錢不夠呀。你等等。先生，你可不可以借點錢給我，好讓我賠給人家呀？

程勝：賠給誰呀？

毛毛：我撞到那個老婆婆呀。

程勝：我看看她（下車）。

毛毛：吓？

程勝：老婆婆！老婆婆！你在哪呀？

毛毛（扮老婆婆）：好辛苦呀，好辛苦呀。賠錢呀！快賠錢呀！

程勝：老婆婆，老婆婆，你還好嗎？

老婆婆：好辛苦呀！哎呀！

程勝（掌摑毛毛一巴）：會不會死的？

老婆婆：快呀！快呀！你快點賠錢呀，我找警察來抓你！

程勝：對呀，警察還沒到呀，等警察來再算吧。

老婆婆：警察！警察！警察來了。警察呀！警察！

程勝：在哪呀？

毛毛（扮女警）：我是警察！老婆婆，為甚麼你手斷腳斷的滿地都是血呀？盲人，你撞到人快賠錢。

程勝：不賠行不行？

女警：不賠我抓你呀，你不怕嗎？

程勝：抓我的話不怕哦，反正不會死的。你不會馬上槍斃我的，對吧？你以為你是解放軍嗎？你找解放軍來我就怕了。

女警：這麼巧，解放軍來了。

程勝：不會吧！

毛毛（扮解放軍）：（普通話）TMD 的，盲人，你在這裏幹甚麼？

毛毛（做回自己）：那個盲人撞到人不賠錢呀。

毛毛（扮解放軍）：（普通話）賠錢！他奶奶的，不賠錢一槍 baang6 死你！

程勝：我聽不懂國語的。

毛毛（扮老婆婆）：那個解放軍說要你賠錢，不賠錢一槍 baang6 死你甚麼的！

毛毛（扮解放軍）：（普通話）幹你 N 的！快賠錢！不賠錢一槍 baang6 死你！

程勝：也沒有甚麼好怕的，你一槍打我即死都無所謂了。除非你找條狗來慢慢咬死我，我就怯啦了。

毛毛：有頭狗！

日語的自我修養

程勝：不會這麼巧吧？

（毛毛扮狗）

程勝：説啥呀，狗？

毛毛（扮狗）：我説叫你快點賠錢，要不然就咬死你呀。

中文翻譯

題一：程勝為甚麼説解放軍的話他不怕？

1. 反正不會死，所以不怕。

2. 能馬上死去，所以不怕。

3. 能不痛的慢慢死去，所以不怕。

4. 死了的話能成為解放軍，所以不怕。

題二：除了自己之外，毛毛共演了幾個角色？

1. 3 個角色

2. 4 個角色

3. 5 個角色

4. 6 個角色

文法：Ｖば（行けば、食べれば、来れば／すれば）＋ それまで

Ｖる（行く、食べる、くる／する）、Ｖない（行かない、食べない、しない／来ない）、い形（まずい）、な形（親切）、名（間違い）＋ にも程がある

　　文中「Ｖ ばそれまで」是 N1 文法的代表，表示「如果 Ｖ 的話一切就完了」的意思，例文如下：

Ⅰ　まだ若いのに、人生を諦めればそれまでだ。（明明還很年輕，要是這樣放棄人生的話，那麼一切就完了。）

Ⅱ　カンニングが先生に見つかってしまえばそれまでだ。（要是被老師發現作弊的話，那一切就完蛋了。）

至於「～にも程がある」則表示「就算是～也應該有個限度 / 分寸」，如：

Ⅲ 冗談にも程があるだろう！！！（開玩笑也有一個限度吧！）

Ⅳ 新人だからある意味仕方がないでしょうけど、出来ないにも程があるよね。

　　（因為是新人所以某程度也許是無可奈何的，但怎麼不懂也應該有個譜吧！）

仿作對白

使用「にも程がある」創作獨自的對白。

例 A：祝儀袋に新聞紙を入れる人がいたなんて非常識にも程があるでしょ

　　　う。（曾有人在紅包裏面放報紙，再怎麼不懂規矩也有個上限吧！）

A：_____なんて非常識にも程があ

るでしょう。

第 2 場
浪漫愛情

どうしても愛に期限があるなら、
出来れば、彼女を、
一万年、愛せんと。

單元 23-44 的學習內容一覽表

單元	學習內容	用例 / 意思 / 文法接續	JLPT 程度
23	で vs も	用例：N で vs N も 意思：需要 N vs 所需的 N 很驚人（N ＝時間或金錢）	5
24	ほど…ない	用例：N ほど…ない 意思：不像 N 那麼…/ 沒有比 N 更…	5
25	だけ vs しかない	用例：N だけ vs N しかない 意思：只是 / 只有 N vs 只有 N	5
26	思い出す vs 思い付く	用例：O を思い出す vs O を思い付く 意思：想起 O（O ＝往事）vs 想出 O（O ＝主意）	5
27	自他動詞	用例：S が消える vs S が O を消す 意思：S 自動關掉 / 消失 vs S 把 O 關掉 / 消除	4
28	に vs と	用例：N に似る vs N と似る 意思：有基準的和 N 相似 vs 無基準的和 N 相似	4
29	意思相近的動詞	用例：止める vs 閉じる vs 閉める vs 止める	4
30	（の）なら	用例：〜（の）なら 意思：如果〜 文法接續：普＋（の）なら	4

單元	學習內容	用例 / 意思 / 文法接續	JLPT 程度
31	に vs へ	**用例**：にの vs への **意思**：給某人的東西是「にの」?「への」?	4
32	まま	**用例**：～まま **意思**：～前面這個狀態一直持續，沒有絲毫改變 **文法接續**：Vた、Vない、い形、な形、Nの＋まま	4
33	ような / ように vs らしい / らしく	**用例**：Nのような / のように vs Nらしい / らしく **意思**：好像N vs 典型的N	4
34	四字熟語	**用例**：「自由奔放（じゆうほんぽう）」、「自画自賛（じがじさん）」等	4
35	ぐらい vs まで	**用例**：Nぐらい vs Nまで **意思**：微不足道的N vs 更加 / 甚至N	4
36	①なさい ②きる	**用例**：①～なさい 　　　②～きる **意思**：①請～ 　　　②完全～/～盡 **文法接續**：① V-Stem ＋なさい 　　　　　② V-Stem ＋きる	3

日語的自我修養

單元	學習內容	用例 / 意思 / 文法接續	JLPT 程度
37	代_かわりに	**用例**：A 代わりに B **意思**：不 A 而 B **文法接續**：Ｖる、Ｖない＋代_かわりに	3
38	としても	**用例**：たとえ / 仮_{かり}に … としても **意思**：就算 … **文法接續**：たとえ / 仮_{かり}に＋普＋としても	3
39	ないではいられない	**用例**：Ｖないで /Ｖずにはいられない **意思**：不 V 的話就會坐立不安＝不 V 不可 **文法接續**：Ｖないで /Ｖずに＋はいられない	2
40	もういいや	**用例**：もういいや **意思**：那就算了吧	2
41	ことにはならない	**用例**：～ことにはならない **意思**：大家都認為不算～ **文法接續**：Ｖた＋ことにはならない	2
42	少_{すく}なくとも vs せめて	**用例**：少_{すく}なくとも vs せめて **意思**：客觀描述的最起碼 vs 強烈感情的 最起碼	2

單元	學習內容	用例 / 意思 / 文法接續	JLPT程度
43	と言っても過言<ruby>過言<rt>かごん</rt></ruby>ではない	**用例**：〜と言っても過言ではない **意思**：就算説〜也不為過	2
44	とこ	**用例**：日語裏表示「長久 / 永遠」意思的「とこ」	0

請把 23-44 篇（道具拍板上的分數）加起來，便可知你對浪漫愛情的知識屬於：

/66

0-25　可憐蟲級：還是一句，你只是一條「泡不到妞的可憐蟲」。

26-55　劉晶級：你也許有一個親密的異性朋友，但偶然也會嘗試一個人在劉晶和學吹簫。

56-66　凌凌漆級：無論在哪，你都像黑夜裏的螢火蟲一樣，那麼鮮明，那麼出衆。

91

日語的自我修養

「幾百億的事，我幾秒鐘就可以決定了。但是你，我想了整整一個晚上！」

 劉軒：幾百億的事，我幾秒鐘就可以決定了。但是你，我想了整整一個晚上！

 劉　軒がお金より恋のほうが価値があると話しています。

劉軒：数百億のことでも、たったの *** 数秒（題一）決められる。

しかし、君のことは、一晩（題二）かかった。

*** たったの：只

題一

1 に　　　　2 で　　　　3 も　　　　4 が

題二

1 に　　　　2 で　　　　3 も　　　　4 が

★024

「鑽石與黃金，唔及我 一片真誠與真心！」

電影	《千王之王 2000》
分數	每題 1 分
測試內容	N5 助詞／語彙 A

 梁寬：鑽石與黃金，不及我一片真誠與真心！

 リョンフン こいびと じぶん まごころ しめ
梁寛が恋人に自分の真心を示そうとしています。

リョンフン
梁寛：たとえ（題一）でも黄金でも，僕の真心（題二）高価でピュア
な物はないよ！

題一

1 ダイヤ　　　　2 タイヤ　　　　3 タイヤキ　　　　4 ダイエット

題二

1 から　　　　2 ので　　　　3 まで　　　　4 ほど

日語的自我修養

普　何金水：我只是一條泡不到妞的可憐蟲。

日　何金水（ホーガムスイ）がこれまで一度（いちど）も恋（こい）をしたことはないと話（はな）しています。

何金水（ホーガムスイ）：俺（おれ）は、女（おんな）の子（こ）に（題一）もらえず、たった一匹（いっぴき）の可哀相（かわいそう）な虫（むし）

（題二）だよ。

題一
1 見合（みあ）って　　2 付（つ）き合（あ）って　　3 間（ま）に合（あ）って　　4 似合（にあ）って

題二
1 だけ　　　　　　　2 しか　　　　　　　　3 だけない　　　　　　4 しかない

　94　第 2 場：浪漫愛情

「啊！像花雖未紅，
如冰雖不凍」

電影	《國產凌凌漆》
分數	每題 1 分
測試內容	N5 漢字 / 語彙 B

惱春風　我心因何惱春風
説不出　借酒相送
夜雨凍　雨點透射到照片中
回頭似是夢　無法彈動　迷住凝望你　褪色照片中

啊　像花雖未紅　如冰雖不凍　卻像有無數説話　可惜我聽不懂
啊　是杯酒漸濃　或我心真空　何以感震動

照片中　哪可以投照片中
盼找到　時間裂縫
夜放縱　告知我難尋你芳蹤
回頭也是夢　仍似被動　逃避凝望你　卻深印腦中

啊　像花雖未紅　如冰雖不凍　卻像有無數説話　可惜我聽不懂
啊　是杯酒漸濃　或我心真空　何以感震動

<ruby>白<rt>しろ</rt></ruby>いスーツを<ruby>着<rt>き</rt></ruby>ている<ruby>男<rt>おとこ</rt></ruby>の<ruby>人<rt>ひと</rt></ruby>がピアノを<ruby>弾<rt>ひ</rt></ruby>きながら、<ruby>次<rt>つぎ</rt></ruby>の<ruby>歌<rt>うた</rt></ruby>を<ruby>歌<rt>うた</rt></ruby>って
います。

《<ruby>李香蘭<rt>りこうらん</rt></ruby>》

<ruby>悲<rt>かな</rt></ruby>しい

春風（題一）のせいか

日語的自我修養

言（い）えずに

一人（ひとり）飲（の）み

冷（つめ）たい

雨（あめ）がかの写真（しゃしん）に

夢（ゆめ）の中（なか）

動（うご）けない

じっと君（きみ）を

眺（なが）めている ***

ああ、花咲（はなさ）かない　空暗（そらくら）し

話（はなし）あるけど

すでに遅（おそ）い

ああ、濃（こ）い酒（さけ）も　なぜ悲（かな）しいと　感（かん）じ得（え）る *** の

写真（しゃしん）を　見（み）るほど *** まるで

過去（かこ）に　戻（もど）れそう

しかし　君（きみ）は今（いま）どこに

変（か）わらぬ *** 夢（ゆめ）のまま　昔（むかし）を（題二）

ああ、花咲かない　空暗し

話あるけど

すでに遅い

ああ、濃い酒も　なぜ悲しいと　感じ得るの

*** じっと眺める：一直看
*** 感じ得る：感受到
*** 見るほど：愈看愈…
*** 変わらぬ：等同「変わらない」＝不變

日語的自我修養

題一

| 1 はるかぜ | 2 なつかぜ | 3 あきかぜ | 4 ふゆかぜ |

題二

| 1 思い出す | 2 思い出る | 3 思い出 | 4 思い付く |

「二十五年前，有一晚，我嘅
柴房睇緊鹹書，你阿媽光脫脫
咁衝入嚟熄咗眼燈。」
「喂喂喂，你唔好亂講呀。
嗰晚我有着襪㗎！」

阿達：二十五年前，有一晚，我在柴房看黃書時，你媽光脫脫的衝
進來再把燈關掉。

朱咪咪：喂喂喂，你別胡説。那天我有穿襪子的。

阿達（アダッ）が25年前（ねんまえ）のある夜（よる）、李澤星（レイザッセィン）の母親（ははおや）と情事（じょうじ）を行（おこな）った *** ことを認（みと）めています。

阿達（アダッ）：25年前（ねんまえ）のある夜（よる），俺（おれ）が納屋（なや）*** でエロ本（ほん）を読（よ）んでいる時（とき）の話（はなし）だけど、お前（まえ）のお母（かあ）さんが突然（とつぜん）（題一）のまま部屋（へや）に入（はい）ってきて、しかもすぐに電気（でんき）を（題二）。

李澤星（レイザッセィン）の母親（ははおや）：ちょっとあなた！嘘（うそ）つくなよ！あの日（ひ）、靴下（くつした）は履（は）いてたよ。

*** 情事（じょうじ）を行（おこな）う：發生關係　　　*** 納屋（なや）：柴房

題一
1 すっぽかし　　2 すっぽんぽん　　3 ペーペー　　4 おしりぺんぺん

題二
1 つけた　　　　2 あけた　　　　　3 けした　　　　4 きえた

「何小姐，介唔介意望住我雙眼呢？」
「咁又點呢？」
「似邊個？」
「E.T.？」
「多謝！但係可唔可以再望真 d，
睇下發覺到 d 乜嘢？」
「好大對眼袋呀！」
「對唔住，呢排比較夜瞓咗 d，介唔介意再
仔細 d 睇下，睇下裏面…」
「OH！好大粒眼屎呀！」

電影	《家有囍事》
分數	每題 1 分
測試內容	N4 漢字 / 助詞 A

普

常歡：何小姐，不介意的話可否看着我雙眼呢？
何里玉：怎樣了？
常歡：像誰？
何里玉：E.T.？
常歡：謝謝！但可否再仔細點看，看能否發覺點甚麼東西？
何里玉：好大的黑眼圈呀！
常歡：對不起，最近比較晚睡，能否再仔細點看，看裏面有…
何里玉：OH！好大的眼屎呀！

日語的自我修養

常歓 が 何里玉に自分の目を見るように話しかけています。

常歓：何さん，良かったら僕の目を見てください！

何里玉さん：どうして？

常歓：誰（題一）似ていると思いますか？

何里玉：E.T. ？

常歓：お言葉ありがとうございます！もう少し丁寧に見ていただければ、何かお気づきのことはあるはずです。

何里玉：あっ、大きな隈 *** ですね。

常歓：ごめんなさい。最近結構よふかし（題二）する日が多いかもしれないんで。もうちょっとじっくり見ていただけませんか？目の中に何か映っていませんか？

何里玉：あった、あった。わあ！でかい目糞だ！

*** 隈：黑眼圈

題一

1 で　　　　　　2 が　　　　　　3 を　　　　　　4 に

題二

1 余不可視　　　2 夜不餓死　　　3 夜更かし　　　4 夜拭かし

 第 2 場：浪漫愛情

☆029

「心肝寶貝
突然在眼前
我急促氣喘」

電影	《算死草》
分數	每題 1 分
測試內容	N4 漢字 / 語彙 B

心肝寶貝
突然在眼前
我急促氣喘
動情為你
盼君可發現
回贈相思一串

如火的眼波
跟你通電
傾出我灼熱狂焰
瞳孔早擴張
失去焦點
心窗已虛掩

心肝寶貝
夢正甜
嘆春宵太短
但願寒夜裏
曙光不會現
長擁你的溫暖

日語的自我修養

男^{おとこ}の人^{ひと}が次^{つぎ}の歌^{うた}を幸^{しあわ}せそうに歌^{うた}っています。

《愛^{いと}し子^ご》***

愛^{いと}し子^ご

急^{きゅう}に出^でてくる

息^{いき}詰^づまり*** そう

汝^{なんじ} *** のせいで

好^すきになった

分^わかってくれるか

眼^{まな}差^ざし *** に

感^{かん}電^{でん}され

ありったけ *** の思^{おも}い

大^{おお}きな瞳^め

ぼんやりと ***

心^{しん}窓^{そう}を（題一^{だいいち}）

甘^{あま}い夢^{ゆめ}

互^{たが}い見^みてる

今^こ宵^{よい}をなげく（題二^{だいに}）

暁^{あかつき} *** よ

来^くるなかれ ***

ぬくもり *** の里^{さと}

*** 愛し子：心肝寶貝

*** 息詰まり：喘不過氣來

*** 汝：「あなた / 君」的古文

*** 眼差し：眼神

*** ありったけ：全部

*** ぼんやりと：模模糊糊迷迷濛濛

*** 暁：天亮 / 破曉時分

*** なかれ：「V な」的古文＝勿

*** ぬくもり：溫暖

題一

| 1 止めよう | 2 閉じよう | 3 閉めよう | 4 止めよう |

題二

| 1 口説く | 2 喚く | 3 嘆く | 4 泣く |

電影	《西遊記大結局之仙履奇緣》
分數	每題 1 分
測試內容	N4 讀解 A

「曾經有一份至真嘅愛情擺喺我面前，但係我冇去珍惜，到冇咗嘅時候先至後悔莫及，塵世間最痛苦莫過於此。如果個天可以畀機會我番轉頭嘅話，我會同個女仔講我愛佢；如果係都要喺呢份愛加上一個期限，我希望係，一萬年。」

ジジュンボウ ほんもの あい なに かた
至尊寶が本物の愛とは何かを語っています。

ジジュンボウ
至尊寶：かつて、僕の目の前には本物の愛というものがあったが、僕はそれを大事にしなかった。だから、なくなってから今でも後悔している。世の中にはこれより辛いことはあるのだろうか。もし神様が僕にもう一回のチャンスをくださるのなら、必ずその女の子に「愛しているよ」と言う。どうしても愛に期限があるなら、出来れば、彼女を、一万年、愛せんと ***。

*** 愛せんと：古文「彼女を愛せんと欲す」＝「欲愛她」的簡寫

題一

今の「僕」はどんな気持ちですか。

1. きびしい
2. うれしい
3. やさしい
4. くやしい

題二

「一万年」とは何のためにあるものなのでしょうか？

1. 本物の愛を探さなければならないため。
2. 恋人を愛し続けたいため。
3. 彼女と共に永遠に死にたくないため。
4. 何でも出来る神様になりたいため。

日語的自我修養

電影	《大內密探零零發》	
分數	每題1分	
測試內容	N4 語彙/助詞 A	

★③①

「咦 ~~~ 點解你知道我又匿喺枱底㗎？」

「咁你次次都匿喺枱底，我有乜辦法唔知你又匿喺枱底啫？你試下用個腦諗下，你搵撻新啲嘅地方匿呀，你當畀少少新鮮感我呀？！」

「咁我唔匿喺枱底，我驚你搵我唔到呀嘛！」

（中略）

「我叫你走呀！」

「喂，你見唔見肚餓呀？我淥個麵畀你食吖。」

嘉玲姐：咦 ~~~ 為啥你知道我又躲在桌子下呢？

零零發：那你每次都躲在桌子下，我有甚麼辦法不知道你又躲在桌子下呢？你用腦想一想，下次找個新的地方躲，就當是給我一點新鮮感好嗎？

嘉玲姐：我不躲在桌子下，就是因為怕你找不到我呀！

（中略）

零零發：我叫你走呀！

嘉玲姐：喂，你肚子餓不？我煮個麵給你食吧。

嘉玲姐（ガーレィンゼー）が零零發（レインレインファッ）にラーメンでも作ってあげようかと尋（たず）ねています。

嘉玲姐（ガーレィンゼー）：どうしてあたしがまた机（つくえ）の下（した）に隠（かく）れてたとすぐ分（わ）かったの？

零零發（レインレインファッ）：だって、お前（まえ）は毎回毎回（まいかいまいかい）机（つくえ）の下（した）に隠（かく）れてるから、分（わ）からない訳（わけ）ないじゃない？お願（ねが）いだから、俺（おれ）（題一）の新鮮味（しんせんみ）ということで、次回（じかい）からは別（べつ）の所（ところ）に隠（かく）れてくれないかな？

嘉玲姐（ガーレィンゼー）：机（つくえ）の下（した）に隠（かく）れていないと、あたし（題二）んじゃないかといつも心配（しんぱい）しているのよ。

（中略（ちゅうりゃく））

零零發（レインレインファッ）：失（う）せろ *** って言（い）っただろう？

嘉玲姐（ガーレィンゼー）：ねね、お腹（なか）空（す）いてない？ラーメンでも作（つく）ってあげようか？

*** 失（う）せろ：「失（う）せる」的命令型＝給我馬上消失

日語的自我修養

題一

1 と　　　　　　　2 に　　　　　　　3 から　　　　　　4 へ

題二

1 が見付（みつ）かれない　2 が見付（みつ）からない　3 を見付（みつ）けられない　4 を見付（みつ）けない

電影	《西遊記大結局之仙履奇緣》
分數	每題1分
測試內容	N4 文法｜漢字Ａ

情人
別後
永遠
再不來

粵

情人　別後　永遠　再不來（消散的情緣）
無言　獨坐　放眼　塵世外（願來日再續）
鮮花雖會凋謝（只願）　但會再開（為你）
一生所愛隱約（守候）　在白雲外（期待）

日

男の人と女の人がお城の上に立っているときに、次の歌が流れました。

《一生の愛する所》

情人よ

別れたら永遠に戻ってこないよね（消え去った恋だな）

無言（題一）一人で座り込み

この宇宙を眺めつづけたら（いつかまた会えたらなあ）

はっと ***、鮮かな（題二）花はいずれ凋み落ちるが（とただ願って
いる）

ふたたび咲き誇るんじゃないかと？（しかも汝 *** のために）

きっと、一生の最愛は幽かに ***（待ち続けるのを）

白雲の外に（望んでいる僕がいる）

*** はっと：忽然想到
*** 汝（なんじ）：與古漢語「汝」一樣＝你
*** 幽かに（かすか）：隱約／幽幽

日語的自我修養

題一

| 1 なのに | 2 のまま | 3 ながら | 4 ばかり |

題二

| 1 あざやか | 2 おだやか | 3 さわやか | 4 にぎやか |

★33

電影《濟公》
分數 每題1分
測試內容 N4文法/漢字A

「班衰佬呀，平日嘅床上對我咁好，點解要用火燒死我喎？」
「個原因係咁嘅，啲人嚟揾妳，就好似坐馬桶一樣，坐緊嘅時候固然之係好暢快，但係斷唔會對個馬桶產生感情！」

小玉：那班壞男人呀，平時在床上對我那麼好，為啥要用火燒死我呢？
濟公：原因是這樣的，那些人來找妳，就好像坐馬桶一樣，坐的時候固然非常暢快，但肯定不會對馬桶產生感情。

済公は遊女の小玉に男の人たちが彼女を殺そうとしていた理由を説明しています。

小玉：あの悪い男の連中 ***、日ごろベッドであれほど *** 優しくしてくれてたのに、どうしてあたい／あちき *** を焼死させようとしてたの？

済公：理由はとても簡単だ。彼らがお前の所にやって来るのは、まるで便座に座りに来る（題一）もので、座っているときはもちろん（題二）めちゃくちゃ気持ちが良いんだけど、それで便座に情が移るってことは決して *** ないよね。

第2場：浪漫愛情

110

*** 連中<ruby>連中<rt>れんちゅう</rt></ruby>：比「たち」帶有更強烈的鄙視 / 負面情緒

*** あれほど：那麼 / 那樣

*** あたい / あちき：青樓女子用的「我」

*** 決して<rt>けっ</rt>：肯定不

電影	《逃學威龍II》
分數	每題 1 分
測試內容	N4 讀解 A

「唔關你事嘅，樣衰都唔係罪過啫！」

日　二人の警察が失恋について話しています。

曹達華（チョウダッワー）：俺、失恋したよ。

周星星（ザウセィンセィン）：お前が？

曹達華（チョウダッワー）：ええ…

周星星（ザウセィンセィン）：え、マジで？有り得ない *** でしょう。恋愛経験あったっけ？

曹達華（チョウダッワー）：いや、ないけど…

周星星（ザウセィンセィン）：だろうな。

曹達華（チョウダッワー）：ペンフレンドだった。

周星星（ザウセィンセィン）：あっそ、そうだったのか。

曹達華（チョウダッワー）：3 年ほど文通 *** してたけど、急に向こうから連絡が来なくなっちゃって…

周星星（ザウセィンセィン）：その理由は？

曹達華（チョウダッワー）：彼女に写真を送ったのよ。

周星星：それはまさに「（a）」じゃない？お前のような顔じゃ、もらうほうもギョッと *** するぜ。

曹達華：分かっているよ。だからその代わりにお前の写真を送ったけど…

周星星：えっ、俺の？

曹達華：そう！それ以来彼女から連絡が来なくなってさ。まあ、別に不細工な *** 顔に生んだのはお前のせいじゃないからね。ドンマイドンマイ…

*** 有り得ない：無可能 　　　*** 文通：書信交流

*** ギョッと：嚇一跳 　　　　*** 不細工：醜陋

*** ドンマイドンマイ：Don't mind ＝不打緊 / 不關你事

題一

（a）に入れる最も適切な言葉はどれですか？
1. 自由奔放
2. 自業自得
3. 自画自賛
4. 自給自足

題二

ペンフレンドから連絡が来なくなった理由は何だったんですか？
1. ペンフレンドに他人の写真を送ったからです。
2. ペンフレンドに自分の写真を送ったからです。
3. ペンフレンドにあったけど、自分には恋愛経験がなかったからです。
4. ペンフレンドはこれ以上待っていられないと言ったからです。

113

日語的自我修養

電影	《九品芝麻官之白面包青天》
分數	每題 1 分
測試內容	N4 助詞 / 漢字 A

「二少奶佢鍾意我，話我有文才，仲送咗首詩畀我，我而家帶埋嚟喫喇，我讀畀你聽下：金風玉露一相逢，便勝卻人間無數。兩情若是長久時，又豈在朝朝暮暮。」

普

來福：二少奶她喜歡我，說我有文才，還送了一首詩給我，我帶了過來，現在唸給你聽：金風玉露一相逢，便勝卻人間無數。兩情若是長久時，又豈在朝朝暮暮。

日

二少奶（イーシュウナイ）が自分（じぶん）の文学（ぶんがく）の才能（さいのう）に惹（ひ）かれたことを証明（しょうめい）するために、来福（ロイフォッ）は詩（し）を詠（よ）みました。

来福（ロイフォッイーシュウナイ ひごろわたし）：二少奶は日頃私のことが好（す）きで何度（なんど）も「文才（ぶんさい）があるね」と褒（ほ）めてくださったし、詩（し）（題一）くださいましたよ。その詩を今（いま）から詠（よ）ませていただきますね：「秋（あき）の風（かぜ）と玉（たま）のような露（つゆ）が一度（いちど）（題二）出逢（であ）えば、まさに人（ひと）の世（よ）の無数（むすう）の恋（こい）に勝（まさ）る***。二人（ふたり）の恋（こい）が、本当（ほんとう）に久（ひさ）しく変（か）わらないのであれば、また、どうして毎日毎晩一緒（まいにちまいばんいっしょ）にいる必要（ひつよう）があろうか。」

*** 勝（まさ）る：勝於

題一

1 が　　　　2 ぐらい　　　　3 から　　　　4 まで

題二

1 ひとどう　　　　2 いちたび　　　　3 ひとたび　　　　4 いちどう

★036

你以為你匿喺度就搵唔到你咩？冇用㗎！你啲咁出色嘅難忍（男人），無論喺邊度，都好似漆黑中嘅螢火蟲一樣，咁鮮明，咁出眾。你憂鬱嘅眼神，唏噓嘅鬚根，神乎其技嘅刀法，同埋嗰杯 Dry Martine，都徹底咁將你出賣咗。

電影	《國產凌凌漆》
分數	每題 2 分
測試內容	N3 讀解 A

売春婦（ばいしゅんふ）が自分（じぶん）の胸（むね）に隠（かく）していた話（はなし）を豚捌（ぶたさば）きや *** の男（おとこ）の人（ひと）に語（かた）っています。

売春婦（ばいしゅんふ）：見（み）つからないとでも思（おも）ったの？無駄（むだ）な抵抗（ていこう）はよしなさい *** ！あなたのような素晴（すば）らしい男（おとこ）はどこにいようと、まるで真（ま）っ暗闇（くらやみ）の中（なか）の（a）のように、自（みずか）らの輝（かがや）きを隠（かく）し切（き）れないよ。しかも、人（ひと）の心（こころ）を奪（うば）うような厭世的（えんせいてき）な眼差（まなざ）し、疎（まば）らな無精（ぶしょう）ひげ ***、神（かみ）の技（わざ）と思（おも）わせるほど優（すぐ）れた包丁（ほうちょう）の捌（さば）き具合（ぐあい） ***、それにそのグラスに入（はい）っているドライマティーニ *** など、すべてがあなたこそあたしの探（さが）し続（つづ）けた男（おとこ）だってことを教（おし）えてくれたのよ。

*** 豚捌（ぶたさば）きや：豬肉切割員

*** よしなさい：請停手 / 罷休

*** 疎（まば）らな無精（ぶしょう）ひげ：唏噓的鬚渣子

*** 捌（さば）き具合（ぐあい）：刀法

*** ドライマティーニ：Dry Martine

日語的自我修養

題一

（a）に入れる最も適切な言葉はどれですか？

1. さだこ

2. さだめ

3. ほたる

4. ほたて

題二

女の人に「探し続けた男」の居場所を教えてくれた要素として、間違っているのはどれですか？

1. 飲み物

2. 見た目

3. 昆虫

4. 技

「我養你吖！」

電影	《喜劇之王》
分數	毎題 2 分
測試內容	N3 読解 A

尹天仇（ワンティンサウ）と柳飄飄（ラウピウピウ）が分（わ）かれる前（まえ）と、そして再会（さいかい）したときに次（つぎ）のように話（はな）しました。

（分（わ）かれる前（まえ）に）

尹天仇（ワンティンサウ）：おい！

柳飄飄（ラウピウピウ）：なに？

尹天仇（ワンティンサウ）：もう行（い）くの？

柳飄飄（ラウピウピウ）：ええ。

尹天仇（ワンティンサウ）：どこへ？

柳飄飄（ラウピウピウ）：自宅（じたく）だけど…

尹天仇（ワンティンサウ）：それからは？

柳飄飄（ラウピウピウ）：仕事（しごと）に行（い）くさ。

尹天仇（ワンティンサウ）：（a）？

柳飄飄（ラウピウピウ）：行（い）かない（b）養（やしな）ってくれるかしら？

尹天仇（ワンティンサウ）：おい！

柳飄飄（ラウピウピウ）：なによ、また？

日語的自我修養

尹天仇（ワンティンサウ）：養（やしな）ってやるよ。

柳飄飄（ラウピウピウ）：それより、まず自分を養（やしな）えよ、この馬鹿（ばか）たれ！

（中略（ちゅうりゃく）…再会（さいかい）したときに）

柳飄飄（ラウピウピウ）：おい、こないだ ***、養（やしな）ってくれるってホント？

尹天仇（ワンティンサウ）：本当（ほんとう）だよ！

柳飄飄（ラウピウピウ）：ウソつくんじゃない *** よ。

尹天仇（ワンティンサウ）：ウソなんかついてないぞ。君（きみ）の返事（へんじ）を待（ま）ってたぜ。

柳飄飄（ラウピウピウ）：やった *** ！ハハハハ…

*** こないだ：「この間（あいだ）」的口語變化＝前一段日子 / 之前

***Ｖんじゃない：別Ｖ・所以「ウソつくんじゃない」＝別欺騙我

*** やった：Yeah・太好了

題一

（a）に入（い）れる最（もっと）も適切（てきせつ）なフレーズはどれですか？

1. 行（い）かないとだめだね

2. 行（い）こうとは思（おも）わないか

3. 行（い）ったほうがいいかな

4. 行（い）かなくてもいい

題二

（b）に入（い）れる最（もっと）も適切（てきせつ）な語彙（ごい）はどれですか？

1. にしては

2. くせに

3. わりには

4. かわりに

「你嗌啦，你嗌破喉嚨都冇用㗎喇！」
「哎呀，冇咁啦，乜個個男人都係咁㗎？你唔悶我都悶啦。」
「禽獸！」

電影	《九品芝麻官之白面包青天》
分數	每題2分
測試內容	N3 文法 / 語彙A

嫖客：你叫吧，你叫破喉嚨也沒有用的！
如煙：哎呀，別這樣好嗎？為甚麼每個男的都是這樣的？你不悶我也覺得悶呀。
其他嫖客：禽獸！

遊女（ゆうじょ）の如煙（ユーイン）が複数（ふくすう）の男（おとこ）の人（ひと）に何度（なんど）も体（からだ）を触（さわ）られたことを嘆（なげ）いています：

嫖客（じょろうがい）***：（題一）まで叫（さけ）べば宜（よろ）しい。ただ（題二）喉（のど）がカラカラ*** になって、声（こえ）がなくなるほど叫（さけ）んだとしても無駄（むだ）だよ。

如煙（ユーイン）：お願（ねが）いだから、もうやめて！どうして男（おとこ）の人（ひと）はみんなそうなの？あなたたちはつまらないと思（おも）っていなくても、あたしはもううんざり*** よ。

ほかの嫖客（じょろうがい）：けだもの *** め！

日語的自我修養

*** じょろうがい：漢字為「女郎買い」＝嫖客

*** 喉_{のど}がカラカラ：聲嘶力竭

*** うんざり：感到厭倦

*** けだもの：禽獸，後面的「め」用作加強鄙視語氣

題一

1 気_きが済_すむ　　　2 心_{こころ}が済_すむ　　　3 頭_{あたま}が済_すむ　　　4 口_{くち}が済_すむ

題二

1 もし　　　2 もしもし　　　3 たとえば　　　4 たとえ

電影	《破壞之王》
分數	每題 2 分
測試內容	N2 文法 / 漢字 A

「大師兄嬌喘一聲倒在外賣仔嘅懷裏，喺呢個時候，大師兄眼如微絲，濕潤嘅雙唇，微微張開，☆中噴出有如蘭花一樣嘅香氣…對住如斯尤物，佛都會動心啦。外賣仔一手抱腰，另一隻手也不閒住吶，偷偷地從大師兄衣襟挖入，係佢豐滿嘅雙峰附近，周圍任意遊覽。而大師兄嘅慾火再也控制不住了，果兩粒的，亦由軟嘅棉花糖變為硬嘅橡皮糖啦！」

解説員：大師兄嬌喘一聲倒在外賣仔的懷裏，在這個時候，大師兄眼如微絲，濕潤的雙唇，微微張開，口中噴出有如蘭花一樣的香氣…對着如斯尤物，佛祖也會動心的。外賣仔一手抱腰，另外一隻手也不閒住，偷偷地從大師兄衣襟挖入，在他豐滿的雙峰附近，周圍任意遊覽。而大師兄的慾火再也控制不住了，那兩顆花蕾，也由軟的棉花糖變為硬的橡皮糖了！

日語的自我修養

かいせつしゃ　　　　　　　　　じょう　た
解説者がリンク上に立っている *** 大師兄と外賣仔の戦いぶりをアナ

ダイシヘン　オイマイザイ　たたか

ウンスしています。

解説者（かいせつしゃ）：大師兄（ダイシヘン）は「あぁ～ん」「あぁ～ん」と色（いろ）っぽい声（こえ）を発（はっ）して外賣仔（オイマイザイ）の懐（ところ）に凭（もた）れ込（こ）ん *** でいます。この時（とき）の大師兄（ダイシヘン）は、目（め）を細（ほそ）くしつつ、しっとりとした ***唇（題一）（くちびる）をゆらりと *** 開（あ）けようとしています。すると、そこから蘭（らん）の花（はな）の香（かお）りがぷんぷんと出（で）てきたのではありませんか。一度（いちど）このセクシーな生（い）き物（もの）に目（め）をあわすと ***、たとえ仏様（ほとけさま）でも心（こころ）を（題二）でしょう。外賣仔（オイマイザイ）はというと、大師兄（ダイシヘン）の腰（こし）に右手（みぎて）を当（あ）てながら、もう一本（いっぽん）の手（て）も空（あ）いておらず、こっそりと大師兄（ダイシヘン）の襟（えり）から許可（きょか）もなく侵入（しんにゅう）し、ふくよかな *** 肉体山脈（にくたいさんみゃく）を縦横無尽（じゅうおうむじん）に走（はし）り回（まわ）っています。大師兄（ダイシヘン）は欲情（よくじょう）を禁（きん）じ得（え）ず ***、むらむら *** 度（ど）はすでにマックスに達（たっ）*** しているがゆえに ***、かの二粒（ふたつぶ）の蕾（つぼみ）も、やわらかいマシュマロ *** の形（かたち）から、だんだんカッチカッチ *** のグミ *** になったのではありませんか？

*** リンク上（じょう）に立（た）つ：擂台上

*** 凭（もた）れ込（こ）む：依偎

*** しっとりとした：濕潤的

*** ゆらりと：緩緩 / 徐徐

*** 目（め）をあわすと：目睹

*** ふくよかな：豐滿的

*** 禁（きん）じ得（え）ず：禁不住

*** むらむら：慾火焚身

*** マックスに達（たっ）す：到達 Max/ 頂點

*** ゆえに：漢字是「故に」＝由於

*** マシュマロ：棉花糖

*** カッチカッチ：和「カチカチ」一樣，但更加硬梆梆

*** グミ：橡皮糖

題一

1 くちばし　　　　　2 くちかず　　3 くちびる　　　　4 くちぶえ

題二

1 動（うご）かしてはいられない　2 動（うご）かしかねる　3 動（うご）かさずにはいられない　4 動（うご）かすどころではない

☆④⓪☆

「我最憎人個嘴爆擦喋啦！」

電影	《喜劇之王》
分數	每題 2 分
測試內容	N2 讀解 A

尹天仇（ワンティンサウ）と柳飄飄（ラウピウピウ）が唇（くちびる）とリップクリームについて話（はな）しています！

柳飄飄（ラウピウピウ）：唇（くちびる）がガサガサ *** してるじゃない？リップクリーム要（い）らない？

尹天仇（ワンティンサウ）：要（い）る！

柳飄飄（ラウピウピウ）：これしかないけど、少（すこ）し良（よ）くなったのかしら？

尹天仇（ワンティンサウ）：ええ…

柳飄飄（ラウピウピウ）：おかわり *** は？

尹天仇（ワンティンサウ）：あ、やっぱり、ノーサンキュ ***…

柳飄飄（ラウピウピウ）：もういいや、死（し）んでしまえよ、このバーカ！

尹天仇（ワンティンサウ）：どうしたの？

柳飄飄（ラウピウピウ）：だって唇（くちびる）がガサガサの人（ひと）、一番大嫌（いちばんだいきら）いだもん。

尹天仇（ワンティンサウ）：俺（おれ）だってなりたくてなった訳（わけ）じゃないよ。

日語的自我修養

柳 飄飄(ラウピウピウ)：じゃ、どうしてもっとリップクリームを塗(ぬ)ろうとしないわけ？

尹 天仇(ワンティンサウ)：はいはい、分(わ)かった。塗(ぬ)ろう～～～

柳 飄飄(ラウピウピウ)：くたばれ *** よ！ (a) もういいや。

尹 天仇(ワンティンサウ)：実(じつ)はめちゃくちゃ塗(ぬ)りたいけど…

柳 飄飄(ラウピウピウ)：言(い)っとくけど、本気(ほんき)に塗(ぬ)り始めたら、いちゃもんつける ***

のはなしだよ。

尹 天仇(ワンティンサウ)：だから、めちゃくちゃ塗(ぬ)りたいってば ***。…あっ、待(ま)って

くれ！

柳 飄飄(ラウピウピウ)：くそ、また何(なん)なのよ、この死(し)にぞこないめ ***。

尹 天仇(ワンティンサウ)：一(ひと)つだけお願(ねが)いなんだけど、適当(てきとう)に塗(ぬ)るんじゃなくて、プ
ロ意識(いしき)を持(も)ってまんべんなく *** 塗(ぬ)ってもらえると嬉(うれ)しいんだけど…

柳 飄飄(ラウピウピウ)：分(わ)かってるって！

*** ガサガサ：乾燥爆裂的樣子

*** おかわり：再來一點

*** ノーサンキュ：No, thank you ＝不用了

*** くたばれ：去死吧

*** いちゃもんつける：找碴兒 / 說三道四的

*** ってば：不是已經說了…?

*** 死(し)にぞこないめ：該死的 / 冤家

*** まんべんなく：均勻 / 哪裏都

第2場：浪漫愛情

題一

（a）に入れる最も適切な言葉はどれですか？

1. 塗りたいなら

2. 塗りたかったら

3. 塗りたくなかったら

4. 塗ってもらえなかったら

題二

柳 飄飄の最後の「分かってるって」という一言は、何に対する回答でしたか？

1. 尹 天 仇がめちゃくちゃリップクリームを塗りたかったこと。

2. 尹 天 仇がそれほどリップクリームを塗るのを好まなかったこと。

3. 尹 天 仇がリップクリームの塗り方に対してリクエストがあったこと。

4. 尹 天 仇がノーサンキュと言ったのは本音でなかったこと。

日語的自我修養

★041

電影	《九品芝麻官之白面包青天》
分數	每題 2 分
測試內容	N2 文法 / 助詞 A

「如煙佢賣藝唔賣身呀！」
「我玩完佢唔畀錢，咁咪唔算賣囉，哈哈哈哈哈哈哈！」

普

龜婆：如煙她賣藝不賣身的。
豹頭：我嫖完她不給錢，那就不算賣了，哈哈哈哈哈哈哈！

日

龜婆 *** が遊女のそれぞれのポリシー *** を説明しています。

龜婆：申し訳ございませんが、如煙は芸（題一）お売り致しますが、体（題一）お売り致しません。

豹頭：俺は金を払わずに彼女を可愛がる *** つもりなんで、彼女も体を「売った」（題二）でしょう、ハハハハハハハ！

*** ゆうじょやのままさん：漢字為「遊女屋のママさん」＝龜婆

*** ポリシー：Policy ＝政策 / 原則

*** 可愛がる：本來是「寵愛」的意思，但在風月場所則有「發生關係」的含義

題一

1 が / が　　　2 も / も　　　　　3 は / は　　　4 を / を

題二

1 ことになる　　2 ことにはならない　　3 ことにする　　4 ことにはしない

「一個 AM，一個 FM，大家
都唔啱 channel 嘅。」

電影	《行運一條龍》
分數	每題 2 分
測試內容	N2 聽解 A

聽解問題

題一

1 チャンネル　　　2 ラジオ　　　3 チェンジ　　　4 チャージ

題二

1 男の人が暴力をふるったからです。
2 男の人がラジオを買ってくれなかったからです。
3 男の人に対する気持ちは変わったからです。
4 男の人は自分より母親を大事にしているからです。

電影	《大內密探零零發》
分數	每題 2 分
測試內容	N2 語彙 A

☆043

「喺正話嗰場戲裏面，佢充分表現出一個畀老公拋棄嘅妻子嗰份嘅唏噓同埋坎坷。無論係眼神、表情或者形體動作方面，佢都能夠做到絲絲入扣，入木三分。尤其是最後掟爛隻馬嗰個動作，更加能夠表現出後現代主義同埋對社會嗰個強烈控訴。」

零零發：在剛才那場戲裏面，她充分表現出一個被老公拋棄的妻子那份唏噓和坎坷。無論是眼神、表情或者形體動作方面，她都能做到絲絲入扣，入木三分。尤其是最後摔破馬那個動作，更加能表現出後現代主義和對社會那份強烈控訴。

零零發（レインレインファッ）が最優秀主演女優賞（さいゆうしゅうしゅえんじょゆうしょう）を受賞（じゅしょう）した嘉玲姐（ガーレインゼー）の演技（えんぎ）について次（つぎ）のように述（の）べました。

零零發（レインレインファッ）：先程（さきほど）のシーンの中（なか）で、彼女（かのじょ）は夫（おっと）に見捨（みす）てられた一人（ひとり）の妻（つま）が持（も）つ悲（かな）しさと（題一）を見事（みごと）に演（えん）じ切（き）りました ***。目（め）つき *** といい、表情（ひょうじょう）といい、一挙手一投足（いっきょていっなげあし）、とにかく役（やく）としてあるべき *** ものをすべてしかもぴったりと決（き）められて、まさに神技（かみわざ）と（題二）過言（かごん）ではないでしょう。とりわけ ***、最後（さいご）の馬（うま）を投（な）げるジェスチャー *** ですが、後現代主義（ポストモダン）によって生（しょう）じる感情（かんじょう）をもって、社会（しゃかい）に対（たい）する恨（うら）めしい訴（うった）えという感情（かんじょう）が大変（たいへん）素晴（すば）らしく表現（ひょうげん）されましたね。

*** 演じ切る：完美地演繹

*** 目つき：眼神

*** あるべき：應有的

*** とりわけ：尤其是

*** ジェスチャー：Gesture ＝動作

題一

| 1 せつなさ | 2 きりなさ | 3 せつらさ | 4 きっなさ |

題二

| 1 言えば | 2 言っても | 3 言うし | 4 言おうと |

電影	《西遊記大結局之仙履奇緣》
分數	每題 4 分
測試內容	NO 漢字 A+C

「天邊的你飄泊　白雲外」

普

從前　現在　過去了　再不來
紅紅　落葉　長埋　塵土內
開始終結總是　沒變改
天邊的你飄泊　白雲外
苦海　翻起愛恨
在世間　難逃避命運
相親　竟不可　接近
或我應該　相信　是緣分

日

《一生（いっしょう）の愛（あい）する所（ところ）》

男（おとこ）の人（ひと）と女（おんな）の人（ひと）がお城（しろ）の上（うえ）に立（た）っているときに、次（つぎ）の歌（うた）が流（なが）れました。

従前（じゅうぜん）も現在（げんざい）　現在（げんざい）も従前（じゅうぜん）　過（す）ぎ去（さ）ってしまえば再（ふたた）び来（き）たらず

落葉（らくよう）の如（ごと）く ＊＊＊ 紅々（こうこう）と長（なが）しえ（題一）に塵土（じんど）に埋（う）まる

開始（かいし）するも　終結（しゅうけつ）するも　総（すべ）て変改（へんかい）せず

天辺（てんぺん）にいる你（なんじ）も　飄泊（ひょうはく）として　白雲外（はくうんがい）

苦海（くかい）の　愛恨（あいこん）を翻（ひるがえ）し（題二）起（お）こせば

世間（せけん）における運命（うんめい）も逃（に）げ難（がた）くならん ＊＊＊

相<ruby>相<rt>あ</rt></ruby>い<ruby>親<rt>した</rt></ruby>しめども *** <ruby>竟<rt>つい</rt></ruby>に<ruby>接近<rt>せっきん</rt></ruby>するべからざれば ***

<ruby>或<rt>ある</rt></ruby>いは<ruby>我<rt>わ</rt></ruby>れ <ruby>是<rt>これ</rt></ruby>れが<ruby>縁<rt>えん</rt></ruby>と<ruby>信<rt>しん</rt></ruby>ずるべきのみ ***

***Nの<ruby>如<rt>ごと</rt></ruby>く：Nのようで /Nみたいに

*** <ruby>逃<rt>に</rt></ruby>げ<ruby>難<rt>がた</rt></ruby>くならん：<ruby>逃<rt>に</rt></ruby>げ<ruby>難<rt>がた</rt></ruby>いでしょう

*** <ruby>相<rt>あ</rt></ruby>い<ruby>親<rt>した</rt></ruby>しめども：<ruby>愛<rt>あい</rt></ruby>し<ruby>合<rt>あ</rt></ruby>っていますが

*** <ruby>接近<rt>せっきん</rt></ruby>するべからざれば：もし<ruby>接近<rt>せっきん</rt></ruby>することが<ruby>出来<rt>でき</rt></ruby>なければ

*** のみ：だけ

日語的自我修養

題一

1 ながしえ　　　　2 とこしえ　　　　3 いにしえ　　　　4 うるしえ

題二

1 おもてなし　　　2 おりかえし　　　3 ひるがえし　　　4 たがやし

題一　答案：2
題二　答案：3

題一的時間後面加「で」，是因為「で」能表示所需時間或金錢。但像題二般，如果想表示「所需的時間或金錢很驚人」，則要用「も」。如：

I　タクシーで大阪公園に行くなら、大体 1500 円で行けるよ。（打的去大阪公園的話，花 1500 日元就能去到。）

II　歩いて大阪公園に行くなら、20分ぐらいで行けるよ。（走路去大阪公園的話，20 分鐘左右就能去到。）

III　タクシーで大阪公園に行くなら、50000 円以上もかかるし、しかも 3 時間もかかるよ。（打的去大阪公園的話，得花 50000 日元以上，還得 3 個小時才能去到。）

可能有學習者會選「に」，但要記住「に」雖可用在特定時間（朝 7 時，誕生日）後，但一般是不會用在「量」的概念（6 時間或 6 カ月）後（當然有「6 時間に 1 回薬を飲む」這種關於頻率的文型，在此割愛）。

仿作對白

使用「で」「も」創作獨自的對白。

例　A：日本語なら 3 秒で忘れられるのに、あなたを忘れるのに、一生もかかる。（日語的話，只需 3 秒就能忘記；然而要忘記你，卻要花上一生。）

A：＿＿＿＿＿＿＿＿＿＿＿＿＿＿＿＿＿＿＿＿＿＿＿。

參考書籍：《日本語能力試驗精讀本 N5》chapter 38，41

文法：N（君、心）ほど…ない

題一的「ダイヤ＝ダイヤモンド＝ Diamond（鑽石）」、「タイヤ＝ Tire（輪胎）」、「タイヤキ＝鯛焼き（鯛魚燒）」和「ダイエット＝ Diet（減肥）」，當中只有「ダイヤ」和黃金一樣，屬於昂貴的東西。

題二的「N ほど…ない」表示「不像 / 不如 N 那麼…」或「沒有比 N 更…」，如：

I 英語はドイツ語ほど難しくない。（英語不像德語那麼難。）

II 人間の心ほど分かりにくい物はない。（沒有比人心更難明白的東西。）

III 今まで人生の中で，君ほど素敵な人と出会ったことはなかった。（到現在為止，我還沒遇過一位像你這麼出眾的人【，但現在我遇上了】。這裏如果用「出会ったことはない」的話，則「還沒遇上」這個狀態還持續着，那麼句子含義會變成「到現在為止，我還沒遇過一位像你這麼出眾的人【，而且到現在還沒遇上】」。那究竟是遇上了？還是沒遇上？意思就變得模棱兩可了，屬於病句。）

仿作對白

使用「N ほど…ない」創作獨自的對白。

例 A：何十年も生きてきたけど、やはり家族と一緒にいられる時間ほど大事なものはないね。（活了幾十年，覺得畢竟沒有東西會比能和家人一起的時間更重要。）

A：何十年も生きてきたけど、やはり＿＿＿＿＿＿＿＿＿＿＿＿＿＿＿ほど

＿＿＿＿＿＿＿＿＿＿＿＿＿＿＿＿＿＿＿ね。

　　題一的「見合う＝對望」、「付き合う＝交往」、「間に合う＝來得及」和
「似合う＝合適／匹配」，看起來好像有多過一個以上的答案，但也只有「付き合っ
てもらえる」既合乎文法要求，也有「泡不到妞」的意思，那後面的「可憐蟲」才能
發揮作用。

　　題二的「だけ」有「只是／只有」的意思，但「しかない」只有「只有」的意思，
「我只是一條泡不到妞的可憐蟲」的話，「だけ」比較合適。

延伸學習

　　可能會有學習者在題二選 4 的「しかない」，但為甚麼會錯呢？除了是上述在意
思上的分別外，另一個原因是相等於「です」的「だ」，只會出現在な形容詞或 N 後，
屬於い形容詞性質的「しかない」後面是不可能出現「だ」的。現舉幾個 N5 程度初
學者經常會説／寫錯的例子：

Ⅰ	これは美味しいだと思います。✕
Ⅱ	これは美味しいと思います。✓（我覺得這個好吃。）
Ⅲ	彼は明日来ないだと言っていました。✕
Ⅳ	彼は明日来ないと言っていました。✓（他之前説了明天不會來。）
Ⅴ	俺はおまえしかいないだ！✕
Ⅵ	俺はお前しかいない！✓（我只有你一個人！）
Ⅶ	俺はお前しかいないんだ！✓（我真的只有你一個人／因為我只有你一個人！）留意這裏的「んだ」有別於「だ」，因口語的「んだ」和下面 Ⅷ 其書面語的「のだ」可表示諸如「強調」或「因為」等意思。）
Ⅷ	俺はお前しかいないのだ！✓（我真的只有你一個人／因為我只有你一個人！）

仿作對白

使用「だけ」創作獨自的對白。

例 A：これだけ言っておきます：「人から受け恩は、絶対に忘れてはいけま
せん！」（我只說一句話：「受了人家的恩惠，絕對不可忘記！」）

A：これだけ言っておきます：「_____

_____！」

參考書籍：《日本語能力試験精讀本 N4》chapter 57-58

026 基本解說
電影：《國產凌凌漆》

題一　答案：1
題二　答案：1

原曲歌詞

なにもみえない　なにも　ずっと泣いてた
だけど悲しいんじゃない

あたたかいあなたに　ふれたのがうれしくて

Ah　行かないで　行かないで

いつまでもずっとはなさないで

Ah　行かないで　行かないで　このままで

いつか心は　いつか　遠いどこかで
みんな想い出になると
知らなくていいのに　知らなくていいのに

日語的自我修養

Ah 行かないで 行かないで

どんなときでもはなさないで

Ah 行かないで 行かないで このままで

　　原文是一首配合歌曲旋律＋中文歌詞而創作的 B 類翻譯，但其實這首歌本來是首日本歌，名字叫《行かないで》，原唱者為玉置浩二，自然也有日語歌詞，有興趣朋友可參閱。題一的 1「春風」是來「春」＋「風」，3 的「秋風」也是同樣來自「秋」＋「風」。有趣的是，日語一般不説「夏風」和「冬風」，多以「南風」和「北風」來表示。

　　題二的「思い出す＝想起往事」，「思い出る＝沒有這個單詞」，「思い出＝回憶」和「思い付く＝想出好主意」。「思い出」作為名詞，在這裏不適用，而「思い出す」和「思い付く＝想出好主意」的最大不同在於：

I 　過去を思い出した。（想起過去。）

II 　昔のことが思い出せない。（想不起以前的事。）

III 　新しい考えを思い付いた。（想出了新的主意。）

IV 　何のアイディアも思い付かない。（一點也沒有靈感／頭緒。）

仿作對白

使用「思い出す」創作獨自的對白。

例　A： 夜眠れない時は、なぜかその日の昼ご飯のことを思い出したりします。（晚上睡不着的時候，不知為何有時候會想起那天午飯吃過的東西。）

A： 夜眠れない時は、なぜか＿＿＿＿＿＿＿＿＿＿＿を思い出したりします。

題一　答案: 2
題二　答案: 3

　　題一的 4 個選擇分別是「すっぽかし＝爽約」、「すっぽんぽん＝光脫脫」、「ペーペー＝小嘍囉 / 跑腿 /small potato（因為日本公司裏「平社員（ひらしゃいん）」屬於跑腿性質，所以日本人把「平社員（ひらしゃいん）」中的「平」字抽出，重複 2 次並輔以音讀「ぺいぺい / ペーペー」作自嘲）和「おしりぺんぺん＝打屁股」。答案是 2，但屬於口語，應該不會出現在考試，如果出現的話，同義詞的「素（す）っ裸（ぱだか）」可能性較大。

　　題二是 2 個自動詞和 2 個他動詞的選擇，只要看懂文中情節，選「他動詞＋把燈關掉」，即「消（け）した」就可。

延伸學習

　　作為與 N 試關係比較薄弱的單詞，「すっぽかし」、「ペーペー」和「おしりぺんぺん」都是日本人常用的口語，如：

I　学生（がくせい）と追試（ついし）の約束（やくそく）をしたが、連絡（れんらく）もないままですっぽかされた。（和學生約了重考，可是沒有聯絡被放了鴿子。）

II　俺（おれ）はペーペーだから、会社（かいしゃ）の秘密（ひみつ）なんて知（し）る訳（わけ）ないよ。（我只是一個低級員工，哪會知道公司的秘密？）

III　たけし、早（はや）く宿題（しゅくだい）しないと、お母（かあ）さんにおしりぺんぺんされちゃうよ。（小武，你不快點寫作業，會被媽媽打屁股哦！）

仿作對白

使用「すっぽかし」創作獨自的對白。

例　A： 武君（たけしくん）、どうして昨日（きのう）デートの約束（やくそく）をすっぽかしたの？（小武，為甚麼你昨天爽約，不來約會？）

日語的自我修養

B：洋子ちゃん、ごめん！<u>洋子ちゃんよりもっと綺麗な子に会いに行かなくちゃならなかったからさ。</u>（洋子不好意思。因為昨天要去見一個比洋子你更漂亮的女孩。）

A：武君、どうして昨日デートの約束をすっぽかしたの？

B：洋子ちゃん、ごめん！_____

_____からさ。

參考書籍：《日本語能力試驗精讀本 N4》chapter 20-21

★028 基本解說

電影：《家有囍事》

題一　答案：4
題二　答案：3

　　先是題二，基本上也就是日語那容易出現同音字的特色。只要運用想像力和 space bar 鍵，就可以創造很多不同且有趣的「よふかし」借字。回到題一的助詞，「に」其中一個功能是表示「對象」，在「像誰？」中的「誰」就是一個對象，故用「に」。也有「と似る」這種寫法，但與「に似る」有 2 點區別。

　　1. 在意思相同的情況下，「に似る」比較現代，而「と似る」比較古典，如

I　太郎は弟の次郎に似ています。✓（太郎像他弟弟次郎。）

II　太郎は弟の次郎と似ています。✓（太郎像他弟弟次郎。）

　　2.「有明確的基準」用「基準に似る」，「沒有基準，無論A像B或B像A都可以」的話用「と似る」，如：

III　太郎はお父さんの權吉に似ています。✓（太郎像他爸爸權吉。因為一般我們都說孩子像父母，所以父母就是「基準」。）

IV　太郎はお父さんの權吉と似ています。△（但我們很少說父母像孩子。）

V　ペットは飼い主に似る。✔（寵物像主人。一般我們會認為由於潛移默化，動物在某些特徵或性格上會慢慢像牠的人，所以主人就是「基準」。）

VI　ペットは飼い主と似る。△（有一種無論是「寵物像主人」或是「主人像寵物」都可以的語感。）

延伸學習

　　在上述「に似る」 vs 「と似る」的延長綫上，其他「に V」「と V」也可作類似解釋。如：

VII　太郎は医者になった。（太郎成為醫生。很現代的講法。）

VIII　太郎は医者となった。（太郎成為醫生。比較古典的講法，而且相比起「に」，更有一種「歷盡千辛萬苦，排除萬難，終於成為醫生」的語感。可以這樣説「となった」比「になった」達成的難度更大，而喜悦亦更大。）

XI　明日先生に会います。（明天我去見老師，某程度上等同於「先生に会いに行きます。」「先生」是「基準」所以不能換成「先生が私に会います」。）

X　明日先生と会います。（明天我和老師約好了見面。沒有「基準」，所以無論「私が先生と会う」「先生が私と会う」都可以。）

仿作對白

使用「と似る」創作獨自的對白。

例　A：人生は夢と似ている。夢もまた人生と似ている。（人生如夢，夢如人生。）

A：A＿＿＿＿＿は B＿＿＿＿＿と似ている。

　　B＿＿＿＿＿もまた A＿＿＿＿＿と似ている。

參考書籍：《日本語能力試驗精讀本 N2》chapter 8

日語的自我修養

題一的 4 個選擇皆為實際存在的動詞，但配搭的名詞不同，如

車 / 喧嘩を止める：主要是把車停下或調低糾紛。

本 / 目を閉じる：主要把書 / 眼睛閉上。

ドア / 窓を閉める：主要把門 / 窗閉上。

たばこ / 計画を止める：主要放棄執行某些事情如戒煙或中止計劃。

題二的 4 個選擇為「口説く＝追求異性」，「喚く＝大聲呼喊」，「嘆く＝感嘆」和「泣く＝哭泣」。

仿作對白

使用「嘆く」創作獨自的對白。

例　A：なぜ昨日からずっと嘆いているんですか？（為甚麼從昨日開始就一直在嘆息？）

B：戦争で犠牲となった死者の無念と自分の無力感を嘆いているんです。

（我為那些在戰爭中無辜犧牲的死難者和無能為力的自己而嘆息。）

A：なぜ昨日からずっと嘆いているんですか？

B：_____を嘆いているんです。

普

至尊寶：曾經有一份至真的愛情放在我面前，但是我沒有珍惜，到失去的時候才後悔莫及，塵世間最痛苦莫過於此。如果老天可以再給我機會，讓我返回以前的話，我會跟那個女仔說我愛她；如果一定要在這份愛加上一個期限，我希望是，一萬年。

中文翻譯

題一：我現在的心情是怎樣的？

1. 嚴格

2. 開心

3. 溫柔

4. 後悔

題二：一萬年是為了甚麼而有的？

1. 為了尋找真正的愛情

2. 為了一直愛女孩子

3. 為了想和女孩子不老不死

4. 為了想成為無所不能的神

文法：普（行く、行かない、行った、行かなかった、行っている、安い、有名な、日本人な）＋（の）なら

題一中「くやしい」的漢字是「悔しい」，可理解為不甘心甚至後悔。另外，文中「Nより adj（＝ adjective）もの／ことはあるのだろうか？」的意思是「有比 N 更加 adj 的東西／事情嗎？」，如：

I　日本語より面白いものはあるのだろうか？（有比日語更有趣的東西嗎？）

II　人間の心より複雑な物はあるのだろうか？（有比人的心更複雜的東西嗎？）

III 最愛な人に裏切られることよりつらいことはあるのだろうか？（有甚麼事會比被最愛的人背叛更痛苦呢？）

而文中提及的「普＋（の）なら」，其意思是「如果」，如：

IV 明日天気がいいなら、一緒に出掛けましょう。（如果明天天氣好的話，一起出去吧！）

V お酒を飲むなら運転するな！（如果你打算喝酒的話，那就不要開車了！）

仿作對白

使用「なら」創作獨自的對白。

例 A：飲むなら乗るな、乗るなら飲むな。（要是打算喝酒的話就不要開車，要是打算開車的話就不要喝酒。——這是一句日本政府忠告市民不要醉駕的口號，且留意最後的「な」跟「なら」不一樣，是「請勿」的意思。）

A：＿＿＿＿＿＿＿＿＿＿＿なら＿＿＿＿＿＿＿＿＿＿＿な。

參考書籍：《日本語能力試驗精讀本 N4》chapter 64

031 基本解說

電影：《大內密探零零發》

題一 答案：4

題二 答案：3

題一中，如果配上不同的助詞，會有甚麼不同的含義？

I 「俺との新鮮味＝和我的新鮮感」 △

II 「俺からの新鮮味＝來自我的新鮮感」 △

兩個好像都不能表達原意，所以要不是 2 就是 4。但既然「に」用於表達對象，「給我的新鮮感為甚麼」就不能是「にの」呢？原因很簡單，就是這個世界有「に」，有「へ」，有「への」，就是沒有「にの」，如：

Ⅲ　実家へ帰って、母に花をあげました。✓（回老家，送花給老媽！）

Ⅳ　母へ花をあげました。✗

Ⅴ　これは母への花です。✓（這是給老媽的花。）

Ⅵ　これは母にの花です。✗

　　題二的 1 不合文法，而 4 是「N を見付けない」是「不打算找 N」的意思，所以也不對。2 和 3 是典型的「找不到」問題，但有着微妙的不同。

Ⅰ　探したけど、彼女が見付からなかった。（尋找了，但是她卻找不到。）

Ⅱ　探したけど、私は彼女を見付けられなかった。（尋找了，但是我卻找不到她。）

看起來似乎只是

1. 主語誰屬，她？我？

2.「助詞＋自他動詞」的問題，「が見付かる」？「を見付ける」？

2 個問題，但其實還有 1 個隱藏的語意在背後，那就是：

Ⅰ　探したけど、彼女が見付からなかった。（尋找了，但是【最後結果】她卻找不到。）

Ⅱ　探したけど、私は彼女を見付けられなかった。（【基於能力不足或惡劣環境因素，雖然努力】尋找了，但是我卻找不到她。）

　　簡單而言，Ⅰ 主要把焦點放在「結果」上，是一句比較中性且是日本人較常用的句子。一般來説，日本人找東西找不到時會多用「見付からなかった」──如果他們只需要告訴對方這個客觀結果時。相反 Ⅱ 的話就把重點放於尋找的人的能力上，把找不到的原因歸咎於尋找的人「能力不足」，或者哪怕是能力足夠，卻因為客觀條件惡劣，所以未能找到，相比起「見付からなかった」的「中性事實説明」，Ⅱ 更加希望為找不到這個事實找一個替死鬼／理由，帶有較強的「問責」味道。再看一例：

Ⅲ　徹底的に捜査したが、被害者のご遺体はついに見付からなかった。（經過徹底的搜查，但受害者的遺體最終還是找不到。【這是個鐵錚錚的事實。】）

日語的自我修養

Ⅳ 徹底的に捜査したが、ついに被害者のご遺体を見付けられなかった。（經過徹底的搜查，但還是找不到受害人的遺體。【都怪那班窩囊的警察，辦事能力不足；還有該死的老天在尋找當天下起大雨…】）

嘉玲姐說「就是因為怕你找不到我呀」是帶着「如果我不躲在你容易找到的地方，你可能由於提示不足而找不到我呀（個人能力問題）」的含義，通過使用「問責」意味較重的「見付けられない」帶出一種「都怪你」的語氣，更能感受她希望老公儘快找到自己的汲汲之情，相比起感情成分少的中性語句「見付からない」，夫妻溫馨味道不可同日而語。

仿作對白

使用「を見付けられない」創作獨自的對白。

例　A：先生、目標を見付けられないんですが、どうしたらいいでしょうか？

（老師，【可能是能力不足的關係吧，】我找不到目標呀，可以怎樣做呢？）

B：そうですね、こういう時は好きなアイドルや偉人の物語を読んで勇気をもらってください。（這種情況的話，請你閱讀喜歡的偶像或偉人的故事，從中得到勇氣吧！）

A：先生、目標を見付けられないんですが、どうしたらいいでしょうか？

B：そうですね、こういう時は＿＿＿＿＿＿＿＿＿＿＿＿＿＿＿＿＿＿＿＿。

参考書籍：《日本語能力試驗精讀本 N4》chapter 20-21

題一　答案：2
題二　答案：1

文法：Ｖた（行った）、Ｖない（行かない）、い形（新しい）、な形（綺麗な）、Ｎ（そ／昔）の ＋ まま

　　題一的「無言」除了「ばかり」之外，其實都能接合。「無言なのに＝明明保持沉默」，「無言のまま＝一直保持沉默」，「無言ながら＝雖然保持沉默」，當中「無言のままＶ」有「一直無言的在Ｖ」的語感，與原作最貼切。「～まま」表示「～」這個狀態一直持續，沒有絲毫改變，如：

Ⅰ　夫は今朝家を出たまま、未だに帰ってこない。（老公今天早上就出去了【這個狀態一直持續】，到現在還沒回家。）

Ⅱ　この服は買ってから一度も着ていないので、新しいままだよ。（這件衣服自從買了以後一次都沒穿過【這個狀態一直持續】，所以還是新簇簇的。）

Ⅲ　スリッパのままで出かけるな。（不要穿着拖鞋【這個狀態一直持續】出外。）

　　題二的「鮮やか＝鮮艷」，至於其他「穏やか＝平靜／性格溫和」，「爽やか＝天氣清爽／性格爽朗」，「賑やか＝熱鬧」，能夠形容花的只有「鮮やか」。

延伸學習

　　曾有個這樣的笑話，有學習者甚至日本的小朋友以為「そのまま」是「那個媽媽」，筆者曾經聽過一個日本的小朋友很可愛的問他媽媽：

　　ママ、「そのまま」ってだれのママなの？（媽媽，「そのまま」是誰的媽媽呀？）

　　不是說不可，首先寫法是「そのママ」，此外日語的「ママ」是用作稱呼自己的媽媽而不是他人的媽媽，所以非要使用這個意思不可的話，「【我的】那個媽媽」代表我可能有超過１個以上的媽媽（笑）。

日語的自我修養

仿作對白

使用「まま」創作獨自的對白。

例　A：幸子は昔のままで少しも変わっていないね。（幸子，你和以前一樣，
　　　一點都沒變。）

　　　B：なのに正男はだいぶ変わったね。昔は<u>あたしの下着を盗んで履いてた</u>
　　　けど、今は<u>下着すら履いていない</u>ね。（可正男你卻變了很多。從前你
　　　偷我的內褲穿，現在卻連內褲都不穿了。）

A：幸子は昔のままで少しも変わっていないね。

B：なのに正男はだいぶ変わったね。昔は＿＿＿＿＿＿＿＿＿＿＿＿＿＿＿＿けど、

　今は＿＿＿＿＿＿＿＿＿＿＿＿＿＿＿＿＿＿＿＿＿ね。

題一　答案：1
題二　答案：4

文法：N（日本人、先生）のような / のように

　　「よう」（這裏指是類近「みたい」的「よう」）和「らしい」的其中一個大的
分別在於，「AはBのような / ように～」的時候「A只是像B而並非B」，然而「A
はAらしい / らしく～」卻表示「A是典型的A」，如：

I　あの韓国人（A）は欧米人（B）のような顔をしている。（那個韓國人有着像
　　歐美人的臉龐【然而韓國人≠歐美人】。）

II　あの韓国人（A）は韓国人（A）らしい顔をしている。（那個韓國人有着典型
　　韓國人的臉龐【韓國人＝韓國人】）

III　あの韓国人（A）はアメリカ人（B）のように英語を流暢に喋っている。（那
　　個韓國人像美國人般流暢地説着英語。【然而韓國人≠美國人】。）

IV　あの韓国人(かんこくじん)（A）は韓国人(かんこくじん)（A）らしく敬語(けいご)を正(まさ)しく使(つか)いこなしています。（那個韓國人和其他典型的韓國人一樣，能正確使用敬語。【韓國人＝韓國人】）

至於是「ような」還是「ように」？是「らしい」還是「らしく」？則要看後文連接的是名詞還是文句。如果想 I，II 般是名詞（顔(かお)）的話會使用「ような」或「らしい」；相反若是 III，IV 般接着文句（如「英語(えいご)を流暢(りゅうちょう)に喋(しゃべ)っている」）的話則是「ように」或「らしく」。

題二的話，「勿論(もちろん)」和「無論(むろん)」的意思接近但漢字不同，前者是初級日語而後者屬於中高級日語。

仿作對白

使用「Ｖずに」創作獨自的對白。

例　A：君(きみ)がいなかったあの頃(ころ)は、まるでわさびをつけないままで寿司(すし)を食(た)べるような物足(ものた)りない日々(ひび)でした。（沒有你的那段日子，就像是不蘸芥末而吃壽司般的枯燥無味！）

A：君(きみ)がいなかったあの頃(ころ)は、まるで＿＿＿＿＿＿＿＿＿＿＿＿＿＿＿

＿＿＿＿＿＿＿＿＿＿＿＿＿＿＿＿＿ような物足(ものた)りない日々(ひび)でした。

參考書籍：《日本語能力試驗精讀本 N4》chapter 44

題一　答案：2
題二　答案：1

曹達華：失戀啦！
周星星：你失戀？
曹達華：嗯！
周星星：有冇可能呀？你拍過拖咩？
曹達華：未呀！

日語的自我修養

周星星：咁咪係囉。

曹達華：我哋筆友嚟嘅。

周星星：哦！筆友！

曹達華：通咗信三年幾㗎啦。最近佢突然間唔睬我。

周星星：點解呢？

曹達華：因為我寄咗幅相畀佢。

周星星：咁你自己斷正啊。你咁嘅相貌點寄得相畀人睇㗎？

曹達華：係呀，所以我寄咗你幅相畀佢。

周星星：我幅相？！

曹達華：係呀！佢一見到你幅相就以後都唔睬我嘞。…唔關你事嘅，樣衰都唔係罪過啫！

曹達華：我失戀了！

周星星：你失戀？

曹達華：嗯！

周星星：有可能嗎？你談過戀愛嗎？

曹達華：沒有！

周星星：不就是嘛。

曹達華：我們是筆友。

周星星：哦，筆友！

曹達華：通了信三年多，最近她突然不理我。

周星星：為啥呢？

曹達華：因為我寄了照片給她。

周星星：那是搬石頭砸自己的腳啊。你這副尊容能寄照片給人家嗎？

曹達華：對呀，所以我寄了你的照片給她。

周星星：我的照片？！

曹達華：是的！她一看到你的照片就再也不理我了。…不關你的事，長得醜也不是罪過呀！

中文翻譯

題一：哪一個是放在（a）裏最合適的單詞？

1. 自由奔放＝自由奔放
   （じゆうほんぽう）

2. 自業自得＝自作自受
   （じごうじとく）

3. 自画自賛＝自賣自誇
   （じがじさん）

4. 自給自足＝自給自足
   （じきゅうじそく）

題二：哪一個是放在（b）裏最合適的單詞？

1. 因為把其他人的照片寄了給筆友。

2. 因為把自己的照片寄了給筆友。

3. 因為雖然筆友有，但自己卻沒有任何戀愛經驗。

4. 因為筆友説不能再等了。

這篇讀解篇幅不算短，但其實內容也主要是 N4 再加部分 N3 的水平。首先像題一那種題型基本上 N 試不會出現，因為這對母語為中文的人過份有利。然而作為練習，筆者覺得也並非不可，況且 4 個選擇都是日本人日常生活經常用到的「<ruby>四字熟語<rt>よじじゅくご</rt></ruby>」。其中一種用法是與「まさに」（正正是 / 正所謂）一起用，如：

I　<ruby>自分<rt>じぶん</rt></ruby>が<ruby>作<rt>つく</rt></ruby>ったラーメンを<ruby>世界一<rt>せかいいち</rt></ruby>と<ruby>自称<rt>じしょう</rt></ruby>するなんて、<ruby>確<rt>たし</rt></ruby>かに「<ruby>自画自賛<rt>じがじさん</rt></ruby>」だね。

（把自己煮的拉麵稱為世界第一，這確實是「王婆賣瓜，自賣自誇」。）

II　ちっとも<ruby>他人<rt>たにん</rt></ruby>の<ruby>意見<rt>いけん</rt></ruby>を<ruby>受<rt>う</rt></ruby>け<ruby>入<rt>い</rt></ruby>れない<ruby>田中君<rt>たなかくん</rt></ruby>は、まさに<ruby>自由奔放<rt>じゆうほんぽう</rt></ruby>な<ruby>方<rt>かた</rt></ruby>じゃないですか？（從來都不接受他人意見的田中君，不正正是個很自由奔放的人嗎？【有點説反話的味道】）

仿作對白

使用「<ruby>自業自得<rt>じごうじとく</rt></ruby>」創作獨自的對白。

例　A：ぎゃ～～～～～～（哎啊啊啊啊啊啊啊啊）

　　B：ほら、<ruby>ハチの巣を触<rt>　　　さわ</rt></ruby>っちゃダメって<ruby>言<rt>い</rt></ruby>ったでしょう？<ruby>自業自得<rt>じごうじとく</rt></ruby>よ。

　　（你看，早就跟你説不要摸蜂巢，你這是自討苦吃！）

A：ぎゃ～～～～～～

B：ほら、_____って<ruby>言<rt>い</rt></ruby>ったでしょう？<ruby>自業自得<rt>じごうじとく</rt></ruby>よ。

日語的自我修養

題一　答案：4
題二　答案：3

　　題一「が」和「から」肯定不對，如果是「詩ぐらい」的話，通常表示「程度低/微不足道」，「就這麼一丁點程度」的意思，所以後面應該是如：

I　馬鹿(ばか)にするなよ、詩(し)ぐらいは書(か)けるよ。（別瞧不起人，詩這種程度的東西，當然會寫。）

　　相反，「まで」有「除了⋯更加/甚至」的意思，十分配合來福說「二少奶她喜歡我，說我有文才，還送了一首詩給我」的因果關係。再舉一例：

II　麺(めん)だけでなく、スープまで飲(の)み干(ほ)したから、きっとお腹(なか)が空(す)いていたでしょうね。（不但麵，連湯也喝個清光，你剛才一定是很餓的吧！）

　　題二的「一度」的訓讀是「ひとたび」而音讀是「いちど」（因為「度」的普通話是 du，屬於單母音），有「一次/一旦」的意思。這樣推想的話，表示「再次」讀「再(ふたた)び」（ふた＋たび）是非常合情合理的。

III　一度(いちど)決意(けつい)したからには、最後(さいご)までやり遂(と)げなさい！（一旦下定了決心，就幹到底吧！）

IV　ひとたび躊躇(ちゅうちょ)したらおしまいだよ。（一旦猶豫的話就完了！）

　　古典日語（日本人讀古典中文時的一套翻譯法，學名叫「漢文訓讀」）～

金風(きんぷう)と玉露(ぎょくろ)　一(ひと)たび　相(あ)い逢(あ)えば
便(すなわ)ち人間(じんかん)の無数(むすう)なるに勝(しょう)却(きゃく)す
両(りょう)情(じょう)　若(も)し是(こ)れ　久(きゅう)長(ちょう)ならん時(とき)
又(ま)た　豈(あ)に　朝朝暮暮(ちょうちょうぼぼ)たるに在(あ)らんや

仿作對白

使用「一度」創作獨自的對白。

例 A：彼ときたら、<ruby>一<rt>いちど/ひとたび</rt></ruby> 度 <ruby>泣<rt>な</rt></ruby>き<ruby>始<rt>はじ</rt></ruby>めたら、なかなか<ruby>泣<rt>な</rt></ruby>き<ruby>止<rt>や</rt></ruby>まない。（他那

個人真是的，一旦哭起來，就哭過不停。）

A：<ruby>彼<rt>かれ</rt></ruby>ときたら、＿＿＿＿＿＿＿＿＿＿＿＿＿＿＿＿＿＿＿＿＿＿＿。

參考書籍：《日本語能力試驗精讀本 N5》chapter 10

題一　答案：3
題二　答案：3

妓女：你以為躲在這裏就找不到你嗎？沒用的，像你這樣出色的
男人，無論在哪，就好像黑夜裏的螢火蟲一樣，那麼鮮明，那麼
出眾。你憂鬱的眼神，稀嘘的鬍渣子，神乎其技的刀法，還有那
杯 Dry Martine，都徹底的把你出賣了。

中文翻譯

題一：哪一個是放在（a）裏最合適的單詞？

1. 貞子

2. 命運

3. 螢火蟲

4. 扇貝

題二：哪個並非告訴女人「她一直尋找的那個男人」藏身之所的綫索？

1. 飲料

2. 容貌

3. 昆蟲

4. 技藝

日語的自我修養

文法：V-Stem（行き、食べ、し / 来ま）+ なさい

V-Stem（行き、食べ、し / 来ま）+ きる / きれる

題一中具有「自らの輝きを隠し切れないよ」特性的是螢火蟲。至於題二，螢火蟲並沒有告訴女人他所尋找的男人在哪裏，男人只不過是「像黑夜裏的螢火蟲一樣，那麼鮮明，那麼出眾」而已。另外，文中「よしなさい」是由表示「停手 / 罷休」的「止します」和表示「請」的「なさい」所組成的。「なさい」的用法如下：

Ⅰ　ご飯の前にちゃんと手を洗いなさい！（吃飯前要把手洗乾淨！）

Ⅱ　次の質問に答えなさい。（請回答下一個問題。）

而「V きる / きれる」的意思是「完全 V/V 盡」，如：

Ⅲ　もう自分の力を出し切ったから悔いはない。（我已經盡全力了，所以無悔。）

Ⅳ　幼馴染に会うたびに、いつも話し切れないほどネタがある。（每次和青梅竹馬見面時，都有說不完的話題。）

仿作對白

使用「なさい」創作獨自的對白。

例　A：正男君、何回言ったらわかるの？日本語の授業を受けるときは、ちゃんとパンツを履きなさい！（要說幾次你才明白？上日語課的時候請一定要穿內褲。）

A：正男君、何回言ったらわかるの？＿＿＿＿＿＿＿＿＿＿＿＿＿＿＿＿＿

＿＿＿＿＿＿＿＿＿＿＿＿＿＿＿＿なさい！

參考書籍：《日本語能力試驗精讀本 N4》chapter 51

037 基本解說

電影：《喜劇之王》

廣

尹天仇：喂！
柳飄飄：點呀？
尹天仇：走啦？
柳飄飄：係呀。
尹天仇：去邊啦？
柳飄飄：返屋企囉。
尹天仇：跟住呢？
柳飄飄：返工囉。
尹天仇：唔返得唔得呀？
柳飄飄：唔返你養我呀？
尹天仇：喂。
柳飄飄：又點呀？
尹天仇：我養你吖！
柳飄飄：你養掂你自己先啦，傻仔！
（中略）
柳飄飄：喂…你上次話養我係咪真㗎？
尹天仇：係呀！
柳飄飄：唔好老點呀！
尹天仇：都話係略，等緊你咋！
柳飄飄：哈哈哈哈…

普

尹天仇：喂！
柳飄飄：怎呀？
尹天仇：你要走？
柳飄飄：對呀。
尹天仇：去哪呀？
柳飄飄：回家唄。
尹天仇：然後呢？
柳飄飄：上班唄。
尹天仇：不去上班行不行？
柳飄飄：不去上班你養我？
尹天仇：喂！

153

日語的自我修養

柳飄飄：又怎呀？

尹天仇：我養你呀！

柳飄飄：你養活了自己再説吧，笨蛋！

（中略）

柳飄飄：喂…你上次説養我，是真的嗎？

尹天仇：是呀。

柳飄飄：不要騙我呀！

尹天仇：是真的，就等你回答。

柳飄飄：哈哈哈哈…

中文翻譯

題一：哪一個是放在（a）裏最合適的句子？

1. 確實是不去不行

2. 你沒想過要去嗎

3. 去的話比較好吧

4. 不去行不行

題二：哪一個是放在（b）裏最合適的單詞？

1. 以…來説，想不到

2. 明明…卻

3. 雖然…然而

4. 代替 / 取而代之

文法：Ｖる（行く、食べる、する / しない）、Ｖない（行かない、食べない、しない / 来ない）＋ 代わりに

題一是 N4-N5 程度的內容，原型來自「Ｖなければならない＝必須Ｖ」，「Ｖなくてもいい＝可以不Ｖ」，「Ｖたほうがいい＝最好Ｖ」和「Ｖようと思う＝打算Ｖ」等文法。

題二的「代わりに」有幾個意思，如「Ａ代わりにＢ」表示「不做Ａ，取而代之是做Ｂ」。有趣的是，無論Ａ是肯定「Ｖる」或是否定「Ｖない」，其意思也會是一樣，如：

I　公園に行く代わりに家で昼寝をすることにした。✓（取代去公園一事，我決定了在家睡午覺。）

II　公園に行かない代わりに家で昼寝をすることにした。✓

III　貯金する代わりに，買いたいものを買うのは俺の生き方だ。✓（不存錢，買自己想買的東西，這是我的生活方式。）

IV　貯金しない代わりに，買いたいものを買うのは俺の生き方だ。✓

仿作對白

使用「代わりに」創作獨自的對白。

例　A：誕生日プレゼントは？（我的生日禮物呢？）

　　B：買ってないよ、でもその代わりに、プレゼントを買うために貯めてたお金をぜんぶ難民たちに寄付してきたよ。（沒有買呀！取而代之的是，我把為了買禮物而存起來的錢全部捐了給難民。）

A：誕生日プレゼントは？

B：買ってないよ、でもその代わりに、＿＿＿＿＿＿＿＿＿＿＿＿＿＿＿

＿＿＿＿＿＿＿＿＿＿＿＿＿＿＿＿＿＿＿＿＿＿＿＿＿＿＿。

★38 基本解說

電影：《九品芝麻官之白面包青天》

題一　答案：1

題二　答案：4

日語的自我修養

文法：たとえ / 仮に＋普（行く、行かない、行った、行かなかった、行っている、安い、有名だ、日本人だ）＋としても

題一的「気が済む」表示「感到滿足滿意 / 覺得足夠」，經常用於「気が済むまでＶて下さい」或「気が済むまでＶばいい」的句型，表示「就盡情Ｖ吧，直至你感到滿意為止」，如：

Ⅰ 気が済むまで挑戦し続けて下さい！（你就繼續挑戰吧，直至你感到滿意為止！）

Ⅱ 気が済むまで泣けばいいよ！（你就盡情哭吧，直至認為哭夠為止！）

　　題二的「たろえ…としても」一般用於對一些虛構或未發生的情景作出推測／判斷，表示「就算」的意思，如：

Ⅲ 仮にお金があったとしても、あの山奥の別荘には住みたくない。（就算有錢，也不想住在那個位於山裏的別墅。）

Ⅳ たとえあの女と１回しか会わなかったとしても、許せないからね。（就算你跟那個女人只見過一次面，我也不會原諒你的。）

Ⅴ たとえ冗談だとしても、言っていいことと、いけないことがあるでしょう。

　　（儘管是説笑，但有些話能説，有些話則不能説，不是嗎？）

仿作對白

使用「たろえ…としても」創作獨自的對白。

例　A：たとえ失敗に終わったとしても、やはり彼女に告白してみたいです。

　　（就算最終失敗收場，我還是想和她告白！）

A：たとえ＿＿＿＿＿＿＿＿＿＿＿＿＿＿＿＿＿＿＿としても、やはり

＿＿＿＿＿＿＿＿＿＿＿＿＿＿＿＿＿＿＿てみたいです。

參考書籍：《日本語能力試驗精讀本 N3》chapter 65

題一　答案：3
題二　答案：3

文法：Ｖ ないで／Ｖ ずに（行かない／行かず、食べない／食べず、しない／せず、来ない／来ず）＋ はいられない

　　題一「唇」的訓讀是「くちびる」，其他則是「嘴＝鳥類的尖嘴」，「口数＝説話的多少／數量（口数が多い／少ない＝説話多／少）」和「口笛＝口哨」。

題二的 4 個選擇，配合「心」的話，分別是

心を動かしてはいられない＝不能再動心下去

心を動かしかねる＝不能動心

心を動かさずにはいられない＝不動心的話會坐立不安／難以不動心

心を動かすどころではない＝並非動心的時候

所以答案是 3。「いられない」是「いる」的可能型，表示「不能待下去／坐立不安」，所以得出「不 V 就不能待下去／坐立不安」的意思來，再看例句如下：

I　政府の政策には、文句を言わないではいられない。（對政府的政策，不能不發牢騷！）

II　若い時の僕は、清純派のアイドルを応援せずにはいられなかった。（年輕時候的我，難以不支持清純派的偶像。）

仿作對白

使用「V ずにはいられない」創作獨自的對白。

例　A：無口な彼から「死ぬまで一緒にいようよ」と言われると、誰でも感動せずにはいられないだろう。（沉默寡言的他竟然跟我說：「一起直到死的那天吧！」，誰能不感動？）

A：＿＿＿＿＿＿＿＿＿＿＿＿＿＿＿＿＿＿＿＿＿と、誰でも感動せずにはいられないだろう。

參考書籍：《日本語能力試驗精讀本 N2》chapter 66

日語的自我修養

廣

柳飄飄：你嘴唇爆曬擦啦！要唔要啲潤唇膏呀？

尹天仇：好。

柳飄飄（吻向尹天仇的嘴唇）：我得呢啲咋，好唔好啲呀？

尹天仇：好啲。

柳飄飄：添啲哩？

尹天仇：呀，唔使啦，唔該。

柳飄飄：唔使罷就！去死吖你，正人渣！

尹天仇：做咩啫你？

柳飄飄：我最憎人個嘴爆擦㗎啦。

尹天仇：我嘴爆擦我都唔想㗎！

柳飄飄：咁你做咩唔搽多啲潤唇膏啫？

尹天仇：咁搽囉。

柳飄飄：去死吖！唔想搽就唔好勉強。

尹天仇：其實我想搽㗎。

柳飄飄：嘩，我警告你啊，到我真係搽嗰時你唔好嘰嘰趌趌啊吓！

尹天仇：我都話想搽囉。…啊，咪住。

柳飄飄：啊，你個死鑊你嚇！

尹天仇：可唔可以畀啲專業，搽勻稱啲，唔好求其揩兩下算嘞。

柳飄飄：得喇。

普

柳飄飄：你嘴唇爆裂了，要不來點潤唇膏？

尹天仇：好。

柳飄飄：我只有這些，好點沒有？

尹天仇：好了些。

柳飄飄：再來一點？

尹天仇：呀，不用了，謝謝。

柳飄飄：不要就算！去死吧，人渣！

尹天仇：幹嘛呀你？

柳飄飄：我最討厭人嘴唇爆裂的。

尹天仇：我嘴唇爆裂我也不想的！

柳飄飄：那你為啥不多塗點潤唇膏呢？

尹天仇：那就塗唄。

柳飄飄：去死吧！不想塗就不要勉強。

尹天仇：其實我想塗的。

柳飄飄：我警告你呀，我真的要塗的時候你可別諸多意見的！

尹天仇：我都說過想塗了。…啊，等一下。

柳飄飄：哎呀，你這死混蛋！

尹天仇：可不可以專業點，塗得均勻點，不要隨便碰兩下就算呢？

柳飄飄：知道了。

中文翻譯

題一：哪一個是放在（a）裏最合適的單詞？

1. 如果你想塗的話，首先要

2. 如果你想塗的話

3. 如果你不想塗的話

4. 如果人家不給你塗的話

題二：柳飄飄最後說的那句「分（わ）かってるって＝知道了」，是對甚麼事的回答？

1. 尹天仇很喜歡塗潤唇膏一事。

2. 尹天仇並非那麼喜歡塗潤唇膏一事。

3. 尹天仇對塗潤唇膏有要求一事。

4. 尹天仇說「呀，不用了，謝謝」並非出於本心一事。

題一中（a）後面的「もういいや」表示「那就算了吧」，所以只能是「如果你不想塗的話」才符合文意。

延伸學習

文中出現多次表面上罵人死，但實際上是對自己親密的人所說的反話，筆者把他們分別譯作「死（し）んでしまえ」（去死吧），「くたばれ」（去死吧）和「死（し）にぞこないめ」（死混蛋）等，一方面可見柳飄飄希望尹天仇能多塗點潤唇膏，但偏偏尹天仇不善辭令，所以多次惹怒她的情景；另一方面也可以帶出面對尹天仇的不善辭令，柳飄飄也難以啓齒卻又口不對心，咒罵人家快點死，實際希望對方親自己的一種乙女純情。

日語的自我修養

仿作對白

使用「もういいや」創作獨自的對白。

例 A：あれ、食器洗ってくれるって言ってなかった？（你不是説過替我洗碗嗎？）

B：今やる気がなくてさ、やる気が湧いてきたら、やっとくわ。（現在沒有心情，等有心情的時候再給你做吧！）

A：もういいや、自分でやる！（算了吧，我自己來！）

A：あれ、＿＿＿＿＿＿＿＿＿＿＿＿＿＿＿＿＿＿＿＿＿って言ってなかった？
B：今やる気がなくてさ、やる気が湧いてきたら、やっとくわ。
A：もういいや、自分でやる！

題一　答案：3
題二　答案：2

文法：Ｖた（行った、見た、した／きた）＋ ことにはならない

題一的助詞是 N4 程度，但學習者經常會弄錯。3 的「は／は」有比較的功能，可以用作諸如「A 的話～但 B 的話～」，如：

I 私は目は小さいですが、口は大きいです。（我眼睛【A】小，但嘴巴【B】大。）

II 彼はウィスキーは飲めませんが、ビールは飲めますよ。（他威士忌【A】不會喝，但啤酒【B】會喝。）

所以原本是が（I「目が」／「口が」）或を（II「ウィスキーを」／「ビールを」）的地方變成は，帶出一種對比效果。

題二的答案是 2 的「ことにはならない」，表示「大家都認為不算」，比起 4 表示「自己認為不算」的「ことにはしない」更具群眾的説服力。豹頭通過「大家都認為不算賣身」來強化他的謬論，司馬昭之心路人皆知。4 個選擇很相似，看以下句子：

III　5分間本を読んだだけでも、読書したことになる。（雖只看 5 分鐘書，但所有人都認為這已經算是看了書。）

IV　5分間本を読んだだけでは、読書したことにはならない。（只看 5 分鐘書的話，所有人都不認為這算是看了書。）

V　5分間本を読んだだけでも、読書したことにする。（雖只看 5 分鐘書，但我自己就認為這已經算是看了書。）

VI　5分間本を読んだだけでは、読書したことにはしない。（只看 5 分鐘書的話，我自己就不認為這算是看了書。）

仿作對白

使用「それなら」創作獨自的對白。

例　A：あんた、花を買ってきただけでは、プロポーズしたことにはならないよ。（你呀，就買了花來，這當然不能算是求了婚。）

A：あんた、＿＿＿＿＿＿＿＿＿＿＿＿＿＿＿＿＿＿だけでは、プロポーズしたことにはならないよ。

基本解説
★042
電影：《行運一條龍》

題一　答案：4
題二　答案：3

日語的自我修養

廣

阿水：阿媚，你做咩嘢你而家？
阿媚：你扯啦。
阿水：我做錯咗咩嘢先？

阿媚：你冇錯，你對我好好添。不過，我而家唔鍾意呀。大家都唔啱 feel 嘅。

阿水：咩唔啱 feel 啫？我可以改嚟就你㗎嘛。

阿媚：就你老母呀！一個 AM，一個 FM，大家都唔啱 channel 嘅。

阿水：我可以轉 channel 㗎啫。

阿媚：轉你老母呀？我哋緣已盡喇！

阿水：媚！

（中略）

阿媚：阿水，我卒之搵到同我啱 Channel 嘅人啦！

阿水：咩 Channel 啊？

阿媚：唔係 AM，唔係 FM⋯

甜筒輝：係 SM！

阿水：阿媚，你現在做甚麼？

阿媚：你回去吧！

阿水：我究竟做錯了甚麼？

阿媚：你沒做錯，還對我很好。不過，我現在不喜歡呀。大家都不合 feeling。

阿水：甚麼不合 feeling ？我可以改去遷就你的呀。

阿媚：改你媽的飛機呀！一個 AM，一個 FM，大家根本就 channel 不對。

阿水：我可以換 channel 的。

阿媚：換你媽呀，我們緣分已盡！

阿水：媚！

（中略）

阿媚：阿水，我終於找到和我 Channel 合配的人了！

阿水：甚麼 Channel 啊？

阿媚：不是 AM，不是 FM⋯

甜筒輝：是 SM！

男の人が元の彼女阿媚と話しています。

阿水：阿媚、お前一体 何やってんの？

阿媚：帰れよ！

第 2 場：浪漫愛情

阿水（アソイ）：俺（おれ）、どんな過（あやま）ちを犯（おか）したか、せめて教（おし）えてくれよ！

阿媚（アメイ）：過（あやま）ちなんて犯（おか）してないよ！むしろずっと優（やさ）しくしてくれてた。だけど、あんたのこと好（す）きじゃなくなっちゃったのよ。フィーリングをなくしちゃったっていうか。

阿水（アソイ）：それなら、お前（まえ）のフィーリングに合（あ）わせられるよ。どうだい？

阿媚（アメイ）：あんたの母親（ははおや）と合（あ）わせろ！あんたとラジオって例（たと）えるなら、一人（ひとり）は AM チャンネルで，もう一人（ひとり）は FM チャンネルだから，永遠（えいえん）に合（あ）わないやないか。

阿水（アソイ）：じゃあ、チャンネルをチェンジしようか。

阿媚（アメイ）：だからあんたの母親（ははおや）とチェンジしろっつってんだろ？もうあんたとは縁（えん）が切（き）れたよ！

阿水（アソイ）：媚（メイ）！

（中略（ちゅうりゃく））

阿媚（アメイ）：阿水（アソイ）、やっとチャンネルの合（あ）う人（ひと）を見（み）つけたよ。

阿水（アソイ）：えっ、どんなチャンネル？

阿媚（アメイ）：AM でもなく FM でもない…

甜筒輝（ティムトンファイ）：SM だぜ！

題一（だいいち）：会話（かいわ）の中（なか）に出（で）ていないカタカナ語（ご）はどれですか？出（で）ていないほうです。

163

日語的自我修養

題二（だいに）：女（おんな）の人（ひと）が男（おとこ）の人（ひと）と別（わか）れようとする最大（さいだい）な理由（りゆう）は何（なん）ですか？

中文翻譯

題一：在對話中沒有出現的片假名是哪一個？是沒有出現的那個。

1. チャンネル（Channel＝頻道）

2. ラジオ（Radio＝收音機）

3. チェンジ（Change＝轉換／改變）

4. チャージ（Charge＝充電／收費）

題二：女人打算與男人分手的最大原因是甚麼？

1. 因為男人施加暴力。

2. 因為男人不給她買收音機。

3. 因為對男人的感覺改變了。

4. 因為男人重視自己母親多於她。

阿水説的「せめて教えてくれよ」的「せめて＝最起碼」，作為 N2 的副詞，經常和「少なくとも＝最起碼」被混淆，其實有一個方法可以某程度上界定兩者的用法，那就是如果句子中包含較強烈的感情如「如果～就好了」，「真希望～」或「不～不行哦」的話較傾向用「せめて」，但如果只是客觀描述的話，那就多用「少なくとも」，如：

I　この会社では、部長になったら、少なくとも30000ドルのお給料がもらえる。（在這家公司，如果成了經理，那最起碼能有 3 萬港幣的薪水。＝客觀描述）

II　もしこの会社の部長になったら、せめて30000ドルのお給料が欲しいなあ。（如果成了這家公司的經理，我最起碼想要 3 萬港幣的薪水。＝強烈感情）

III　A社の調査によると、在宅勤務の男性は少なくとも 3 日に 1 回髭を剃るということがわかりました。（根據 A 社的調查，我們得知居家工作的男性，最起碼每 3 天刮一次鬍子。＝客觀描述）

IV　ねね、あなた、いくら在宅勤務とはいえ、せめて 3 日に 1 回髭を剃ればいいのに…（親愛的，就算是居家工作，你也最起碼每 3 天刮一次鬍子吧！＝強烈感情）

所以「我究竟做錯了甚麼？【最起碼你得告訴我呀】」用「せめて」很合乎情理。

仿作對白

使用「せめて」創作獨自的對白。

例 A：もし明日地球が滅びるとしたら、まだ生きいるうちに、せめて俺の
日本語の成績にD-をつけた、かの陳先生を完膚なきまでにボコボコ
にしてやりたいなあ。（如果明天是世界末日的話，那麼趁現在還活着，
真想把那個給我日語成績 D- 的陳老師打個體無完膚，毫無還手之力才
痛快。）

A：もし明日地球が滅びるとしたら、まだ生きいるうちに、せめて＿＿＿＿
＿＿＿＿＿＿＿＿＿＿＿＿＿＿＿＿＿＿＿＿＿たいなあ。

參考書籍：《日本語能力試驗精讀本 N2》chapter 39

題一　答案：1
題二　答案：2

　　題一的 1「切なさ」是來自形容詞「切ない＝無奈 / 唏噓 / 心酸」的名詞化；而
3 的「せつらさ」如果把他變成「辛さ」，那麼就會是「辛い」的名詞化，也可以成
為答案。

　　至於題二「～と言っても過言ではない」是一組固定的語句，表示「就算說～也
不為過」。只要領略到「就算說」的含義，也就自然明白為甚麼是「言っても」，如：

I　自分の娘を犯す奴は、もはや人間ではなく「鬼畜」と言っても過言ではない。
　　（侵犯自己女兒的傢伙，已經不能叫做人，就算是喚作「禽獸」也不為過。）

II　お酒は少ししか飲めないというよりも、一滴も飲まないと言っても過言では
ありません。（酒嘛，與其說是只能喝一點，倒不如說是滴酒不沾也不過分。）

日語的自我修養

仿作對白

使用「と言っても過言ではない」創作獨自的對白。

例 A：<u>遅れてくる人のせいで一時間二時間待たされるのは</u>、時間の無駄と言っても過言ではないでしょう。（因為遲到的人而迫於無奈等一兩個小時，簡直可以說是浪費時間吧！）

A：＿＿＿＿＿＿＿＿＿＿＿＿＿＿＿＿＿＿＿＿＿は、時間の無駄と言っても過言ではないでしょう。

★044 基本解説

電影：《西遊記大結局之仙履奇緣》

題一　答案：2
題二　答案：3

此篇風格夾雜明治時代的日語 + 漢文訓讀，是一篇比較特殊的 AC 混合體，旨在凝造出一種古典的味道。題一除了「ながしえ」外都是真實存在的單詞。「長しえ ＝永遠」、「古＝古代 / 往昔」、「漆絵＝用漆作顏料畫的畫」。「紅紅　落葉　長埋　塵土內」的話，答案是「長しえ」。「とこ」在日語裏有「長久 / 永遠」的意思、「常夏＝四季長夏」、「常世＝長生不死的國度」等等，另外名古屋的中部國際空港，也是位於一個叫做「常滑」的地方。

題二的「翻す＝翻起 / 飄動 / 改變」，至於其他「おもてなし＝款待」、「おりかえし（電話）＝回電話」、「耕す＝耕作」，都是介乎 N1 甚至超過 N1 的語彙。

仿作對白

使用「長しえに」創作獨自的對白。

例　A：英雄たちの名前は、きっと長しえに後世に伝え続けられるでしょう！

　　　（英雄們的名字，定會流芳百世！）

A：＿＿＿＿＿＿＿＿＿＿＿＿＿＿＿＿＿＿＿＿＿は、きっと長し
えに後世に伝え続けられるでしょう！

第 3 場
搞笑語言

單元 45-66 的學習內容一覽表

單元	學習內容	用例 / 意思 / 文法接續	JLPT 程度
45	また vs まだ	**用例**：また vs まだ **意思**：又 vs 還是 / 還沒	5
46	よ	**用例**：～よ **意思**：強調～是新資訊	5
47	口語變化②	**用例**：江戶口音～「うるさい」→「うるせえ」;「ひどい」→「ひでえ」等	5
48	日語音讀①	**用例**：普通話拼音 n 尾（廣東話 n 或 m 尾）和日語音讀ん的關係	5
49	には vs は	**用例**：T は O がある vs T には O がある vs T には O がいる **意思**：3 種「T 有 O」	5
50	ABAB 型	**用例**：「びゅーびゅー」、「ぐるぐる」等 ABAB 型擬聲擬態詞	4
51	2 種「V 使役＋られる」	**用例**：変身させられる **意思**：使役受身 vs 使役可能 **文法接續**：V 使役＋られる	4
52	V てやる	**用例**：殺してやる **意思**：表示野心，不滿，使命感，醒覺等「V てやる」 **文法接續**：V て＋やる	4

單元	學習內容	用例 / 意思 / 文法接續	JLPT 程度
53	それでは vs それなら	**用例**：それでは vs それなら **意思**：2 種「那麼」	4
54	ことになっている	**用例**：〜ことになっている **意思**：〜是某個組織中的規矩 **文法接續**：Ｖる、Ｖない、という（って）＋ことになっている	4
55	AっBり	**用例**：「ぐったり」、「にっこり」等 AっBり 副詞	4
56	さらに	**用例**：A さらに B **意思**：A 此外 / 更加 B	4
57	瞬間 <ruby>瞬間<rt>しゅんかん</rt></ruby>	**用例**：〜瞬間 **意思**：瞬間 / 刹那	3
58	<ruby>対<rt>たい</rt></ruby>して / <ruby>対<rt>たい</rt></ruby>する	**用例**：N に<ruby>対<rt>たい</rt></ruby>して / N1 に<ruby>対<rt>たい</rt></ruby>する N2 **意思**：對 N/ 對 N1 的 N2	3
59	たしかに vs たしか	**用例**：たしかに vs たしか **意思**：100% 的信心 vs 應該是吧	3
60	わけ	**用例**：〜わけだ **意思**：難怪 / 換言之〜 **文法接續**：普＋わけ	3

日語的自我修養

單元	學習內容	用例 / 意思 / 文法接續	JLPT 程度
61	とも 共に	**用例**：と共に **意思**：與…同時 / 伴隨… **文法接續**：Ｖる / Ｎ＋と共に	3
62	たり	**用例**：Ｖたり＋する / しない **意思**：「柔和」和「強調」的「Ｖたり＋する / しない」 **文法接續**：Ｖたり＋する / しない	2
63	まい（か）	**用例**：Ｖるまい（か） **意思**：不Ｖ（嗎？） **文法接續**：Ｖる＋まい（か）	2
64	うえ 上に	**用例**：〜上に **意思**：不只 / 除了〜，還 **文法接續**：普＋上に	2
65	まで	**用例**：Ｖたまでだ **意思**：只不過是Ｖ了而已 **文法接續**：Ｖた＋までだ	1
66	ぎくん 義訓	**用例**：如「友達」、「心」般，賦予漢字獨自 的讀音	0

請把 45-66 篇（道具拍板上的分數）加起來，便可知你對搞笑語言的掌握屬於：

／84

0-30 盲人級：沒關係，誰都知道你是盲的，沒偷看亦看不懂文章裏的文字。

31-64 對穿腸級：對文字了解能力飄忽，偶爾顯現一身虎膽，有時露出半個龜頭。

65-84 華安級：自謙塵世中迷途小書僮，卻有能力「賞花賞月賞秋香」。

「你又去邊呀？你又貴姓呀？
又係你呀，陳生？」

程大嫂：你又去哪呀？你又貴姓呀？又是你呀，陳先生？

タクシーに乗った程大嫂が運転手に質問しています。

程大嫂：(題一)へ行くんです？あなたは (題一) 様ですか？陳さん、

(題二) あなたですか？

題一

1 どなた	2 なに	3 どちら	4 どこ

題二

1 まだ	2 また	3 まで	4 まえ

★046

「地球好危險喍，你返火星啦！」

電影	《少林足球》
分數	每題 1 分
測試內容	N5 助詞 / 文法 A

金剛腿阿星：地球是很危險的，你回火星吧！

阿星（アセィン）が仲間（なかま）の阿梅（アムイ）に火星（かせい）に帰（かえ）るようアドバイス *** をしています。

阿星（アセィン）：（君（きみ）は知（し）らないと思（おも）うけど）地球（ちきゅう）は危（あぶ）ない（題一）、火星（かせい）に

（題二）？

*** アドバイス：Advice ＝忠告

題一

1 か	2 わ	3 ね	4 よ

題二

1 帰（かえ）ったら	2 帰（かえ）るなら	3 帰（かえ）らなければ	4 帰（かえ）ると

日語的自我修養

電影　《少林足球》

分數　每題 1 分

測試內容　N5 聽解 B

「少林功夫好嘢！真好嘢！」

聽解問題

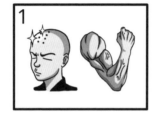

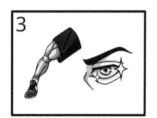

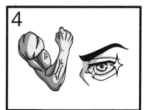

題一（選擇見上圖）

題二

1. 鉄頭（てつあたま）

2. スーパーキック

3. 少林カンフー（しょうりん）

4. 真面目（まじめ）にやっている相手（あいて）

★048

「你老豆有身己…己…
己…己…恭喜恭喜！！」

電影	《一本漫畫闖天涯》
分數	每題 1 分
測試內容	N5 漢字 A

阿星：你老爸他懷孕…孕…孕…孕…恭喜恭喜！！

阿星が舞台の上で次の歌詞を歌っています。

阿星：君のお父さん、妊娠（題一）していますよ。「めでたし、めでたし」（題二）。

題一

1 にしん　　　　2 にじん　　　　3 にんしん　　　　4 にんじん

題二

1 目出度し　　　2 芽出たし　　　3 女出たし　　　4 咩 data 先

「人同妖精都有阿媽生，不過人係人阿媽，妖係妖那媽。」

唐僧：人和妖精都是媽媽生出來的，不過人的是人他媽，妖是妖他媽。（「妖那媽」是廣東話粗言的諧音）。

さんぞうほうし　ようかい　　　　　せっきょう
三蔵法師が妖怪たちに説教 *** しています。
さんぞうほうし　　にんげん　　　　　ようかい
三蔵法師：人間（題一）妖怪（題一）、生んでくれるお母（題二）さんがいるよ。人間のは「おふくろ」、妖怪のは「ばけもの」***。

*** 説教する：說道理
せっきょう

*** ばけもの：漢字是「化け物」＝妖怪
　　　　　　　ば　もの

題一

1 には　　　　　2 にも　　　　　3 からは　　　　　4 からも

題二

1 ちち　　　　　2 はは　　　　　3 とう　　　　　4 かあ

☆50☆

「醉拳甘迺迪 VS 南拳北腿孫中山」

電影	複數作品
分數	每題 1 分 (I~XI：題一至題五)
測試內容	N4 語彙 A

様々（さまざま）なカンフー *** や薬（くすり）などの名前（なまえ）をテレビで見（み）ました。

I 納爾遜式鎖 ● ● A 醉拳のケネディー大統領（すいけん・だいとうりょう）

II 霹靂追魂索 ● ● B 飲（の）んだらメロメロ *** になるメロン味（あじ）のピル

III 鴛鴦乾坤扭紋鎖 ● ● C ネルソン式鎖（しきくさり）

IV 奪命鉸剪腳 ● ● D 無敵風（むてきかぜ）（題一）火（ひ）の車（くるま）

V 醉拳甘迺迪 ● ● E オシドリ *** 乾坤一擲（けんこんいってき）*** （題二）鎖（くさり）

VI 南拳北腿孫中山 ● ● F 笑（わら）って（題三）バタンキュー *** つぶ

VII 一日冚包散 ● ● G 南拳北腿の孫文様（なんけんほくたい・そんぶんさま）

VIII 含笑半步釘 ● ● H エッフェル塔（とう）*** の（題四）回転（かいてん）

IX 淫賤不能移 ● ● I 一日で一家全員（いちにち・いっかぜんいん）くたばる *** 錠（じょう）

X 無敵風火輪 ● ● J 敵（てき）の命（いのち）をいただくハサミ（題五）足（あし）

XI 巴黎鐵塔反轉再反轉 ● ● K 霹靂魂（へきれきたましい）に迫（せま）る紐（ひも）

請把「ぐるぐる」、「チョキチョキ」、「ふらふら」和「びゅーびゅー」填入題一至題五中。

*** カンフー：功夫

*** オシドリ：鴛鴦

*** メロメロ：色迷迷 / 神魂顛倒

*** くたばる：死掉

*** 乾坤一擲：與敵人同歸於盡的絕招
(けんこんいってき)

*** バタンキュー：馬上倒下

*** エッフェル塔：埃菲爾鐵塔
(とう)

☆51

「呢度有隻煙士，只要我
輕輕一揸，就即刻變咗一
隻皺咗嘅煙士。」

電影	《賭俠》
分數	每題 1 分
測試內容	N4 聽解 A

聽解問題

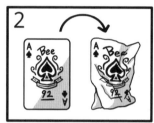

題一

1 魔法(まほう)をかけているからです。

2 寝(ね)ているからです。

3 他(た)の人(ひと)と電話(でんわ)しているから。

4 別(べつ)に理由(りゆう)はないです。

題二 （選擇見上圖）

日語的自我修養

電影	《賭俠 II 之上海灘賭聖》
分數	每題 1 分
測試內容	N4 文法 I 漢字 A

★052

「我要殺死丁力個 P 街！！！」

普
文

川島芳子：我要殺死丁力那個混蛋！！！

日
文

かわしまよしこ てき ディンレッ ころ はな
川島芳子が敵の丁力を殺そうと話しています。

かわしまよしこ
川島芳子：このあたしは、絶対（題一）にあのクソ野郎丁力を殺して
やろうディンレッ ころ
　（題二）！

題一

1 ぜたい　　　　2 ぜだい　　　　3 ぜったい　　　　4 ぜっだい

題二

1 やる　　　　2 ちょうだい　　　　3 くれ　　　　4 もらおう

182　第 3 場：搞笑語言

☆53

「由今日開始，你江湖上嘅綽號就叫做賭…聖。」
「有自己嘅風格！…賭聖！…請問『賭聖』係邊個『聖』？」
「『性病』個『性』…」
「哚！」

電影	《賭聖》
分數	每題 1 分
測試內容	N4 語彙 A

三叔：從今天開始，你江湖上的綽號就叫做賭…聖。
阿星：有自己的風格！…賭聖！…請問「賭聖」是哪一個「聖」？
三叔：「性病」那個「性」…（粵語中的「聖」和「性」是同音字）
阿星：哚！

阿星（アセィン）が三叔（サムソック）に漢字（かんじ）の書（か）き方（かた）を聞（き）いています。

三叔（サムソック）：今日（きょう）から、お前（まえ）の綽名（あだな）は、じゃんじゃんじゃんじゃん＊＊＊、「賭聖（ドウセィン）」だ。

阿星（アセィン）：「賭聖（ドウセィン）」ってかっこよくてなんだか自分（じぶん）の（題一）がある名前（なまえ）だね。ところで、「賭聖（ドウセィン）」の「聖（セィン）」ってどの漢字（かんじ）かね？

三叔（サムソック）：あっ、（題二）「性病（せいびょう）」の「性（せい）」だけど…

阿星（アセィン）：ばかいえ＊＊＊！

＊＊＊じゃんじゃんじゃんじゃん：揭曉答案前會用的擬聲詞，有點像廣東話的「燈燈燈櫈」
＊＊＊ 馬鹿言（ばかい）え＝否定對方意見的用語，類似中文的「哚！」

題一

1 スマート	2 スカイプ	3 スリッパ	4 スタイル

題二

1 それでは	2 それなら	3 それから	4 それまで

日語的自我修養

「又會有條例投降輸一半咁怪都有嘅…」
「係呀，呢度興㗎，呢度興投降輸一半㗎！我投降，輸一半咋！」

普
星仔：怎會有投降輸一半這麼奇怪的規例呢…
九哥：就是呀，這裏很流行的，這裏流行投降輸一半的！我投降，輸一半而已！

日
ガウゴー セィンザイ あたら
九哥が星仔に新しいギャンブル *** のルールを説明しています。

セィンザイ そん はんぶん へん
星仔：まさか降参 ***（題一）すれば損 *** は半分になるという変な

ルールがあるとは…

ガウゴー は や そん
九哥：そうだよ。ここでは流行っているよ。降参（題一）すれば損は

はんぶん はんぶん ま おれ
半分って（題二）。半分しか負けないから、俺は降参（題一）だ。

*** ギャンブル：gamble ＝賭博　　　*** 降参：投降　　　そん
*** 損：損失

題一

1 ほさん　　　2 こさん　　　3 ほうさん　　　4 こうさん

題二

1 ことにした　　2 ことにしている　　3 ことになった　　4 ことになっている

「好難捉摸呀！」

電影	《大內密探零零發》
分數	每題 1 分
測試內容	N4 語彙 A

佛印：【無相王的舉動變化多端】好難捉摸呀！
（見到佛印給人打到筋疲力盡假髮掉下，零零發偷笑。）

めちゃボコボコにされた *** 佛印 が 零 零 發 に 文句を言っています ***。

佛印：【無 相 王の動きは変化しすぎて】全然（題一）じゃないか？

ツラ *** が抜けた佛印は（題二）、零 零 發 は（題二）。

*** ボコボコにされる：被人毒打
*** 文句を言う：發牢騷
*** ツラ：假髮

題一

1 読まない　　2 読めない　　3 読んでいない　　4 読んだことがない

題二

1 ぐったり / にっこり　　　　2 ぐったり / ちょっぴり

3 あっさり / にっこり　　　　4 あっさり / ちょっぴり

★56

「花夠唔夠打俘虜㗎？」
「花你都打到我俘虜？咁你老豆都變鬼佬啦～」
「如果花加條蛇，又夠打冇呀？我老豆何止會變鬼佬呀？直頭可以變你老母！所以生得你隻眼咁老土！」

星仔：花夠不夠贏葫蘆？
大軍：花你也想贏我葫蘆？那你老爸都變老外。
星仔：如果花再加條蛇，那夠贏沒有？我老爸何止會變老外，馬上可以變你老母！所以生下你的眼睛那麼老土！

星仔（セィンザイ）と 大軍（ダーイグヮン）の二人（ふたり）がトランプカードで遊（あそ）んでいます。

星仔（セィンザイ）：フラッシュ *** はフルハウス *** に勝て（かて）（題一）ますか？

大軍（ダーイグヮン）：なに？フラッシュがフルハウスに勝て（かて）た日（ひ）には、お宅（たく）*** の親父（おやじ）さんも外人（がいじん）になれるさ。

星仔（セィンザイ）：じゃ、（題二）ストレート *** が付（つ）いてたら、それでもダメかね？
うちの親父（おやじ）はな、外人（がいじん）どころか ***、お宅（たく）のお袋（ふくろ）さんにもなれるよ。
結局（けっきょく）おめえのような目（め）のダサいやつを生（う）んだわけよ。

*** フラッシュ：Flush ＝同花

*** フルハウス：Full house ＝葫蘆（即廣東話的「俘虜」）

*** お宅：あなた

*** ストレート：Straight ＝蛇

*** どころか：別說是

題一

| 1 かて | 2 たて | 3 まて | 4 あて |

題二

| 1 いまにも | 2 ぜひ | 3 かならず | 4 さらに |

《師兄撞鬼》

電影	《師兄撞鬼》
分數	每題 2 分
測試內容	N3 漢字 A

「啊！」
「做咩呀？hai，第三支槍！」

阿玉：啊！
阿星：甚麼事？hai，第三把槍！

阿玉（アヨック）と阿星（アセィン）がラブラブ *** しているときの話（はなし）です。

阿玉（アヨック）が阿星（アセィン）の懐（ふところ）（題一）に凭れ込んで（もたれこんで）*** 幸せ（しあわ）そうに笑った（わらった）<u>しゅんかん</u>（題二）…

阿玉（アヨック）：（ビックリして）あっ！

阿星（アセィン）：どうした？（勃っ（たっ）*** ている股間（こかん）*** を見（み）て）なんじゃこりゃ *** ？あっ、三番目（さんばんめ）の銃（じゅう）だ！

*** ラブラブ：卿卿我我	*** 凭れ込む（もたれこむ）：依偎
*** 勃つ（たつ）：勃起	*** 股間（こかん）：下半身
*** なんじゃこりゃ：搞甚麼飛機	

題一
1 ふともも　　2 ふるさと　　3 ふところ　　4 ふきそく

題二
1 循環　　2 春寒　　3 旬刊　　4 瞬間

「我對皇上景仰之心有如
滔滔江水綿綿不絕。」

電影	《鹿鼎記》
分數	每題 2 分
測試內容	N3 文法 / 漢字 A+C

韋小寶：我對皇上景仰之心有如滔滔江水綿綿不絕，又有如黃河
泛濫，一發不可收拾！

ワイシウボウ うえさま　　 かなら ちゅうせい つ
韋小寶が上様 *** に必ず忠誠を尽くそう *** と誓っています。

ワイシウボウ うえさま　 すうけい き も　　 じつ とうとう　　 かわみず
韋小寶：上様に（題一）崇敬の気持ちは、実に滔々とした川水のよう
めんめん　　　 た　　 こうが はんらん　　　　　　 いきお
に綿々として絶えず。または黄河が氾濫したかのように、その勢い
あっとう
（題二）に圧倒されんばかりにもなっておりまする ***。

うえさま
*** 上様：皇上
ちゅうせい つ
*** 忠誠を尽くす：盡忠
あっとう　　　　　　　　　　　　　　　　　　　　　　 あっとう
*** 圧倒されんばかりにもなっておりまする：等同於「圧倒されそうになっている」
＝眼看就會被壓倒 / 被征服！

日語的自我修養

題一

| 1 ついての | 2 伴う | 3 わたる | 4 対する |

題二

| 1 あきない | 2 おさない | 3 いきおい | 4 うるおい |

電影	《逃學威龍 II》
分數	每題 2 分
測試內容	N3 助詞 / 語彙 A

☆**059**☆

「男人婆，同我叫晒啲膊頭有花嘅即刻上嚟。」

「平定安史之亂，使唐室轉危為安嘅名將係

A 郭子儀

B 李光弼

C 李克用，李克用呀！李克勤。」

「邊兩個平定安史之亂，你答！」

「郭子儀同朱溫。」

「唔係喎，好似係李光弼同朱溫。」

「哎呀，究竟係邊個屙屎…郭子儀定朱溫呀？答我呀！哎呀，搞錯啊，你查書？」

「阿仔呀，朱溫係邊個呀？」

「牛李黨爭係咩喎，答我呀，答我呀！又攞書！牛李黨爭你都唔識，讀咩書㗎？哋屎啦！」

普 黃 sir：男人婆，叫所有肩上有花（高級警察的意思）的馬上上來。

周星星：平定安史之亂，使唐室轉危為安的名將是

A 郭子儀

B 李光弼

C 李克用，李克用呀！不是李克勤。

黃 sir：哪兩個平定安史之亂，你答！

警察 A：郭子儀和朱溫。

警察 B：不對呀，好像是李光弼和朱溫。

黃 sir：哎呀，究竟是哪個拉屎…郭子儀還是朱溫呀？答我呀！哎呀，搞錯呀，你查書？

警察 C：阿仔，朱溫是誰呀？

黃 sir：牛李黨爭是甚麼？答我呀，答我呀！又查書！牛李黨爭你也不懂，讀的是甚麼？快吃屎去！

190 第 3 場：搞笑語言

複数の警察官が中国の歴史について話し合っています。

黄 sir：男人婆 *** よ、肩に勲章がついている輩に、直ちに俺の部屋に来るように伝えろ。

周 星 星：問題、安史の乱を平らげて ***、唐を滅亡寸前（題一）救ったのは誰？

A 郭子儀；B 李光弼；C 李克用。李克用だけど、李克勤ちゃうで ***。

黄 sir：どの二人が安史の乱を平らげたのか？お前が答えろ！

警察 A：郭子儀と朱温なのでは ***…？

警察 B：いや、（題二）李光弼と朱温の二人だと思いますが…

黄 sir：だから、だれが「ウンチ」、ちゃう ***、「安史」…郭子儀か朱温か？答えろ！なに、お前テキストで調べてんのか、なんてこっちゃ *** ！

警察 C（電話で息子に）：たかし（息子の名前）、朱温ってだれ？

黄 sir：次の問題、牛李党争ってなのこと？答えなさい、答えろ！おめえまたテキストを開いてんじゃねえか？牛李党争も分からん *** のか？おめえら脳味噌からからやないか *** ？ 全員糞を食らえよ！

*** 男人婆：性格像男孩子的女孩

*** 平らげる：平定

*** ちゃうで：「じゃないよ」的關西腔＝並非。這篇想加強語氣，故使用少量氣勢磅礴的關西腔

*** なのでは：「なのではないか」的縮寫＝不是…嗎？

日語的自我修養

*** ちゃう：「違(ちが)う」的關西腔

*** なんてこっちゃ：豈有此理

*** 分(わ)からん：「分(わ)からない」的關西腔

*** 脳味噌(のうみそ)からからやないか：「脳味噌(のうみそ)からからじゃないか」的關西腔＝確定自己不是白痴？

題一

1 へ　　　　　2 に　　　　　3 から　　　　　4 まで

題二

1 たしか　　　2 たしかに　　　3 というわけで　　　4 ようするに

★6★

「年初四咁嘅樣。」

電影	《行運一條龍》
分數	每題 2 分
測試內容	N3 聽解 A

聴解問題

題一

1 誕生日はお正月の四日目です。
2 去年は 35 歳でした。
3 仕事は茶餐廳の店員です。
4 本名（本当の名前）は綽名とは違います。

題二

1 激しい性欲が満足されたからです。
2 仕事をする必要がないからです。
3 金銭的な余裕があるからです。
4 休暇はもう終了しているからです。

日語的自我修養

電影	《食神》
分數	每題 2 分
測試內容	N3 文法 A

「貧僧乃少林寺方丈，法號夢遺。阿彌陀佛，我隨風而來，隨風而去。」

「Secu！將啲無謂人捉咗出去之後，順便閂窗落閘，唔好再畀夢遺嘅人入嚟喇！」

夢遺法師：貧僧乃少林寺方丈，法號夢遺。阿彌陀佛，我隨風而來，隨風而去。

主持：護衛員！把那些無關人士扔出去後，順便關窗下閘，不要再給夢遺的人進來！

あるお坊（ぼう）さんが自己紹介（じこしょうかい）をしています。

夢遺法師：拙僧（モンワイほうし）*** は少林寺（しょうりんじ）の住職（じゅうしょく）*** で、戒名（かいみょう）*** は夢遺（モンワイ）（題一）。阿弥陀仏（あみだぶつ）！拙僧（せっそう）は風（かぜ）（題二）やって来（き）て、また風（かぜ）（題二）去（さ）って行（ゆ）きます。

司会者（しかいしゃ）*** ：守衛（しゅえい）*** さん、関係（かんけい）のない奴（やつ）らを追（お）い出（だ）してから、ついでに *** 窓（まど）を閉（し）めてシャッター *** を下（お）ろしてくれ。二度（にど）と夢遺（モンワイ）の奴（やつ）らを会場（かいじょう）に入（い）れるな。

*** 拙僧（せっそう）：貧僧
*** 住職（じゅうしょく）：方丈
*** 戒名（かいみょう）：法號

*** 司会者<ruby>司会者<rt>しかいしゃ</rt></ruby>：司儀 / 主持
*** 守衛<ruby>守衛<rt>しゅえい</rt></ruby>：護衛員

*** ついでに：順便

*** シャッター：Shutter ＝大閘

題一

1 でございます　　　　　　　　　2 でいらっしゃいます

3 でおります　　　　　　　　　　4 でいたします

題二

1 というより　　2 に<ruby>加<rt>くわ</rt></ruby>えて　　3 とともに　　　4 のついでに

「睇嚟我哋山西豆腐隊要出真功夫啦。…唔好咁啦你哋，我想踢波呀！…幻覺嚟嘅啫，嚇我唔倒嘅！」

普 山西豆腐隊隊長：看來我們山西豆腐隊要出真功夫了。…你們別這樣好嗎？我想踢球呀！…幻覺而已，嚇不到我的！

日 「山西豆腐(さんせいとうふ)チーム」というサッカーチームのリーダーがチームメンバーと話(はな)しています。

山西豆腐(さんせいとうふ)チームのリーダー：もはや *** 我々山西豆腐(われわれさんせいとうふ)チームは本当(ほんとう)の実力(じつりょく)を出(だ)さねば ***…お願(ねが)いだから、やめてもらえない？サッカーをやりたいだけなんだ。すべてが幻(題一)に過(す)ぎないから、俺(おれ)はビビっ(題二) *** しないぜ！

*** もはや：事到如今

*** 出さねば：「出(だ)さなければならない」的縮略＝一定要出

*** ビビる：害怕／嚇到

題一			
1 まーぼどうふ	2 まぼろし	3 まなざし	4 まないた
題二			
1 とか	2 たり	3 ても	4 つつ

★63

「先生，呢個痰係唔係你吐㗎？」
「係呀係呀，冇錯，點呢？有咩
問題呢？」
「哦，冇冇冇，得個知字啫。」

電影	《國產凌凌漆》
分數	每題 2 分
測試內容	N2 文法 / 語彙 A

湖南人：先生，這口痰是不是您吐的？
凌凌漆：是呀，沒錯，怎麼樣？有甚麼問題嗎？
湖南人：哦，沒有沒有，就想知道而已。

レストランで隣の席から飛んできた痰について二人の男の人が話し合っています。

ウナムヤン
湖南人：あのう、これはそちらが吐いた痰では（題一）か？

レィンレィンチャッ
零 零 漆：はい、（題二）何か問題でも？

ウナムヤン
湖南人：いや、何でもない。ただ知りたかっただけです！

題一

1 ありつつ　　　2 ありながら　　3 あるまい　　　4 ありっこない

題二

1 そうらしいね。　2 そうなの？　　3 そうしよう！　　4 そうですが…

★064

電影	《九品芝麻官之白面包青天》
分數	每題2分
測試內容	N2 文法 / 漢字 A

「佢哋話你勾結江洋大盜，
推阿婆落海，販賣軍火，
強姦隻豬。」
「我絕對冇強姦隻豬！」

普

有為：他們説你勾結江洋大盜，把老婆婆推到海裏，販賣軍火，還把豬也強姦掉。
包龍星：我絕對沒有強姦那隻豬！

めすぶた　ごうかん　　　つみ　きそ　　　バウロンセィン　いちぶ　つみ　ひにん
雌豚を強姦したいう罪で起訴された *** 包龍星が一部の罪を否認しています。

ヤウワイ　　　　　　　　　　　はなし　　　　　　　まえ　とうぞく
有為：あいつらの話では、お前は盗賊とグルになった *** （題一）、
　　　　　　　　　うみ　に　つ　お
ばあちゃんを海に突き落とした *** し、さらに武器の密輸（題二）***
もやらかした *** し、しかも雌豚まで強姦しやがった人間とされているよ。

バウロンセィン　　　　　　　　　い　　　　　　めすぶた　　　　　ぜったい　ごうかん
包龍星：これだけ言っとくけど、雌豚なんか絶対に強姦しておりません！

*** 起訴する：控告

*** グルになる：合謀 / 同流合污

*** 突き落とす：推下

*** 密輸：走私

*** やらかす：幹下

題一

1 上は	2 上に	3 以上	4 以下

題二

1 みつしゅ	2 みっしゅ	3 みつゆ	4 みっゆ

日語的自我修養

「死啦，又企咗出嚟，噢，又企返入去，咬我食呀？彈出彈入喎，打我呀笨！」
「好呀。」（狂毆方唐鏡）
「二☆六面聽住喊喇，佢叫打，我先打㗎咋，真係。」
「有啲咁嘅嗜好喎，咁大個仔都未聽過。」

方唐鏡：糟了，又站了出來，哎喲，又站回去，你就能咬我不成？彈出彈入，打我呀笨蛋！
包龍星＋有為：好呀。（狂毆方唐鏡）
包龍星：大家都聽到了吧，他叫打，我才打的，真是的。
有為：竟然有這樣的嗜好，我還是第一次聽説。

方唐鏡の変な要求に対して、包龍星と有為がそれなり *** の行動を行いました。

方唐鏡：やばい、またはみ出ちゃった。でも、すぐ元の所に戻った。はみ出てはまた戻る *** けど、おれをどうしろって？お前らに根性 *** があるなら俺を殴ってみろ！

包龍星＋有為：了解！【方唐鏡を（題一）に】

包龍星：皆様もはっきり聴こえてたでしょうが、あいつが殴ってみろって言ったんだから、しょうがなく殴ってやった（題二）だ。

有為：こんな変な趣味があるとはまったく初耳 *** だ！

*** それなり：相應
*** はみ出てはまた戻る：彈出後馬上彈入
*** 根性：膽子 / 鬥志
*** 初耳：前所未聞

題一

1 むらむら　　　2 ぼこぼこ　　　3 へとへと　　　4 ちかちか

題二

1 こそ　　　2 まで　　　3 なら　　　4 ところ

電影 《唐伯虎點秋香》
分數 每題 4 分
測試內容 NO 漢字 C

★66★

（一）
「山家鏟泥齊種樹，」
「汝家池塘多鮫魚。」
「魚肥果熟嫲撚飯，」
「你老母兮親下廚！」

（二）
「一鄉二里共三夫子不識四書五經
六易竟教七八九子十分大膽。」
「十室九貧湊得八兩七錢六分五毫
四厘猶且三心兩意一等下流。」

（一）
闔家鏟泥齊種樹，
汝家池塘多鮫魚。
魚肥果熟嫲弄飯，
你老母兮親下廚！

（二）
一鄉二里共三夫子不識四書五經六易竟教七八九子十分大膽。
十室九貧湊得八兩七錢六分五毫四厘猶且三心兩意一等下流。

昔の有名な対句*** を詩集で読みました：

（一）

囝家　泥を劀りて　齊に樹を種え

汝が家　池塘に　鮫魚多し

魚肥えて　果熟せば　嫲飯を撚ぜ

你が老母や　親ら廚に下る

（二）

一郷二里　共せて（題一）三夫子　四書五經六易を識らざるも***

竟　七八九子に教えるとは　十分大膽

十室に九貧　湊めて（題二）八両七錢六分五毫四厘を得るも***

猶且つ三心両意もまた　一等下流

*** 対句：對聯

*** 識らざるも：識らないのに

*** 得るも：得たにもかかわらず

題一

1　あわせて　　2　やらせて　　3　こさせて　　4　ともせて

題二

1　あつめて　　2　いためて　　3　うすめて　　4　みなとめて

能同時適合題一兩個答案的只有既能表示「哪裏」，又有「誰人」這個意思的「どちら」。

Ⅰ　どちらへ行きますか？（你去哪？）

Ⅱ　どちら様ですか？（你是誰？）

題目二的「まだ＝還是／還沒」和「また＝又」是 N5 最容易犯的錯誤之一，但其實不難，可記住以下句子：

Ⅲ　A：まだ 5 時ですから、晩御飯はまだ出来ないよね。（還只是 5 點，所以晚飯還沒做好是吧！）

　　B：昼ご飯はあんなに食べましたが、また食べるんですか？（下午吃了那麼多，你又打算吃了？）

仿作對白

使用「まだ」「また」創作獨自的對白。

例　A：今何時？（現在幾點？）

　　B：まだ朝の 4 時だけど…（還只是早上的 4 點而已…）

　　A：もう起きなくちゃ！（我得起床了！）

　　B：またパチンコに行くの？（你又去玩彈珠機？）

A：今何時？

B：まだ朝の 4 時だけど…

A：もう起きなくちゃ！

B：また_____の？

參考書籍：《日本語能力試験精讀本 N5》chapter 55

題一　答案：4

題二　答案：1

中文翻譯

題二：

1. 不如回去吧！

2. 如果要回去的話，

3. 如果不回去的話！

4. 要是回去的話，就會…

　　首先說題一，理論上形容詞後面都可以接 1~4，但對白前面有「君_{きみ}は知_しらないと思_{おも}うけど」（我想你應該不知道）這一句，這是阿星想強調以下所說的資訊，即「地球是很危險」一事是阿梅不知道的，而「よ」正正能表現出這種語感。題二的話，3 的意思不符，2 和 4 不能單獨作結，後面還需加些句子；只有 1 的「帰_{かえ}ったら」，其原句是「V たら（どうですか）」並可省略「どうですか」單獨使用，表示阿星向阿梅提出回火星的建議。結合題一的「よ」作句如下：

A　日本語_{にほんご}は難_{むずか}しいですか？（日語難嗎？）

B　いいえ、興味_{きょうみ}とやる気_きがあれば、全然_{ぜんぜん} 難_{むずか}しくないですよ。（不，只要有興趣和幹勁的話，一點都不難哦。）

A　そうですか。ちょっと学校_{がっこう}で勉強_{べんきょう}したいんですが、どこがいいですか？（原來如此，我想在學校學，你知道哪裏好嗎？）

B　香港恒生大学_{ホンコンハンセンだいがく}はなかなか良_いいところだと思_{おも}いますが、そこで勉強_{べんきょう}したら（どうですか）？（我覺得香港恒生大學是一個好地方，不如你在那裏學吧？）

205

日語的自我修養

仿作對白

使用「よ」創作獨自的對白。

> 例 A：知らないと思うけど、<u>アフリカでは今、1分間毎に60秒が過ぎてい</u>
>
> <u>ますよ</u>！（你也許不知道吧，現在在非洲，每60秒，就會過去1分鐘。）
>
> B：へえ、勉強になったよ！あんたってすごいね！（真的嗎？長知識了，
>
> 你真是好厲害！）

A：知らないと思うけど、＿＿＿＿＿＿＿＿＿＿＿＿＿＿＿＿＿よ！

B：へえ、勉強になったよ！あんたってすごいね！

參考書籍：《日本語能力試驗精讀本 N5》chapter 47

047 基本解說

電影：《少林足球》

題一　答案：2

題二　答案：1

廣

大師兄：少林功夫醒！

五師弟：好好嘢！

大師兄：少林功夫勁！

五師弟：係好勁！

大師兄：我係鐵頭功！

五師弟：無敵鐵頭功！

大師兄：你係金剛腿！

五師弟：我係金剛腿！

大師兄：認真啲吖！

五師弟：少林功夫好嘢！

大師兄：真好嘢！

五師弟：少林功夫好嘢！

大師兄：真好嘢！

五師弟：少林功夫好勁！

大師兄：冇得頂呀！

五師弟：我係金剛腿！
大師兄：金剛腿！
五師弟：佢係鐵頭功！
大師兄：嘩哦嘩哦嘩哦！

大師兄：少林功夫好！
五師弟：好厲害！
大師兄：少林功夫勁！
五師弟：是好勁！
大師兄：我是鐵頭功！
五師弟：無敵鐵頭功！
大師兄：你是金剛腿！
五師弟：我是金剛腿！
大師兄：認真點！
五師弟：少林功夫好呀！
大師兄：真好呀！
五師弟：少林功夫好呀！
大師兄：真好呀！
五師弟：少林功夫好勁！
大師兄：不能再好！
五師弟：我是金剛腿！
大師兄：金剛腿！
五師弟：他是鐵頭功！
大師兄：嘩哦嘩哦嘩哦！

男 二人がギターを弾きながら、《少林カンフー》という歌を歌って
います！

《少林カンフー》

大師兄：少林カンフー　すげ！

五師弟：すごい！

大師兄：少林カンフー　やべ！

五師弟：やばい！

207

日語的自我修養

大師兄（ダイシヘン）：鉄頭（てつあたま）

五師弟（ンシダイ）：すばらしい！

大師兄（ダイシヘン）：スーパーキック

五師弟（ンシダイ）：おれの技（わざ）？

大師兄（ダイシヘン）：真面目（まじめ）にやってよ！

五師弟（ンシダイ）：少林（しょうりん）カンフー　すげ！

大師兄（ダイシヘン）：はんま　すげ！

五師弟（ンシダイ）：少林（しょうりん）カンフー　すげ！

大師兄（ダイシヘン）：はんま　すげ！

五師弟（ンシダイ）：少林（しょうりん）カンフー　やべ！

大師兄（ダイシヘン）：最高（サイコー）ぜ！

五師弟（ンシダイ）：スーパーキック！

大師兄（ダイシヘン）：スーパーキック！

五師弟（ンシダイ）：鉄頭（てつあたま）！

大師兄（ダイシヘン）：ワオワオワオ…

題一：二人（ふたり）の技（わざ）は何（なに）と何（なに）ですか？

題二：男（おとこ）の人（ひと）は何（なに）また誰（だれ）に対（たい）して「素晴（すば）らしい」と言（い）いましたか？

中文翻譯

題一：二個人的絕招是甚麼和甚麼？

題二：男人對誰或甚麼説出「すらばしい」這句話？

1. 鐵頭功

2. 金剛腿

3. 少林功夫

4. 認真表演的拍檔

延伸學習

　　這篇沒有太特別的文法使用，唯獨從歌詞中可見「やばい」簡化為「やべ」，「すごい」簡化為「すげ」。原因是為了表達中文「醒」、「勁」等單音形容詞的話，日語最起碼要用 3 個音的「すごい」和「やばい」。為了能較符合原曲的韻律，達到可以唱的效果，筆者刻意把 3 個音減少為「やべ」和「すげ」2 個音，而且這種地道的江戶口音給人一種氣勢強勁灑落的感覺，也符合原來歌詞中讚美少林足球厲害的含義。題外話，「やばい」變「やべえ / やべ」，「すごい」變「すげえ / すげ」是日本人慣常的口語變化，這是由於當遇到兩個母音所組成的形容詞時，日本人，特別是年輕人傾向統合為一個母音；這些被認為是近代江戶口音的一種。大致有幾個規則，分別是：

I　ai → ee（uru<u>sai</u>，うる<u>さい</u>＝吵鬧→ uru<u>see</u>，うる<u>せえ</u>）

II　oi → ee（hid<u>oi</u>，ひど<u>い</u>＝殘酷 / 過分→ hid<u>ee</u>，ひで<u>え</u>）

III　ui → ii（sa<u>mui</u>，さ<u>むい</u>＝寒冷→ sa<u>mii</u>，さ<u>みい</u>）

IV　ii → shuu（utsuku<u>shii</u>，うつく<u>しい</u>＝美麗→ utsuku<u>shuu</u>，うつく<u>しゅう</u>）

仿作對白

使用「のに」創作獨自的對白。

例　A：あいつは二つのバイトをやりながら、学校に通っているんだって。ちょっと言い方が乱暴かもしれないけど、やっぱり「すげえ」な！（聽説那傢伙一邊打兩份兼職，一邊到學校上課。雖然説得有點不禮貌，不過真的「太牛 b」了。）

A：あいつは＿＿＿＿＿＿＿＿＿＿＿＿＿＿＿＿＿＿＿＿＿＿＿＿＿んだって。ちょっと言い方が乱暴かもしれないけど、「すげえ」な！

参考書籍：《日本語能力試驗精讀本 N4》chapter 11

　　題一的「妊娠」，普通話是 renshen，但凡普通話拼音最後一個字是 n（廣東話則是 n 或 m），則該字的日語音讀最後必有「ん」，則 1 和 2 可刪除。

　　題二「めでたし」的漢字「目出度し」是借用字，真正的語源是表示「可喜可賀」的「愛で」和表示「非常」的「甚し」的合體，成就了「非常可喜可賀」，即的意思。還有，如下面的 II，傳統的日本兒童文學裏，很多時候在故事的最後通過這個字（而且通常用 2 次）表示 good ending：

I　最近お父さんになったそうですが、めでたしめでたし！（聽説你最近當了爸爸，恭喜恭喜！）

II　二人はたくさんのお金を手に入れて幸せな生活を送りました。目出度し目出度し。（兩個人得到了很多錢，過上了幸福快樂的生活，實在是可喜可賀。）

　　亦有日本學者認為 2 的「芽出たし」表示「發芽成長」，作為「恭喜」的語源，照理也可説通，但在此採用比較常見的 1。

仿作對白

使用「めでたし」創作獨自的對白。

例　A：ママ、王子様とお姫様は最後どうなったの？（媽媽，王子和公主最後怎樣了？）

　　B：二人は結婚して、可愛い子供がたくさん出来たよ！めでたしめでたし！（他倆結了婚，生了很多開的寶寶。可喜可賀！）

A：ママ、王子様とお姫様は最後どうなったの？

B：＿＿＿＿＿＿＿＿＿＿＿＿＿＿＿＿＿＿＿よ！めでたしめでたし！

参考書籍：《日本語能力試験精讀本 N5》chapter 5

首先是題一，原句可以是「人間には生んでくれるお母さんがいる」（人有媽媽生的），但這裏除了説人，也説妖怪，所以「には」的「は」要改成「も」，答案就是2。這種「AにもBにもCがある / いる」表示「無論A或B都有C」，如著名歌手中島美雪的名曲《命之別名》中有：

「君にも僕にも、すべての人にも、命に付く名前を「心」と呼ぶ。」（無論你還是我，以至所有人，都把伴隨着生命的名字喚作「心」！）一句就是典型例子。

至於題二，單字的「母」當然可以讀「はは」，但「お母さん」則必須讀「おかあさん」。

延伸學習

很多初階日語教科書總會教大家以下般的句子：

I　私は100円がある。✓（我有錢。）

II　私は夢がある。△（意思明白但不自然。）

III　私は姉がいる。△（意思明白但不自然。）

其實I-III，特別是II和III的「は」改為「には」的話會更好，即是：

IV　私には100円がある。✓（我有錢。）

V　私には夢がある。✓（我有夢想。）

VI　私には姉がいる。✓（我有姐姐。）

無錯，當擁有的東西是死物時，理論上I「私は○○がある」或IV「私には○○がある」都沒有問題，但V的「には」會比II的「は」更好；又或是當我們想説「我有某些生物」的時候，日語普遍使用VI「私には○○がいる」多於III「私は○○がいる」，這都是為甚麼呢？

其中一個原因是因為「は…ある」比「には…ある」更強調所謂的「擁有權／支配權」。比方説，你有實實在在的 100 元，你能「擁有／支配」它，那「私は 100 円がある」是沒問題的；但你有一個夢想，或者是你有一個姐姐，是否等同於你能「擁有／支配」你的夢想（能的話，這個就不叫夢想了…）？是否等同於你能「擁有／支配」你的姐姐？答案是不能的。日本文化強調「萬物意志論」，是一個便是狐狸也能成神的「八百万の神」的國度，人能飼養或餵食狐狸，卻不能支配牠們的情感；當 O 是生物的時候，T 可以擁有 O，卻不能支配 O，因為每個 O 都是個體，擁有獨一無二的思維而不能被取代，故但凡在「擁有／支配」力度較弱的情況下，日語傾向使用「には」多於「は」。當然你若想強調「我現在有很多時間，可以盡情跟你説／慢慢聽你吐苦水」，那麼，

VII　私は時間がたくさんあります。（我有很多時間。）

是絕對成立的，縱使我們知道人被時間支配多於人能支配時間…。最後，再舉幾個可能跟大家以往認知有出入的例子：

VIII　木／花がたくさんある家に住みたいね。（想住在種有很多樹木／花的家。）

IX　魚？冷蔵庫にあるよ！（魚？在冰箱裏哦！）

X　大通りにはバス／車がいるから、気を付けなさい！（公路上有巴士／車【在行走】，要小心哦！）

XI　あの古い家には幽霊がいるそうなので、やはり行かないほうが良いよ。（聽説那個古老的屋子裏有鬼【在走來走去】，還是不要去比較好！）

VIII 的花草樹木雖然是生物，但由於不能活動，所以不用「いる」而用「ある」；IX 的魚用「ある」的話，顯示這條魚已經屬於無生命狀態；X 和 XI 中的巴士／車／鬼，雖然都不是生物，但很多時人們為了強調他們能動（車能動＝危險；鬼能動＝恐怖），仿佛就像生物一般，所以會用「いる」。所以最後得出的結論是：

いる：用於能活動的生物和能移動的死物（車／鬼）上。

ある：用於不能活動的生物（花草樹木）和已經沒有生命跡象的東西（冰箱裏的魚）上。

仿作對白

使用「AにもBにもCがある / いる」創作獨自的對白。

例 A：あなたにも、わたしにも、みんな<ruby>同情心<rt>どうじょうしん</rt></ruby>ってものはあるでしょう！

（無論你還是我，大家都有同情心吧！）

B：あなたにはあるかもしれないけど、<ruby>私<rt>わたし</rt></ruby>にはないよ…（你或許有，但我沒有…）

A：あなたにも、わたしにも＿＿＿＿＿＿＿＿＿＿＿＿ってものはあるでしょう！

B：あなたにはあるかもしれないけど、<ruby>私<rt>わたし</rt></ruby>にはないよ…

參考書籍：《日本語能力試驗精讀本 N5》chapter 35、41

★50★ 基本解説

電影：複數作品

答案：I: c II: k III: e IV: j V: a
VI: g VII: i VIII: f IX: b X: d XI: h
題一：びゅーびゅー　題二：ぐるぐる　題三：ふらふら
題四：ぐるぐる　題五：チョキチョキ

　　題一到題五的選擇均有 ABAB 型（第 1 和第 3，第 2 和第 4 組字一樣）擬聲擬態詞，是很常見而富於動感的日語。「びゅーびゅー」或「ぴゅーぴゅー」模擬風呼呼的吹，所以適合「無敵『風』火輪」的風吹形象；「ぐるぐる」表示團團轉或東西一層層的纏繞，所以適合「鴛鴦乾坤『扭』紋鎖」和「巴黎鐵塔『反轉再反轉』」中扭在一起和反轉的形象；而「ふらふら」有頭昏腦漲，腳跟不穩的語感，帶出喝完「含笑半步『釘』（廣東話的「釘」有「死」的意思）」後走路蹣跚搖搖欲墜，繼而瞬間倒地不起的形象；最後「チョキチョキ」是剪刀的擬聲詞，他的最佳拍檔當然是「奪命『鉸剪』腳」。

日語的自我修養

延伸學習

ABAB 型有豐富形象和增強氣勢等功能，再有例句如下：

Ⅰ 夕べはずっと風ぴゅーぴゅーでした。（昨晚風一直在呼呼地刮。）

Ⅱ アスパラガスに豚肉をぐるぐる巻いた。（把豬肉團團捲在蘆筍上。）

Ⅲ ちょっとお酒を飲むと、もう頭がふらふらになって歩けない。（只喝一點酒，頭腦就已經變得天旋地轉，而且走不動。）

Ⅳ 申ちゃん、ネギをチョキチョキして味噌汁に入れるのを手伝ってくれる？（小申，能幫忙把蔥剪碎再放進麵豉湯裏嗎？）

題外話，b 的「飲んだらメロメロになるメロン味ピル」的「メロメロ」表示「色迷迷/神魂顛倒」，發音與「蜜瓜」的「メロン」相似，故筆者自創了「喝了之後會變得色迷迷的蜜瓜味藥丸」一語以表示「淫賤不能移」。「メロメロ」固然屬於 ABAB 型擬聲擬態詞，但一定不會出現在 JLPT 考試問題上（笑）。

仿作對白

使用「ふらふら」創作對白。

例 A：ねね、あなた、さっきお酒を飲んだから、いま頭がふらふらなの。（哎喲，親愛的，剛才喝了點酒，現在頭很暈…）

A：ねね、あなた、＿＿＿＿＿＿＿＿＿＿＿＿＿＿＿＿＿＿＿＿から、いま頭がふらふらなの。

參考書籍：《日本語能力試驗精讀本 N4》chapter 23

阿星：呢度有隻煙士，只要我輕輕一揸，就即刻變咗一隻皺咗嘅煙士，因為我未發功吖嘛。我發咗功，變副麻雀出嚟都仲得。望咩呀？抄低我聯絡電話，係香港 3345678，我再重複一次係香港 3345678。你唔搵我我冇所謂，因為呢 d 係你嘅損失。10 點鐘後唔好打嚟，因為我瞓咗！

阿星：這裏有張 A 士，只要我輕輕一握，就馬上變成一張皺巴巴的 A 士，因為我還沒發功呀。要是我發了功，整套麻將也能變出來。看甚麼看？抄下我聯絡電話，是香港 3345678，我再說一次，是香港 3345678。你不找我我無所謂，因為這是你的損失。10 點鐘後不要打來，因為我睡了！

阿星（アセィン）がビデオを撮（と）りながらしゃべっています。

阿星（アセィン）：ここにトランプカードのエースがあるでしょう。俺（おれ）はそっと握（にぎ）っただけで、ほら、しわしわぐちゃぐちゃのエースに変身（へんしん）したよ。だってまだ魔法（まほう）をかけてないから。魔法（まほう）さえかければ、マージャンセットだって変身（へんしん）させられるぜ。じろじろ見（み）てんじゃない。さっさと、この俺様（おれさま）の電話番号（でんわばんごう）をメモするんだ。香港（ホンコン）3345678。繰（く）り返（かえ）し、香港（ホンコン）3345678 だ。別（べつ）に連絡（れんらく）してくれなくても俺（おれ）は構（かま）わない。なぜなら連絡（れんらく）しなかったら、俺（おれ）じゃなくお宅（たく）の損（そん）なんだよ。あと、夜（よる）10 時（じ）以降（いこう）の連絡（れんらく）はご遠慮（えんりょ）ください。すでに熟睡（じゅくすい）しているのだから。

題一：どうして夜（よる）10 時（じ）以降（いこう）の連絡（れんらく）はダメですか？

題二：魔法（まほう）をかけずにトランプカードのエースをそっと握（にぎ）ると、どんなことが起（お）こりますか？

日語的自我修養

中文翻譯

題一：為甚麼晚上 10 點鐘後不要打來？

1. 因為正在發功。

2. 因為正在睡覺。

3. 因為正在和其他人打電話。

4. 沒有特別理由。

題二：沒發功就輕輕握着撲克的 A 士，會發生甚麼事情？

1. 撲克會變成電話卡。

2. 撲克的形狀會變化。

3. 撲克會變成特朗普。

4. 撲克會變成一套麻將。

文法：V 使役（行かせ、食べさせ、させ / 来させ）+ られる

作為「V 使役＋られる」，「変身させられる」固然可以理解為「使役受身」，即「被迫變身」的意思，但除此以外也可以理解為是「使役可能」，即是「能讓…變身」的意思，如

Ｉ　社長には部長を辞めさせられる権力があるので、部長は仕方がなく辞めさせられた。（因為社長有權讓部長辭職，部長沒辦法只能被迫辭職。）

至於題二 3 的梗是源自「トランプ（カード）＝ Trump card，撲克」和「ドナルド・トランプ＝ Donald Trump，特朗普」的讀音相似之故。

仿作對白

使用「V させられる」創作獨自的對白。

例　A：毎日日本語を勉強させられてもういやだ。誰か助けて！（每天都會被強迫學日語，煩死了。誰能救救我？）

A : ＿＿＿＿＿＿＿＿＿＿＿＿＿＿＿＿＿＿＿＿＿＿てもういやだ。
だれ たす
誰か助けて！

参考書籍：《日本語能力試驗精讀本 N4》chapter 70

052 基本解説
電影：《賭俠 II 之上海灘賭聖》

題一　答案：3
題二　答案：1

文法：Ｖて（行って、食べて、して／来て）＋ やる

　　題一是學習者常犯錯的讀音問題，首先「絶」的廣東話是 jyut，屬於入聲字。廣東話入聲字 p，t 或 k 語尾字，其日語音讀是有機會變成促音っ，與後面讀音連接。在這個知識基礎下，可刪除 1 和 2。

　　題二如果前面沒有「あたし＝我」的話，原則上 4 個都能成答案。但由於有「あたし」，所以殺死丁力這個行為是由自己來進行，而「Ｖてちょうだい」、「Ｖてくれ」和「Ｖてもらおう」都是他人代勞，所以答案是 1。但凡自己來進行而涉及強烈感情如野心、不滿、使命感、醒覺等均可使用「Ｖてやる」，如：

I　オリンピックで必ず優勝してやる！（一定在奧運拿冠軍給你看！）
II　こんな会社、すぐ辞めてやるわ！（這種公司，現在馬上辭職給你看！）
III　おまえ、死ぬまで呪ってやる！（混蛋，我會咒詛你到死為止！）

仿作對白

使用「Ｖてやる」創作獨自的對白。

例　A：悔しい、今度絶対に仕返してやる。（很不甘心，下次肯定報仇的！）

A：悔しい、＿＿＿＿＿＿＿＿＿＿＿＿＿＿＿＿＿＿てやる。

參考書籍：《日本語能力試驗精讀本 N5》chapter 4

217

日語的自我修養

題一 答案：4

題二 答案：2

題一的「スマート＝ Smart（聰明）」、「スカイプ＝ Skype（通信應用軟件）」、「スリッパ＝ Slipper（拖鞋）」和「スタイル＝ Style（款式／風格）」，雖然「スマート」看起來也不差，但「自分の」後面還是接着「スタイル」比較好，表示「自我風格」。

題二「それでは」是根據當下的情況，從而提出自己的「建議」或「今後將會執行的行動」；而「それなら」含有假定的意義，一般表示「如果是 A 的話，那麼『答案』就是 B／『為甚麼』是 B 呢／『應該』B」等，後面出現「答案」、「為甚麼」或「應該」這類結尾的機會很大，具體例子如下：

I　もう 10 時ですね。それでは、そろそろ会議を始めましょうか？（已經 10 點了。那麼我們開始會議吧！ ➡「建議」。）

II　明日の会議の時間ですか？それなら、10 時からですが…（你問明天的會議時間嗎？如果是那個的話，是 10 點開始欸… ➡ 如果是 A 的話，那麼「答案」就是 B。）

III　質問はないようですね。それでは、今日の授業はここまでです。（似乎沒有問題哦，那麼，今天的課就到這裏吧！ ➡「今後將會執行的行動」。）

IV　質問があったんですね。それなら、なぜ知らせてくれなかったんですか？（哦，那時候你有問題呀，要是這樣的話，你「為甚麼」不告訴我呢？ ➡ 如果是 A 的話，「為甚麼」是 B？）

V　質問があったんですね。それなら、知らせてくれればよかったのに…（哦，那時候你有問題呀，要是這樣的話，你早就「應該」告訴我呀！ ➡ 如果是 A 的話，「應該」是 B！）

所以「如果你問『賭聖』是哪一個『聖』（A）的話，那麼『答案』就是『性病』那個『性』（B）」。

仿作對白

使用「それなら」創作獨自的對白。

例　A：<ruby>先<rt>せん</rt></ruby><ruby>生<rt>せい</rt></ruby>、もっと<ruby>日<rt>に</rt></ruby><ruby>本<rt>ほん</rt></ruby><ruby>語<rt>ご</rt></ruby>が<ruby>上<rt>じょう</rt></ruby><ruby>手<rt>ず</rt></ruby>になりたいんですが、どうすればいいですか？（老師，我希望我的日語能更加進步，要怎樣做才好？）

　　B：それなら、<u>ワーキングホリデーに<ruby>行<rt>い</rt></ruby>った</u>ほうがいいですよ。（如果是這個問題的話，我想去工作假期比較好。）

A：<ruby>先<rt>せん</rt></ruby><ruby>生<rt>せい</rt></ruby>、もっと<ruby>日<rt>に</rt></ruby><ruby>本<rt>ほん</rt></ruby><ruby>語<rt>ご</rt></ruby>が<ruby>上<rt>じょう</rt></ruby><ruby>手<rt>ず</rt></ruby>になりたいんですが、どうすればいいですか？

B：それなら、＿＿＿＿＿＿＿＿＿＿＿＿＿＿＿ほうがいいですよ。

054 基本解説
電影：《賭俠》

| 題一 | 答案：4 |
| 題二 | 答案：4 |

文法：Ｖる（<ruby>行<rt>い</rt></ruby>く、<ruby>食<rt>た</rt></ruby>べる、する／<ruby>来<rt>く</rt></ruby>る）、Ｖない（<ruby>行<rt>い</rt></ruby>かない、<ruby>食<rt>た</rt></ruby>べない、しない／<ruby>来<rt>こ</rt></ruby>ない）、という／って＋ことになっている

　　題一的「降参」，一如以往，由於「降」字的拼音是 xiang，但凡 ng 結束的漢字，其音讀絕大多數是長音，所以 1 和 2 不對。另外部分普通話聲母為 h 或 x 的漢字，日語的音讀會變成 k 或 g 行。如「花 hua」讀「か」，「害 hai」讀「がい」，「休 xiu」讀「きゅう」等，這裏聲母為 x 的「降 xiang」讀「こう」也是其眾多例子之一。

　　題二「Ｖる、Ｖない、という／って＋ことになっている」中，相比「ことになった＝基於外在因素而變得要 V」或「ことにした＝基於個人意志而決定 V」，「ことになっている」更強調前項（Ｖ或不 V）是某個組織中的規矩，如：

Ⅰ　この<ruby>和<rt>わ</rt></ruby><ruby>室<rt>しつ</rt></ruby>のルールとして、<ruby>部<rt>へ</rt></ruby><ruby>屋<rt>や</rt></ruby>に<ruby>入<rt>はい</rt></ruby>る<ruby>前<rt>まえ</rt></ruby>に、<ruby>靴<rt>くつ</rt></ruby>を<ruby>脱<rt>ぬ</rt></ruby>ぐことになっているし、それに、<ruby>入<rt>はい</rt></ruby>ってからは、<ruby>大<rt>おお</rt></ruby>きい<ruby>声<rt>こえ</rt></ruby>で<ruby>喋<rt>しゃべ</rt></ruby>ったり<ruby>騒<rt>さわ</rt></ruby>いだりしない（という）ことにもなっています。（根據這間和室的規則，進入前必須脱鞋，而進入後也不大聲説話及喧嘩。）

日語的自我修養

仿作對白

使用「Ｖる、Ｖない＋ことになっている」創作獨自的對白。

A：おい、転校生、この学校では、先生の質問に答えられないと、毎回先生に 100 ドルを払うことになっているよ。（喂，插班生，這個學校規定，如果回答不上老師的問題，每次都要付 100 元給老師哦。）

　　B：超 優しいね、前の学校では、先生の質問に答えられないと、その日はトイレに行けないことになっていたよ。（那太仁慈啦，以前那家學校，如果回答不上老師的問題，那天就整天不能上廁所。）

A：おい、転校生、この学校では、先生の質問に答えられないと、＿＿＿＿＿＿＿

＿＿＿＿＿＿＿＿＿＿＿＿＿＿＿＿＿＿＿ことになっているよ。

B：超 優しいね、前の学校では、先生の質問に答えられないと、＿＿＿＿＿＿

＿＿＿＿＿＿＿＿＿＿＿＿＿＿＿＿＿＿＿ないことになっていたよ。

参考書籍：《日本語能力試驗精讀本 N5》chapter 9
《日本語能力試驗精讀本 N4》chapter 52

題一　答案：2
題二　答案：1

題一的各個選擇，分別是「読まない＝不閱讀」、「読めない＝不能閱讀」、「読んでいない＝現在不閱讀」和「読んだことがない＝不曾閱讀」，當中「読めない」除了不能閱讀書籍文字外，更可以用於「空気が読めない＝不懂得閱讀空氣（不懂得在適當的時候説適當的話 / 做適當的事）」或「心が読めない＝不懂得閱讀某人的心（不知道他在想甚麼）」等場面，而這題正是「心が読めない」的濃縮版。

題二同樣是 N5-N4 常見的「Ａっ Ｂ り」副詞，「ぐったり＝筋疲力盡」、「にっこり＝微微一笑」、「ちょっぴり＝一點點的分量」、「あっさり＝清淡」，答案是1。

延伸學習

　　「ぐったり」可以與形態相似的「ぐっすり＝睡得很香」一起記──「因為筋疲力盡，所以睡得很香」。而「ちょっぴり」的「ちょっ」與「ちょっと」屬於同一個語源，都有「一點點」的意思。至於答案的「にっこり」，如果喜歡看網上節目的朋友，可能會認識「ニコニコ」這個平台，其名字原意是希望令觀眾「ニコニコ＝笑口常開」，和「にっこり」不謀而合。硬是要找出不同的話，「にっこり」是「刹那／一瞬間的笑」而「ニコニコ」是「經常笑容滿面」，如：

Ⅰ　赤ちゃんは毎日にこにこ笑っている。（嬰兒每天都在笑。）

Ⅱ　その時、赤ちゃんはにっこりと笑った。（那時候，嬰兒微微一笑。）

　　這是一個非常有名的鏡頭，佛印説「好難捉摸呀」的時候，零零發「微微一笑」，所以「にっこり」比「にこにこ」更合適。

仿作對白

使用「にっこりと」創作獨自的對白。

例　A：先程、 校長先生がスピーチをされていたのに、どうしてにっこりと笑っていたんですか？（剛才校長在演講，你為甚麼微微一笑呢？）

　　B：だって、校長先生って真面目に話しているのに、社会の窓が開いていたんですもの。（那是因為，校長他很認真地在説話，可他的褲襠拉鏈一直打開着。）

A：先程、校長先生がスピーチをされていたのに、どうしてにっこりと笑っていたんですか？

B：だって、＿＿＿＿＿＿＿＿＿＿＿＿＿＿＿＿＿＿＿＿＿んですもの。

參考書籍：《日本語能力試験精讀本 N4》chapter 24

日語的自我修養

　　題一的4個選擇，分別是「勝てる＝能贏」，「建てる＝建築」，「待てる＝能等待」和「当てる＝猜／指定／當作…」。「勝」主要有2種訓讀，分別是「勝つ」和「勝る」，雖然都有「勝於對方」的意思，但前者是單純的 win，而後者則是 better than，要注意：

Ⅰ　試合で山田君に勝った。（在比賽中贏了山田君。）

Ⅱ　性格の面では、山田君は竹下君に勝る。（在性格的層面上，山田君比竹下君優勝。）

　　至於題二的4個選擇，也分別是「いまにも＝眼看／」，「ぜひ＝務必」，「かならず＝一定」和「さらに＝此外／更加」。「花再加條蛇」自然就是「さらに」。

仿作對白

使用「さらに」創作獨自的對白。

例　A：二つの条件を約束してくれれば、付き合ってもいいよ。（如果你能答應2個條件，我可以和你交往。）

　　B：なにとなにですか？（甚麼和甚麼呢？）

　　A：まずは毎月アクセサリーを一つ買ってくれること。（首先，每個月買一件首飾給我。）

　　B：それなら、大丈夫だと思いますが…（這個的話，我想應該沒問題的…）

　　A：さらに、あたしの誕生日にはプレゼントとして、ヨーロッパ旅行のお金を出してくれること。（還有，我生日的時候，作為生日禮物，你得給我去歐洲旅遊的費用。）

B：ごめんなさい、やっぱり、やめときます！（不好意思，我還是放棄跟你交往。）

A：二つの条件を約束してくれれば、付き合ってもいいよ。

B：なにとなにですか？

A：まずは＿＿＿＿＿＿＿＿＿＿＿＿＿＿＿＿＿＿＿＿こと。

B：それなら、大丈夫だと思いますが…

A：さらに、＿＿＿＿＿＿＿＿＿＿＿＿＿＿＿＿＿＿こと。

B：ごめんなさい、やっぱり、やめときます！

題一　答案：3
題二　答案：4

　　題一的答案是「懐＝懷裏」，其他的是「太股＝大腿」，「故郷＝故鄉」和「不規則＝無規律」。「凭れ込んで」表示「依偎」，是一個超出 N 試範圍的單詞，但文學氣息濃厚，有興趣可以一記。

　　題二的答案 1 讀「じゅんかん」，表示「循環」，其餘 2-4 都讀「しゅんかん」，但意思不一樣。「瞬間＝瞬間 / 刹那」，「春寒＝春寒」，「旬刊＝每 10 天出版一次的刊物（日本習慣把一個月分成 3 旬。上旬 = 1-10 號，中旬 =11-20 號，下旬 =21-31 號）」。「瞬間」可和 V る或 V た結合，如：

I　部屋に入ろうとする瞬間、彼は顔が真っ青になった。（他正要進入房間的一刹那，變得面無血色。）

II　彼女の部屋に入った瞬間、見知らぬ男の人が慌てて窓から逃げようとしているのを見た。（當我進入女朋友房間之際，看見一個不認識的男人正慌慌忙忙的打算從窗口逃走。）

與此同時，亦有諸如「危ない瞬間」、「ラッキーな瞬間」、「その瞬間」或「別れの瞬間」等和衆形容詞或名詞的配對。

仿作對白

使用「V た瞬間」創作獨自的對白。

> 例　A：そのとき、父親の後姿を見た瞬間、涙が出てきた。（「這時我看見他的背影，我的淚很快地流下來了。」——朱自清《背影》）

A：そのとき、_____瞬間、涙が出てきた。

題一　答案：4
題二　答案：3

文法：N（人、事件）に対して / 対する

題一的 4 個文法如同樣配上「上様に…崇敬の気持ちは」的話，就會是

上様についての崇敬の気持ちは：有關皇上的景仰之心。△

上様に伴う崇敬の気持ちは：伴隨皇上的景仰之心。△

上様にわたる崇敬の気持ちは：經歷皇上的景仰之心。✘

上様に対する崇敬の気持ちは：對皇上的景仰之心。✔

相比於其他選項，「N に対して / 対する」更能表達出對對象（皇上）所表達的立場或意見（景仰之心有如滔滔江水綿綿不絕，又有如黃河泛濫，一發不可收拾），最為貼切。至於「対して」和「対する」的最大不同是前者譯作「對 N」，而後者則是「對 N1 的 N2」：

I　患者（N）に対して、治療を行う（V）。✔（對患者【N】，進行【V】治療。）

Ⅱ　患者（N1）に対する治療（N2）を行う（V）。✔（進行【V】對患者【N1】的治療【N2】。）

Ⅲ　お客様 1 人に対して、スタッフ 3 人で対応致します。✔（對 1 名客人【N】，將會有 3 名店員伺候【V】。）

Ⅳ　お客様 1 人に対するスタッフ 3 人で対応致します。✘（對 1 名客人【N1】的 3 名店員【N2】將會伺候【V】？）

　　至於題二中的 4 個選擇分別是「商い＝商業／生意」，「幼い＝年幼」，「勢い＝氣勢／氣魄」和「潤い＝滋潤」。

仿作對白

使用「N に対して」創作獨自的對白。

例　A：クラス全員が先生の教え方に対して不信感を持っている。（全班同學對老師的教學手法抱着懷疑！）

A：＿＿＿＿＿＿＿が＿＿＿＿＿＿＿＿＿＿＿＿＿＿＿＿＿＿
　　に対して不信感を持っている。

參考書籍：《日本語能力試驗精讀本 N3》chapter 41

| 題一　答案：3 |
| 題二　答案：1 |

　　首先是題一，代表着「把 N1 從 N2 解救出來／保護 N1 避免 N2」意思的話，我們需要用「から」，如：

Ⅰ　ペット（N1）を病気（N2）から守る。（保護寵物，免受疾病折磨。）

Ⅱ　子供（N1）を虐待（N2）から助けてあげた。（把小孩從虐待中救出來！）

　　可見，只要 N2 是一些不好的東西或處境（疾病或虐待等）就能活用這組句子。

日語的自我修養

至於題二，4 個選擇分別是

たしか李光弼と朱温の二人だと思いますが…：不肯定但認為是李光弼和朱温…

たしかに李光弼と朱温の二人だと思いますが…：確實是李光弼和朱温…

というわけで李光弼と朱温の二人だと思いますが…：因此是李光弼和朱温…

要するに李光弼と朱温の二人だと思いますが…：換言之是李光弼和朱温…

日語的「確かに」表示非常肯定的語氣，説話人對自己所説的話持有 100% 的信心，所以用的時候，整個句子應該是「たしかに李光弼と朱温の二人です」這種斷定句子比較合適。但題二後文是表示不肯定的「と思いますが…」，這裏就會有點前後矛盾，不自然了。相反用「確か」時，是表示對接着所説的話不是很有自信，偏向「啊，大概是…吧」這樣的語感，所以和「と思いますが…」是絶配。這 2 個單詞，就差 1 個に，意思卻大相徑庭。

学生 A：　　論文の締め切り、来週だよね？（論文的提交期限，應該是下週吧？）

学生 B　I：ええ、確かに来週の木曜ですよ。（對呀，確實是下週四！）

　　　　II：それはね、確か来週の木曜だと思うんだけど…（説起這個，如果我沒有搞錯的話，應該是下週四吧…）

仿作對白

使用「N1 から N2」創作獨自的對白。

例　A：良子さん、僕の彼女になって、僕を暗闇から救い出していただけませんか？（良子小姐，你可否成為我的女友，把我從漆黑的世界中拯救出來？）

　　B：正男君、本当にごめんなさい…（正男，真對不起…）

A：良子さん、僕の彼女になって、僕を＿＿＿＿＿＿＿＿から＿＿＿＿＿＿＿＿＿＿

＿＿＿＿＿＿＿＿＿＿＿＿＿＿＿ていただけませんか？

B：正男君、本当にごめんなさい…

題一　答案：2

題二　答案：4

廣

阿水：對方咩人？

李老闆：盛世地產揸弗人，我哋茶餐廳嘅業主，綽號姣婆四。

阿水：真名？

李老闆：姣婆四。

阿水：咩歲數？

李老闆：三十六。

阿水：卅六即係屬虎。嘩，狼虎年華，性慾強。點嘅樣？

李老闆：年初四咁嘅樣。

阿水：咩話？年初四咁嘅樣？

甜筒輝：水哥面都青埋嘅？

李老闆：年初四，假又放完，錢又使曬，工又要返，點會好樣呢？

普

阿水：對方是甚麼人？

李老闆：盛世地產負責人，我們茶餐廳的業主，綽號姣婆四。

阿水：真名？

李老闆：姣婆四。

阿水：幾歲？

李老闆：三十六。

阿水：三十六即是屬虎，TMD，狼虎年華，性慾強。樣子怎樣？

李老闆：年初四般的樣子。

阿水：甚麼？年初四般的樣子？

甜筒輝：水哥為啥臉色那麼蒼白？

李老闆：年初四，假期放完，錢也用完，工作卻要開始，會有甚麼好樣的？

日

<ruby>複数<rt>ふくすう</rt></ruby>の<ruby>男<rt>おとこ</rt></ruby>の<ruby>人<rt>ひと</rt></ruby>たちが「姣婆四<rt>ハウポーセイ</rt>」という<ruby>女性<rt>じょせい</rt></ruby>について<ruby>話<rt>はな</rt></ruby>し<ruby>合<rt>あ</rt></ruby>っています。

阿水<rt>アソイ</rt>：<ruby>相手<rt>あいて</rt></ruby>はどんな<ruby>人<rt>ひと</rt></ruby>？

李老闆<rt>リてんちょう</rt>：セィンサイふどうさんの<ruby>親分<rt>おやぶん</rt></ruby>でこの茶餐廳<rt>ファミレス</rt>のオーナーだ。<ruby>綽名<rt>あだな</rt></ruby>は姣婆四<rt>ハウポーセイ</rt>。

日語的自我修養

阿水：本当の名前は？

李老闆：姣婆四。

阿水：何歳？

李老闆：三十六。

阿水：つまり、干支は虎ってわけか。なるほど、狼のような虎のような性欲の欲求が激しい年頃だ。顔は？

李老闆：お正月四日目のような顔だ。

阿水：なに？お正月四日目のような顔だと？

甜筒輝：水兄貴は顔が真っ青になったのは？

李老闆：お正月の四日目になると、休みも終わっているし、お金も使い切っているし、なのに、仕事はせなあかん。そういう人って、いい顔がある訳ないやんか？

題一：姣婆四に関する情報として正しいのはどれですか？

題二：お正月四日目のような顔にさせた理由として正しいのはどれですか？

中文翻譯

題一：有關姣婆四的資訊，哪一個是正確的？

1. 生日是年初四。

2. 去年是 35 歲。

3. 工作是茶餐廳的店員。

4. 真名和綽號是不一樣的。

題二：作為令人產生年初四般的樣子的理由，哪一個是正確的？

1. 因為強烈的性慾得到滿足。

2. 因為不需要工作。

3. 因為有金錢上的盈餘。

4. 因為假期已經完結。

文法：普（行く、行かない、行った、行かなかった、行っている、安い、有名な、日本人な）、という / って + わけ

　　譯文中「つまり、干支は虎ってわけか」的「わけ」屬於 N3 文法，這裏的用法是通過前項（三十六歲）推斷出後項（屬虎）而作為中間「難怪 / 換言之」的意思。如：

Ⅰ　A：今日、近くの公園でマスク美人コンテスト大会があるそうだよ。（聽説今天在附近的公園會舉辦口罩美人選舉哦。）

　　B：だからこんなに人が多いわけだ。（難怪這麼多人！）

Ⅱ　弟の奥さんですから、僕より年上ですが、僕にとってはやはり義理の妹な / という訳ですね。（因為是我弟弟的老婆，換言之雖然年紀比我大，但還是我的弟婦。）

仿作對白

使用「わけだ」創作獨自的對白。

例　A：一郎君、名前は一郎だけど、また大学に合格できなくてまさかの六浪になったそうだ。（一郎君，名字叫一郎，但聽説考大學又不合格，想不到竟成為六浪。——在日本，高中考不上大學或心儀的大學，可選擇砍掉再練，重讀一年，稱為「浪人」。第一次叫「一浪」，這跟「一郎」是同音，第二次是「二浪」，所以第六次就是「六浪」。名字是「一郎」實質是「六浪」，玩的是文字遊戲。）

　　B：あー、それで落ち込んでいるわけだ。（難怪他現在那麼失落。）

A：＿＿＿＿＿＿＿＿＿＿＿＿＿＿＿＿＿＿＿＿＿＿＿＿＿＿＿。

B：あー、それで落ち込んでいるわけだ。

日語的自我修養

參考書籍：《日本語能力試驗精讀本 N3》chapter 47

題一 答案：1
題二 答案：3

文法：Ｖる/Ｎ（訪問<ruby>訪問<rt>ほうもん</rt></ruby>する/訪問<ruby>訪問<rt>ほうもん</rt></ruby>）＋と共<ruby>共<rt>とも</rt></ruby>に

題一中 N 後面可以連接的只有謙讓語的「でございます」和尊敬語的「でいらっしゃいます」，因為主題是「貧僧」，所以答案是 1，相反如果主語是他人的話，答案就是 2，即：

I わたくしは夢遺<ruby>夢遺<rt>モンワイ</rt></ruby>でございます。（貧僧是夢遺。）

II そちらは夢遺法師<ruby>夢遺法師<rt>モンワイほうし</rt></ruby>でいらっしゃいます。（那位是夢遺法師。）

題二的「Ｖる/Ｎと共<ruby>共<rt>とも</rt></ruby>に」，表示「與…同時/伴隨…」的意思，如

III 年を取<ruby>年<rt>とし</rt></ruby><ruby>取<rt>と</rt></ruby>ると共<ruby>共<rt>とも</rt></ruby>に涙<ruby>涙<rt>なみだ</rt></ruby>が脆<ruby>脆<rt>もろ</rt></ruby>くなってきた。（隨着年紀增長，涙腺變得脆弱了。）

IV 風と共<ruby>風<rt>かぜ</rt></ruby><ruby>共<rt>とも</rt></ruby>に去<ruby>去<rt>さ</rt></ruby>りぬ（著名文學作品 *Gone with the Wind*《飄》，後來改編為電影《亂世佳人》的日語名稱。）

仿作對白

使用「Ｎでございます」和「Ｎでいらっしゃいます」創作獨自的對白。

例 A：お客様<ruby>客様<rt>きゃくさま</rt></ruby>はタイの方<ruby>方<rt>かた</rt></ruby>でいらっしゃいます？（請問客人您可是泰國人？）

B：いいえ、わたくしは台湾人<ruby>台湾人<rt>タイワンじん</rt></ruby>でございます。（不，小弟/小妹是台灣人。）

A：＿＿＿＿＿＿＿＿＿＿＿＿＿＿＿＿＿＿＿でいらっしゃいます？

B：いいえ、＿＿＿＿＿＿＿＿＿＿＿＿＿＿＿＿でございます。

參考書籍：《日本語能力試験精讀本 N3》chapter 64

 第 3 場：搞笑語言

文法：V たり（行ったり、食べたり、したり／来たり）＋ する

題一的「まーぼどうふ＝麻婆豆腐」，「幻(まぼろし)＝幻覺」，「眼差(まなざ)し＝眼神」，「まな板(いた)＝砧板」。當中，「幻(まぼろし)」和「眼差(まなざ)し」更經常見於歌詞，如宮崎駿《天空之城》主題曲〈君(きみ)をのせて〉歌詞中有：

父(とう)さんが残(のこ)した　熱(あつ)い想(おも)い（仍記起，父親留下的熱切期待；）
母(かあ)さんがくれた　あのまなざし（未能忘，母親給我的一抹眼神！）

至於題二中能與「ビビっ」作文法配搭的只有 2 和 3，1 需要是「ビビる」，而 4 則是「ビビり」。在意思上，3 的「ビビっても」表示「就算嚇到我」，與本文不符，所以答案是 2「ビビったり」。

延伸學習

「V たりする／V たりしない」，句式雖然屬於 N4 文法，但除了表示「或是 V1，或是 V2」這基本意思外，還有以下的「柔和」和「強調」2 大功能：

I　明日(あした)の試合(しあい)、負(ま)けたりするなよ。（明天的比賽，可不要輸哦！）

II　よかったら、彼(かれ)と会(あ)ったりしてみたらどうですか。（你不介意的話，和他見一次面如何？）

III　しばらく彼(かれ)と会(あ)ったりしないほうがいい。（暫時還是不要和他見面。）

拿「負(ま)けたりするな」和「負(ま)けるなよ」、「会(あ)ったりして」和「会(あ)って」、「会(あ)ったりしないほうがいい」和「会(あ)わないほうがいい」比較的話，其實在意思上沒有太大的分別，但是在語氣上前者均比較柔和，像「負(ま)けたりするな」會比「負(ま)けるなよ」多了種「可不要輸哦，但輸了也不要太怪責自己，總之是全力以赴就好了」的語感；而「会(あ)ったりして」和「会(あ)ったりしないほうがいい」也會比單純的「会(あ)

って」和「会わないほうがいい」有「你不介意的話，和他見一次面如何？／暫時還是不要和他見面吧。但畢竟這些只是我個人的意見，最終的決定權還是在於你手上」的弦外之音，相對來說不會給聽者帶來太大的心理壓力。另外一種用法是：

IV 俺はお前の彼氏だから、お金を払わせたりしないよ。（我是你的男朋友，肯定不會讓你付款的。）

V 悪いんだけど、俺は超真面目だから、宿題を忘れたりしないよ。（【比方説某人問我會不會忘記寫作業】不好意思，我這個人嘛，是超級認真的，斷然不會忘記寫作業。）

這次，「お金を払わせたりしない」比起「お金を払わない」，「宿題を忘れたりしない」比起「宿題を忘れない」多了幾分強調的意味。強調甚麼？那就是「其他事情我或許讓你做，但唯獨付款就萬萬不可」，「別的説不定會忘記，但如果是寫作業的話那肯定不會忘記」這種「幾乎 100% 不會發生的信念」。山西豆腐隊隊長説的「【幾乎 100% 是】嚇不到我的！」用的就是強調的「V たりしない」」。基本上，表示強調的話，一般都會使用「V たりしない」這種否定文法。

仿作對白

使用「V たりしない（強調）」創作獨自的對白。

例 A：泳げないので、海に行ったりはしないよ！（我不懂游泳，所以去海邊【這種事情】嘛，是肯定不可能的！）

A：＿＿＿＿＿＿＿＿＿＿＿＿＿＿ので、＿＿＿＿＿＿＿＿＿＿＿＿＿＿はしないよ！

電影：《國產凌凌漆》

063

題一　答案：3
題二　答案：4

文法：Ｖる（ある、食(た)べる、する／来(く)る）＋まい

題一的「Ｖる＋まい」＝「Ｖない」、所以「行(い)くまい」＝「行(い)かない」、「食(た)べるまい」＝「食(た)べない」、「あるまい」也就是「ない／ありません」的古文，所以「あるまいか」即是「ありませんか＝不是嗎？」。「Ｖるまい（か）」雖說是古文，但偶爾在生活上也會用到。如：

Ⅰ　行(い)こうか行(い)くまいか、自分(じぶん)で決(き)めてください。（去還是不去，你自己決定！）

Ⅱ　ウソついたのは、他(ほか)の人(ひと)ではなくあなたではあるまいか？（說謊的不是其他人，而是你，不是嗎？）

題目二的4個選擇很相似，他們的意思分別是1「そうらしいね＝聽說是這樣的。」；2「そうなの？＝真的是這樣嗎？」；3「そうしよう＝就這樣決定吧！」；4「そうですが…＝的確是這樣的…」，所以4最能體現零零漆那「是呀，沒錯，怎麼樣？有啥問題嗎？」的語氣。

仿作對白

使用「あるまいか」創作獨自的對白。

例　Ａ：その靴下(くつした)は臭(くさ)そうだし、穴(あな)も開(ひら)いているのに、1万円(まんえん)もかかるなんて、何(なに)か間違(まちが)っているのではあるまいか？（那對襪子，看起來臭臭的，而且穿了一個孔，卻竟然要賣1萬日元，應該是哪裏出了問題吧！）

Ａ：_____、何(なに)か間違(まちが)っているのではあるまいか？

參考書籍：《日本語能力試驗精讀本 N2》chapter 64

233

日語的自我修養

題一　答案：2
題二　答案：3

文法：普（行く、行かない、行った、行かなかった、行っている、安い、有名な、日本人の）＋ 上に

　　題一除了「以下」不是文法外，其他都是 N2 文法。「上は＝既然」，「以上＝既然」，「上に＝不只…還」。包龍星所犯的罪名除「勾結江洋大盜，還把老婆婆推到海裏去，販賣軍火，連豬也強姦掉」，所以是 2。例文如下：

Ⅰ　あいつは性格が悪い上に服のセンスも悪い。（那傢伙性格不好，而且穿的衣服沒有品味。）

Ⅱ　映画の試写会で、常盤貴子さんと会えて握手して貰えた上に、写真まで撮らせて貰えました。（在試映會上，除了能見到常盤貴子小姐和她握手外，更得到她的允許合照一張。）

　　題二的「輸」字的音讀是「ゆ」，主要的例子有「輸入＝輸入」，「輸出＝輸出」，「輸送＝輸送」，「密輸＝走私」和「運輸＝運輸」等，大部分的意思和中文一樣。

仿作對白

使用「上に」創作獨自的對白。

例　A：あいつ生前よくおばあちゃんが信号を渡るのを手伝ってた上に、メロンパンを買ってお爺ちゃんに食べさせてあげたものだね。（那傢伙生前不只經常扶老婆婆過馬路，還總是買菠蘿包給老伯伯吃。）

　　B：ほんとうに優しい奴だったね。（真是好人一個呀！）

A：あいつ生前よく＿＿＿＿＿＿＿＿＿＿＿＿＿＿＿＿＿＿＿＿＿上に、

＿＿＿＿＿＿＿＿＿＿＿＿＿＿＿＿＿＿＿ものだね。

B：ほんとうに優しい奴だったね。

参考書籍：《日本語能力試驗精讀本 N2》chapter 47、61、69

題一　答案：2
題二　答案：2

文法：Ｖた（行った、食べた、した／来た）＋までだ

題一的 4 個選擇均屬較高層次的 ABAB 型例子，「むらむら＝慾火中燒」，「ぼこぼこ＝無情痛毆」，「へとへと＝非常疲倦」，「ちかちか＝閃爍／目眩」。回應方唐鏡「打我呀笨蛋」這個奇怪的要求，包龍星和有為就投其所好，把他「ぼこぼこ」了一頓。假如選了「むらむらに（させた）」就會變成「把方唐鏡弄得慾火中燒」（笑）！

題二的「Ｖた＋までだ」表示「只不過是Ｖ了而已」的意思，比較簡單初階的文法是「Ｖただけだ」。「Ｖた＋までだ」的使用例如下：

Ｉ　Ａ：手伝っていただき、ありがとうございました！（真感謝你幫助我！）

　　Ｂ：いやいや、当たり前のことをしたまでだ。（別這樣說，我只是做了應該做的事而已。）

Ⅱ　そんなに怒ることはありませんよ。本音を申し上げたまでですから。（你不用那麼生氣吧。我只不過是說了實話而已。）

仿作對白

使用「Ｖた＋までだ」創作獨自的對白。

（例）Ａ：どうして便器のうんこを流さなかったんですか？（為甚麼你拉完的屎不冲掉？）

　　　Ｂ：部長の指示に従ったまでのことですから。（我只不過是遵從部長的指示罷了。）

Ａ：どうして＿＿＿＿＿＿＿＿＿＿＿＿＿＿＿＿＿＿＿んですか？

Ｂ：部長の指示に従ったまでのことですから。

日語的自我修養

　　大家可能也知道上述對聯（一）是集「廣東話髒話」之大成，要做到既要符合對聯文字數工整，又能在當中加入諧音髒話元素實在不容易，以筆者現在的日語能力，暫時未能做到，所以只好把文字當成古代的詩歌來處理，也就是 C 類翻譯。但其實如果能掌握漢字某個意思的話，選出答案也不是天方夜譚的事。可以這樣說，我們可以賦予漢字一些獨自的讀音，就像是有些日語歌會把「友達（ともだち）」標為「友達（なかま）」，把「心」標為「心（ハート）」，這就是「義訓（ぎくん）」。只要所用的漢字與賦予的意思之間有共同點／合理的聯想空間，「義訓」就能成立。如「共（あわ）せて」，一般「共」讀「とも」，但「一鄉二里共三夫子」的「共」可理解為「伴隨」，則 4 個選擇當中「あわせて＝加在一起／配合」的意思最為接近；同樣「湊得八兩七錢」的「湊」字，單字的話讀「みなと」，表示「碼頭」，然而在這裏有「湊合／收集」的意思，則答案非「あつめて」莫屬。

仿作對白

使用「義訓（ぎくん）」創作獨自的對白。

例　A：「人生」って「じんせい」以外（いがい）にどんな読（よ）み方（かた）があり得（え）ると思（おも）いますか？（「人生」除了「じんせい」以外，還有其他可行的讀法嗎？）

　　　B：「やま」はいかがでしょうか？何故（なぜ）なら「山（やま）あり谷（たに）あり」なものですから。（你覺得「やま」如何？因為「人生有高有低」之故。）

A：「人生」って「じんせい」以外（いがい）にどんな読（よ）み方（かた）があり得（え）ると思（おも）いますか？

B：「＿＿＿＿＿＿＿＿＿＿＿＿」はいかがでしょうか？何故（なぜ）なら「＿＿＿＿＿＿＿＿＿＿＿＿」なものですから。

參考書籍：《日本語能力試驗精讀本 N2》chapter 2、8

日語的自我修養

第 4 場
社會人生

おい、元気出せよ！
エキストラだって役者なんだぜ。

單元 67-88 的學習內容一覽表

單元	學習內容	用例 / 意思 / 文法接續	JLPT 程度
67	と vs なら	用例：と vs なら 意思：2 個「如果」 文法接續：普＋と / なら	5
68	命令型	用例：しろ、来い等表示「必須 V」的命令型	4
69	①かどうか ②にとって	用例：①〜かどうか 　　　②N にとって 意思：①〜還是不〜 　　　②對 N 而言 文法接續：①普＋かどうか 　　　　　②N ＋にとって	4
70	結構	用例：「結構」的肯定與否定意思	4
71	は vs も	用例：1 回も vs 1 回は 意思：竟然有 1 次 / 1 次也沒有 vs 最少 1 次	4
72	変わりはない	用例：N に変わりはない 意思：N 沒有改變 / 還是一樣	4
73	言いました vs 言っていました	用例：〜と言いました vs 〜と言っていました 意思：某人説了 vs 親耳聽過某人説了	4

單元	學習內容	用例 / 意思 / 文法接續	JLPT 程度
74	ように	用例：～ように 意思：爲了 / 變成習慣 / 變得會～ 文法接續：①Ｖ：Ｖます＋ように ②い形：刪除い＋くなりますように ③な形 /Ｎ：な形 /Ｎ＋になります ように或＋でありますように	4
75	のに	用例：～のに 意思：明明～ 文法接續：普＋のに	4
76	日語音讀②	用例：廣東話的ｐ尾音（入聲字）和日語音讀う / つ的關係	4
77	Ｖないで vs Ｖ ず に vs Ｖ なくて	用例：V1 ないで V2 vs V1 ずに V2 vs Ｖ なく て～ 意思：沒有 V1 就 V2 vs 因為沒有 Ｖ 所以～	4
78	Ｖない Ｎはない / いない	用例：Ｖない Ｎはない / いない 意思：無 Ｎ 不 Ｖ 文法接續：Ｖない＋Ｎは＋ない / いない	4
79	片假名	用例：「ジェントルマン」和「レディーファー スト」等平假名	4
80	Ｖ受身	用例：ＡはＢにＶ受身 意思：Ａ由於Ｂ而蒙受痛苦 / 傷害（迷惑受身）	4
81	んだから	用例：～んだから 意思：畢竟～，真沒辦法 文法接續：普＋んだから	3

日語的自我修養

單元	學習內容	用例 / 意思 / 文法接續	JLPT 程度
82	こと（だ）	用例：〜こと（だ） 意思：請一定〜 文法接續：Ｖる、Ｖない＋こと（だ）	3
83	からこそ	用例：〜からこそ 意思：正正因為〜 文法接續：普＋からこそ	2
84	に過ぎない	用例：Ｎに過ぎない 意思：只不過是Ｎ 文法接續：Ｖる、Ｖている、Ｖた、Ｎ＋に過ぎない	2
85	甲斐	用例：〜甲斐があって／甲斐がない 意思：〜沒有白費／徒勞無功 文法接續：Ｖる、Ｖた、V-stem、Ｎの＋甲斐があって／甲斐がない	2
86	わりに（は）vs くせに	用例：〜わりに（は）vs 〜くせに 意思：「兼具讚賞與責備的雖然〜卻」vs「只有責備的雖然〜卻」 文法接續：普＋わりに（は）／くせに	2
87	たかが〜ぐらいで	用例：たかが〜ぐらいで 意思：不過就是／充其量〜 文法接續：たかが＋Ｖる、Ｖた＋だけで／ぐらいで	0

單元	學習內容	用例 / 意思 / 文法接續	JLPT 程度
88	筋合い すじあ	**用例**：～筋合いはない **意思**：沒道理～ **文法接續**：たかが＋Ｖる、Ｖた＋だけで／ぐらいで	0

請把 67-88 篇（道具拍板上的分數）加起來，便可知你對社會人生的認知屬於：

0-25　一坨屎級：屎，你是一坨屎，命比蟻便宜……

26-55　金剛腿阿星級：你對生命秉承着「做人如果沒有夢想，跟鹹魚有甚麼區別呢」的宗旨。

56-68　古晶級：你的一生，就是為了改進社會風氣及提高青少年人內涵而存在！

日語的自我修養

《逃學威龍》

電影	每題 1 分
分數	每題 1 分
測試內容	N5 語彙 / 文法 B

「無自由，失自由，傷心痛心眼淚流」

　周星星：無自由，失自由，傷心痛心眼淚流。我行錯路，差錯步，此餐（「今番」的意思）心傷透。

　久し振りに学生生活に戻った周星星が涙を流しながら、次の歌を歌っています。

周星星：自由ない，自由ない，ボロボロ（題一）よ。一歩（題一）、めっちゃ後悔。

題一

1 のむ　　　　　2 いう　　　　　3 なく　　　　　4 あう

題二

1 間違えると　　2 間違えても　　3 間違わないと　　4 間違うなら

★68

「精神啲！臨時演員
都係演員㗎！」

電影	《喜劇之王》
分數	每題 1 分
測試內容	N4 語彙 A

尹天仇：精神點！臨時演員也是演員來的！

役者の尹天仇（ワンティンサウ）が他の役者に説教 *** しています。

尹天仇（ワンティンサウ）：おい、元気（題一）よ！（題二）だって *** 役者なんだぜ。

*** 説教（せっきょう）：訓斥

*** だって：和「でも」一樣＝即使

題一
1 送（おく）れ　　　2 出（だ）せ　　　3 くれろ　　　4 やれ

題二
1 リストラ　　　2 ファミレス　　　3 エキストラ　　　4 ドラキュラ

日語的自我修養

★●69

「青春對於我嚟講同貞操
一樣咁重要！」

電影　《逃學威龍》
分數　每題 1 分
測試內容　N4 讀解 A

警察の上司と部下が昇進 *** 問題について話しています。

黄 Sir：いま昇進したいか（a）を聞いてるんだ。

周星星：警部、男娼 *** になんか絶対なりません！

黄 Sir：何ぬかしている *** かさっぱり分からん。昇進したいかって聞いてんだ。

周星星：したいですが、貞操を裏切るようなことは致しませんから、警部。

黄 Sir：誰がお前の貞操を望んでいるって言ってた？わし *** が欲しいのはお前の青春だ。

周星星：青春は僕（b）貞操と同じくらい重要なんです。

*** 男娼：男妓 / 鴨子

*** ぬかしている：「言ってる」的關西腔，更有「胡扯」的意思

*** 昇進：昇職

*** わし：日本中高年男性用的「我」

題一

（a）に入れる最も適切な言葉はどれですか？

1. どうか

2. どうだ

3. そうか

4. そうだ

題二

（b）に入れる最も適切な言葉はどれですか？

1. でも

2. になって

3. にとって

4. なのに

日語的自我修養

「你大鑊喇！方丈份人
好小器喋！」

少林和尚：你倒霉了！方丈那人器量很小的！

しょうりんじ の ぼう じゅうしょく せいかく かた
少林寺のお坊さんが住職 *** の性格を語っています。

しょうりんじのおぼうさん まえ じゅうしょく
少 林 和 尚：お前やべえ *** よ。住 職 って（題一）器（題二）
ちい ひと
の小さい人だよ。

じゅうしょく
*** 住 職：方丈

*** やべえ：「やばい」的口語變化，表示「糟糕／倒霉」

題一

1 すこしも　　　2 けっこう　　　3 よく　　　　4 あまり

題二

1 うわさ　　　　2 うわき　　　　3 うちき　　　4 うつわ

☆71

「除暴安良係我哋做市民嘅責任，而行善積德亦係我本身嘅興趣，所以拖阿婆過馬路我每星期都做一次，星期日同埋公眾假期有三四次添嘅。」

電影	《破壞之王》
分數	每題 1 分
測試內容	N4 語彙 / 助詞 A

何金銀（接受訪問）：除暴安良是我們做市民的責任，而行善積德也是我本身的興趣，所以扶婆婆過馬路我每星期都會做一次，星期日和公眾假期還會做有三四次。

何金銀（ホーガムアン）が自分（じぶん）の趣味（しゅみ）について語（かた）っています。

何金銀（ホーガムアン）が（題一）を受（う）ける：悪（わる）い人（ひと）を倒（たお）して善良（ぜんりょう）な人（ひと）を守（まも）るのは我々（われわれ）市民（しみん）の責任（せきにん）だし、それに良（い）い行（おこな）いをするのは私（わたし）の趣味（しゅみ）でもあります。ですから、週（しゅう）（題二）1回（かい）（題二）おばあちゃんが信号（しんごう）を渡（わた）るのを手伝（てつだ）ってあげるし、日曜日（にちようび）や祝日（しゅくじつ）の場合（ばあい）は 3、4 回（かい）もしますよ。

題一

1 インターナショナル　　2 インストール　　3 インスタント　　4 インタビュー

題二

1 で / も　　　　　　2 に / も　　　　　3 で / は　　　　　4 に / は

日語的自我修養

「行行出狀元，如果我冇睇錯嘅話，你將會係乞兒中嘅霸主！」
「乞兒中嘅霸主？即係咩呀？」
「即係乞兒囉！」

丐幫長老：行行出狀元，如果我沒看錯的話，你將會是乞丐中的霸主！
蘇乞兒：乞丐中的霸主？那就是…
丐幫長老：就是乞丐哦！

丐幫長老（乞食の中でも身分の高い人）が蘇乞兒を励まそう***
としています。

丐幫長老：所謂「芸は道によって賢し」***、もしわしの目に狂いがなければ***、お前は乞食の中の王者（題一）になれるんだ。

蘇乞兒：乞食の中の王者（題一）って、つまり？

丐幫長老：乞食（題二）変わりはない。

*** 励ます：勉勵
*** 芸は道によって賢し：行行出狀元
*** 目に狂いがなければ：如果沒有看錯的話

題一

1 おおもの　　　2 おうもの　　　3 おおじゃ　　　4 おうじゃ

題二

1 へ　　　　　　2 が　　　　　　3 に　　　　　　4 を

「你估唔到呢個世界咩都可能發生
嘅。點解？因為你冇想像力。愛
恩斯坦話過想像力比任何知識更
加緊要，想像力可以將冇可能嘅
嘢變為可能！」

電影	《回魂夜》
分數	每題 1 分
測試內容	N4 語彙 A

Leon：你想不到這個世界甚麼都可能發生的。為甚麼？因為你沒有想像力。愛恩斯坦說過想像力比任何知識都重要，想像力可以把不可能變為可能！

Leon が想像力を持っていれば、出来ないことなんかないと語っています。

Leon：世の中には何でも起き得る *** なんておそらく考えていないでしょう！なぜなら、君には想像力ってものがないからさ。想像力が何よりも重要だと昔アインシュタイン *** が（題一）が、なぜなら想像力があればすべての不可能を可能に（題二）からだ。

*** アインシュタイン：Albert Einstein ＝愛恩斯坦　　*** 起き得る：能發生

題一
1 言いました　　2 言いたかった　　3 仰ってほしかった　　4 仰っていました

題二
1 変わる　　2 変われる　　3 変えされる　　4 変えられる

日語的自我修養

★074

電影　《審死官》

分數　每題 1 分

測試內容　N4 聽解 A

「我只係想個仔平平安安咋！」

聽解問題

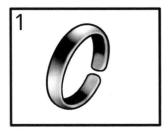

1

2

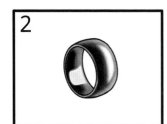

3

4

題一（選擇見上圖）

題二

1 14 人　　　　　2 15 人　　　　　3 16 人　　　　　4 17 人

★075

「點解我生得咁靚仔，
但係耍甩頭髮？」

電影	《少林足球》
分數	每題 1 分
測試內容	N4 聽解 A

聽解問題

日語的自我修養

題一（選擇見上圖）

題二

1　家庭教育
（かていきょういく）　　2　仕事の内容
（しごと　ないよう）　　3　容貌
（ようぼう）　　4　金銭
（きんせん）

★76

「重有球證、旁證、足協、足總、足委，全部都係我嘅人，點同我打呀？」

強雄：還有球證、旁證、足協、足總、足委，全部都是我的人，怎樣和我鬥呀？

強雄（キョーンホン）が今回（こんかい）のサッカー試合（じあい）は勝利（しょうり）できると自信満々（じしんまんまん）*** に予想（よそう）しています。

強雄（キョーンホン）：主審（しゅしん）、副審（ふくしん）、サッカー協会（題一）、サッカー連盟（れんめい）、サッカー委員会（いいんかい）、みんな俺（おれ）の（題二）を持（も）ってくれてるから、（少林サッカーチームが俺（おれ）のチームに）勝（か）てるとでも思（おも）ってんのか。

*** 自信満々（じしんまんまん）：信心十足

題一

1 きょかい　　　2 きょうかい　　　3 こかい　　　4 こうかい

題二

1 頭（あたま）　　　2 肩（かた）　　　3 腰（こし）　　　4 足（あし）

☆77

「做人如果無夢想，同條鹹魚有咩分別呀？」

電影	《少林足球》
分數	每題 1 分
測試 內容	N4 語彙／漢字 A

金剛腿阿星：做人如果沒有夢想，那跟鹹魚有甚麼區別呢？

金剛腿阿星が夢を持つことの大切さを語っています。

ガムゴントイアセィン ゆめ
金剛腿阿星：夢を（題一）生きるなんて、一匹の干物の魚（or
したい
死体）と異ならない（題二）*** じゃないか？

*** 異ならない：等於「変わらない」＝沒有分別

題一
1 持たない　　　2 持たなくて　　　3 持たずに　　　4 持たずまま

題二
1 ことならない　2 こどならない　3 いかならない　4 いがならない

日語的自我修養

「我醬爆感覺到，喺呢個 moment，要爆啦！」
「我豬肉佬何嘗唔想成為偉大嘅舞蹈家呀？」

電影《少林足球》
分數 每題 1 分
測試內容 N4 語彙 / 文法 A

醬爆：我醬爆感覺到，在這個 moment，要爆了！
豬肉佬：我豬肉佬何嘗不想成為偉大的舞蹈家呢？

二人（ふたり）の男（おとこ）の人（ひと）が歌（うた）ったり、踊（おど）ったりしながら、自分（じぶん）の夢（ゆめ）を語（かた）っています。

醬爆（ジョーンバウ）：この醬爆（ジョーンバウ）はこのモーメント *** に（題一）爆発（ばくはつ）って感（かん）じ得（え）たぞ！

猪肉佬（ぶたにくさばきや）：俺（おれ）も一人（ひとり）の猪肉佬（ぶたにくさばきや）として、偉大（いだい）なダンサーになりたいって（題二）日（ひ）は（題二）よ。

*** モーメント：Moment ＝時刻

題一

1 インスタグラム
2 インフォメーション
3 インストラクター
4 インスピレーション

題二

1 考（かんが）える / ある　2 考（かんが）える / ない　3 考（かんが）えない / ある　4 考（かんが）えない / ない

「靚仔，你老細呢？」

「邊個呀？」

「整蠱專家古晶呀！…哼！第二次醒目啲呀，九唔搭八！【喺懸崖邊，就快跌落去】啊啊啊啊啊…」

（中略）

「我就係風靡萬千少女，改進社會風氣，刺激電影市道，提高青少年人內涵，玉樹臨風，風度翩翩嘅整蠱專家，我個名叫古晶，英文名叫 Jing Koo。」

電影	《整蠱專家》
分數	每題 1 分
測試內容	N4 漢字 / 語彙 A

朱先生：臭小子，你老闆呢？

古晶：誰呀？

朱先生：整蠱專家古晶呀！…哼！下次聰明點，牛頭不對馬嘴！【在懸崖邊，快要掉下去】啊啊啊啊啊啊…

（中略）

古晶：我就是風靡萬千少女，改進社會風氣，刺激電影市道，提高青少年人內涵，玉樹臨風，風度翩翩的整人專家，我的名字叫古晶，英文名叫 Jing Koo。

古晶の会社に訪ねた朱さんが古晶の居場所を聞いて、後に古晶が自己紹介をしました。

朱さん：おい、小僧***、おめえの親分*** はどこだ？

257

日語的自我修養

古晶（グージェン）：どなたのことでしょうか？

朱（しゅ）さん：トリッキー屋（や）のプロ古晶（グージェン）だぞ…まったく ***、訳（わけ）の分（わ）からないやつ *** だ。今度（こんどう）脳（のう）みそ忘（わす）れてくるんじゃねえぞ ***。【崖（がけ）っぷち *** から落（お）ちそうになって】あああああ…

（中略（ちゅうりゃく））

古晶（グージェン）：我（われ）こそは若（わか）い女子（じょし）の心（こころ）を鷲掴（わしづか）みにし ***、社会（しゃかい）の風紀（ふうき）を正（ただ）し（題一）、映画業界（えいがぎょうかい）の売（う）り上（あ）げ及（およ）び若者（わかもの）の素養（そよう）を高（たか）める存在（そんざい）であり、かつ ***（題二）で二枚目（にまいめ）*** のトリッキー屋（や）として君臨（くんりん）いたしております。名前（なまえ）は古晶（グージェン）で、英語名（えいごめい）は Jing Koo でございます。

*** 小僧（こぞう）：臭小子
*** 親分（おやぶん）：本來指「老大」，這裏表示「老闆」

*** まったく：這裏有 TMD 的語氣
*** 訳（わけ）の分（わ）からないやつ：不知好歹的人／臭小子
*** 脳（のう）みそ忘（わす）れてくるんじゃないぞ：別忘記把腦袋帶過來
*** 崖（がけ）っぷち：在懸崖邊，快要掉下去的樣子
*** 心（こころ）を鷲掴（わしづか）みにする：牢牢捕獲某人的心
*** かつ：且つ（か）＝而且
*** 二枚目（にまいめ）：帥哥

題一

1 はだし　　　　2 ただし　　　　3 きたし　　　　4 くだし

題二

1 ジェントルマン　　　　　　　2 レディーファースト

3 ファーストクラス　　　　　　4 ジェネレーション

「小強你點呀小強！小強你唔好死呀！我同你相依為命、同甘共苦咗咁多年，一直將你當係親生骨肉咁供書教學，估唔到今日白頭人送黑頭人。」

電影	《唐伯虎點秋香》
分數	每題 1 分
測試內容	N4 文法 A

唐伯虎：小強你怎啦呀小強！小強你不要死呀！我和你相依為命、同甘共苦了這麼多年，一直把你當成親生骨肉般供書教學，想不到今日白頭人送黑頭人。

急^{きゅう}に亡^なくなったペットの小強（ゴキブリ ***）を唐伯虎が悼^{いた}んでいます ***。

唐伯虎^{トーンバッフー}：小強^{つよしくん}、しっかりしてろ ***！小強^{つよしくん}、（題一）。長年^{ながねん}お前^{まえ}と一緒^{いっしょ}に人生^{じんせい}を歩^{あゆ}み、沢山^{たくさん}の楽^{たの}しみや苦^{くる}しみを味^{あじ}わって、しかもお前を自分^{じぶん}が生^うんだ子供^{こども}のようにずっと育^{そだ}ててきたけど、まさか今日お前に先^{さき}に（題二）なんて…

*** ゴキブリ：蟑螂　　*** 悼^{いた}む：悼念　　*** しっかりしてろ：要堅強 / 要振作點

日語的自我修養

題一
1 死^しんでくれない　　2 死^しんでいない　　3 死^しにな　　4 死^しんじゃダメ

題二
1 死^しなれる　　2 死^しんでいる　　3 死^しなせる　　4 死^しぬ

★081

「你哋大家都係女人，
何苦要自相殘殺呢？」
「佢係雞嚟㗎喎。」
「雞都有愛國嘅！」

普

降龍：你們大家都是女人，何苦要自相殘殺呢？

百姓：她是妓女來的。

降龍：妓女也有愛國的。

日

降龍(ホーンロン) が女同士(おんなどうし) *** の喧嘩(けんか)を止(と)めようとしています。

降龍(ホーンロン)：お互(たが)いに女同士(おんなどうし)(題一) 、どうしてここまで殺(ころ)し合(あ)いをしなくちゃいけない訳(わけ)？

民衆(みんしゅう)：でも、こいつは遊女(ゆうじょ) *** だよ。

降龍(ホーンロン)：遊女(ゆうじょ)(題二) 愛国心(あいこくしん)のある者(もの)はいるでしょうが…

*** 女同士(おんなどうし)：N 同士(どうし)＝都是 N．都是女人

*** 遊女(ゆうじょ)：妓女

題一

1 だからといって　　2 なんだから　　3 はもとより　　4 ばかりか

題二

1 で　　　　　　　2 では　　　　　　3 でも　　　　　　4 のでは

☆82

你老闆係你同學？我哋雖然窮咋，我哋唔講粗☆㗎！

電影	《長江七號》
分數	每題 2 分
測試內容	N3 讀解 A

周鐵（ザウティッ）が自分（じぶん）の息子（むすこ）に家訓（かくん）（家（いえ）のルール）を説明（せつめい）している：

周鐵（ザウティッ）：うちは貧乏（びんぼう）だけど、でもな、覚（おぼ）えてちょうだい。喧嘩（けんか）はしない（a）、嘘（うそ）はつかない（a）、他人（たにん）の物（もの）は持（も）って帰（かえ）ってこない（a）。それに、一生懸命（いっしょうけんめい）勉強（べんきょう）して将来（しょうらい）社会（しゃかい）に貢献（こうけん）できるような人間（にんげん）になる（a）。…何（なに）？やつ *** があんたのクラスメイトなんだって？うちは貧乏（びんぼう）だけど、でもな、汚（きたな）い言葉（ことば）も使（つか）わない（a）。

*** やつ：傢伙

題一

（a）に入（い）れる最（もっと）も適切（てきせつ）な言葉（ことば）はどれですか？

1. はず　　　　2. ところ　　　　3. こと　　　　4. わけ

題二

男（おとこ）の人（ひと）が述（の）べた家訓（かくん）の中（なか）、特徴（とくちょう）として言（い）えないものはどれですか？

1. 家庭（かてい）の状況（じょうきょう）に関（かん）する記述（きじゅつ）があること。

2. するべきことはすべきでないことより多（おお）いこと。

3. 「OO しろ」と言（い）い換（か）えられるものが、「OO するな」と言（い）い換（か）えられるものより少（すく）ないこと。

4. 今現在（いまげんざい）のことだけでなく、将来（しょうらい）に対（たい）する期待（きたい）もあること。

261

日語的自我修養

電影 《西遊・降魔篇》

每題2分

分數

測試內容 N2文法 / 漢字 A

「有過執着，才能放下執着！」

玄奘：有過痛苦，才知道衆生的痛苦；有過執着，才能放下執着；
有過牽掛，了無牽掛！

お坊さんの玄奘が人間の心とは如何なる *** ものかを語っています。

玄奘：苦痛があった（題一）、衆生の苦痛も理解できる。執着
心（題二）があった（題一）執着心（題二）が捨てられる。未練 ***
があった（題一）、やがて *** 未練のない自分になれるのだ。

*** 如何なる：如何的 / 怎樣的

*** 未練：留戀 / 牽掛

*** やがて：最終

題一

1 からこそ　　　2 からして　　　3 からみれば　　　4 からには

題二

1 しゅうちゃくしん　　　　　2 しゅうちゃくごころ

3 きゅうちゃくしん　　　　　4 きゅうちゃくごころ

「屎，你係一篤屎，
命比蟻便宜，我揸
Benz 你挖鼻屎…」

電影	《喜劇之王》
分數	每題 2 分
測試內容	N2 文法 A

屎　你是一坨屎　命比蟻便宜
我開奔馳你挖鼻屎…

阿毛（アモウ）がうんこに関する歌を歌っています。

阿毛（アモウ）：うんこようんこ、あんたはやっぱりうんこに（題一）、蟻の命（あり いのち）
（題二）もさらに価値（かち）が低（ひく）いね。この俺様（おれさま）がベンツに乗（の）っているとき、
お前（まえ）はまだ鼻（はな）くそをほじってる *** じゃないか。

*** 鼻（はな）くそをほじる：挖鼻屎

題一

1 従（したが）わず　　2 関（かか）わらず　　3 限（かぎ）らず　　4 過（す）ぎず

題二

1 しか　　2 さえ　　3 より　　4 まで

263

日語的自我修養

電影	《國產淩淩漆》
分數	每題 2 分
測試內容	N2 讀解 A

★085

「你睇居然屈一個盲人，
話佢偷睇國防機密…」

日文

4人の囚人が処刑される *** 前に不平不満を訴えて *** います。

囚人Ａ：待て、ちょっと聞いてくれ！俺は国家の秘密なんか見てないぞ。皆さん、良識のある人間にならないとダメだよ。そもそも俺が盲人だってこと誰でも知っているよね。なのに、あなたたちったら、この盲人が国家の秘密を見たととんだ *** 濡れ衣を着せる *** なんて全く信じられない。

囚人ＢとＣ：ちょっ、ちょっと待ってくれ、陳局長は俺らの親父だ。もし俺らを殺すようなことでもしたら、その仕返し *** として、必ず親父にお前らを殺してもらうように頼むからね。

公安：用意せい *** ！

囚人ＢとＣ：やめなさい、どうしてこんなにイケメンの僕が…マジで死にたくないよ、わあああああ〜〜〜〜〜

公安：チキショー、全く醜い死に様だ。

囚人Ｄ：よく撃ちました！

公安：次！

囚人Ｄ：三十年間修練を積んできた（a）があって、やっと

本領発揮できるさ。

公安（こうあん）：用意（ようい）せい！

囚人（しゅうじん）Ｄ：ハハハハハハハハハ、この「鐵腿水上飄（ティットイソイションピウ）」というあだ名（な）の持ち主（もぬし）を殺（ころ）せるとでも思（おも）うのか？笑止千万（しょうしせんばん）***だ！

*** 処刑（しょけい）される：被行刑

*** 不平不満（ふへいふまん）を訴（うった）える：發牢騒 / 鳴冤叫屈

*** とんだ：意想不到的

*** 濡れ衣（ぬ　ぎぬ）を着（き）せる：冤枉

*** 仕返（しかえ）し：報復

*** 用意（ようい）せい：等同於「用意（ようい）しろ」＝準備好

*** 笑止千万（しょうしせんばん）：可笑之極 / 無稽之談

題一
罪（つみ）から逃（のが）れようとする囚人（しゅうじん）たちの言（い）い分（ぶん）の中（なか）に見（み）られない内容（ないよう）はどれですか？
1. 長年（ながねん）の努力（どりょく）による結果（けっか）
2. 金銭授与（きんせんじゅよ）の承諾（しょうだく）
3. 第三者（だいさんしゃ）との間柄（あいだがら）
4. 自分（じぶん）の体（からだ）の特徴（とくちょう）

題二
（a）に入（い）れる最（もっと）も適切（てきせつ）な言葉（ことば）はどれですか？

1. かい

2. つもり

3. せい

4. あたい

日語的自我修養

★●86

「佢高傲，但係宅心仁厚；佢低調，但係受萬人景仰；佢可以將神賜畀人類嘅火運用得出神入化，可以煮出堪稱火之藝術嘅超級菜式！佢究竟係神仙嘅化身吖，定係地獄嚟嘅使者呢？冇人知…但係可以肯定，每一個人都畀佢一個稱號——食神！」

司儀：他高傲，卻宅心仁厚；他低調，但受萬人景仰；他能把神賜給人類的火運用得出神入化，煮出堪稱火之藝術的超級菜式！他究竟是神仙的化身，還是地獄來的使者呢？無人知曉…但是可以肯定，每個人都給他一個稱號——食神！

ある司会者（しかいしゃ）が「食神（セックサン）」とはどんな人物（じんぶつ）か紹介（しょうかい）しています。

司会者（しかいしゃ）：いささか *** 傲慢（ごうまん）な（題一）人懐っこい *** ですし、ひかえ（題二）めなタイプでありながら *** 世間（せけん）から多大（ただい）な尊敬（そんけい）を受（う）けています。神様（かみさま）から人間（にんげん）に与（あた）えられた火（ひ）の使（つか）い方（かた）を駆使（くし）し ***、そこから生（う）まれた「火（ひ）の芸術（げいじゅつ）」とも言（い）うべき料理（りょうり）は、まさに入神（にゅうしん）の域（いき）に達（たっ）している *** と言（い）っても過言（かごん）ではありません。彼（かれ）は一体（いったい） *** 神様（かみさま）の化身（けしん）なのか、それとも地獄（じごく）からの使（つか）いなのか、ついぞ *** 知（し）る人（ひと）はいませんでした。

ただ一つ言えるのは、世間の皆様からとある綽名をいただいたことです。それは〜〜〜「食神」でございます。

*** いささか：有點
*** 人懐っこい：宅心仁厚
*** でありながら：雖然是
*** 駆使する：操縦自如
*** 入神の域に達す：出神入化 / 登峰造極
*** 一体：究竟
*** ついぞ：最終都沒 / 一向都不

日語的自我修養

題一

| 1 くせに | 2 わりには | 3 あまり | 4 だけに |

題二

| 1 僻え | 2 非可得 | 3 控え | 4 光え |

「還有王法嗎？
還有法律嗎？」

鱷魚幫首領：這麼漂亮一個女人，就因為往地上吐了一口口水，就被你們給抓到這兒來了，還有王法嗎？還有法律嗎？

鱷魚幫の首領：これほど *** のべっぴん（題一）さんだけど、たかが *** 床に唾を吐いた（題二）で、あんたらにここまで連行されてきたとはもってのほか *** だ。ずばり ***、王法ってものはまだあるのか？法律ってものいまだに存在しているのか？

*** これほどの：這樣的

*** たかが：只不過

*** もってのほか：荒謬之至

*** ずばり：開門見山 / 直言不諱

題一

1 別品　　　2 別嬪　　　3 蔑品　　　4 蔑嬪

題二

1 ところ　　2 のみ　　　3 しか　　　4 だけ

「唔好講咁多廢話啦！
你識條春咩？
我做生意使你教？」

電影	《食神》
分數	每題 4 分
測試內容	N0 漢字／文法 A

史提芬周：別講那麼多廢話吧！你懂個屁？我做生意要你教？

銀行で一旦 *** 融資を断られた史提芬周がスタッフを罵っています
***。

史提芬周：無駄話は<u>止せ</u>（題一）！商売の知識の欠片もねえ *** お前に「こうしろああしろ」*** って説教される<u>すじあい</u>（題二）はどこにもねえんだよ。

*** 一旦：暫且
*** 罵る：咒罵
***Nの知識の欠片もない：對 N 零知識

*** こうしろああしろ：應該這樣做，應該那樣做

日語的自我修養

題一

| 1 よせ | 2 とめせ | 3 やめせ | 4 じせ |

題二

| 1 筋合い | 2 吸試合 | 3 數字愛 | 4 脈相い |

文法：普（行く、行かない、行っている、安い、有名だ、日本人だ）＋ と

普（行く、行かない、行った、行かなかった、行っている、安い、有名、日本人）＋ なら

首先是題一，「ボロボロ」除了表示「破爛不堪」外，還有「潸潸淚下」之意，所以答案只能是「泣く」。

至於題二，「と」跟「なら」的最大分別在於，當前項是動詞的話，「と」有「如果先發生前項動詞的話，之後就會發生後項」，而「なら」的「其中一個」（另外一個請參閱延伸學習）用法是：「如果打算做前項動詞的話，那麼先要進行後項」，如：

Ⅰ　雪の日に行くと、絶対に事故に遭うよ。✓（下雪天去的話【先】，肯定會發生意外【後】。）

Ⅱ　雪の日に行くなら、まずはタイヤ交換だ。✓（下雪天去的話【後】，首先得換輪胎【先】。）

Ⅲ　一歩間違えると、必ず後悔する。✓（走錯一步【先】，一定後悔【後】！）

Ⅳ　一歩間違えるなら、まず後悔する。✘（如果打算走錯一步的話【後】，首先你得後悔【先】！）

延伸學習

然而「なら」也可以先前項再後項，如：

Ⅴ　車を買うなら、日本の車を買いなさい。（如果打算買車的話【先】，請買日本的車【後】。）

Ⅵ　やりたくないなら、辞めてもいいですよ。（如果不想幹的話【先】，可以辭職【後】。）

但此時後項必須包含判斷、命令（V）、允許（VI）等説話者的意志在內。

仿作對白

使用「ボロボロ」創作獨自的對白。

例 A：昨日、男の人が女の人を助けるために自分を犠牲にしたという内容の
映画を見て、ボロボロに泣きました。（昨天看了一套男人為了救女人
而犧牲自己的電影，哭得不能停下來！）

A：昨日、＿＿＿＿＿＿＿＿＿＿＿＿＿＿＿＿＿＿＿という内容の映画を見て、
ボロボロに泣きました。

參考書籍：《日本語能力試験精讀本 N4》chapter 64-65

題一　答案：2
題二　答案：3

題一的「元気を出す」表示「提起精神」，通過命令型加強語氣。命令型的做法
是 I 類 V 的い段ます轉え段（行きます→行け），II 類 V 的ます轉ろ（忘れます→忘
れろ），III 類 V 的します轉しろ（勉強します→勉強しろ）、来ます轉来い。

I　授業に遅れてしまうよ、早く行け。（上課會遲到的，快去！）

II　元彼のことを忘れろ。（忘記前度男友吧！）

III　ゲームをやめてさっさと勉強しろ。（不要打遊戲給我馬上學習！）

IV　ゲームをやめてさっさと来い。（不要打遊戲給我馬上來！）

題目二的「リストラ＝ Restructuring 的簡寫（公司重組 / 裁員）」，「ファミ
レス＝ Family restaurant 的簡寫（茶餐廳）」，「エキストラ＝ Extra（臨時演員）」，
「ドラキュラ＝ Dracula（吸血鬼）」，所以答案是 3。

日語的自我修養

延伸學習

「（即使是）臨時演員也是演員」這種涉及「即使」的語法，日語有很多，如：

N5：エキストラでも

N4：エキストラだって

N3：エキストラと言っても

N2：エキストラだからといって／エキストラだからって

N1：エキストラながらも／エキストラとはいえ

學習者可根據自己的程度和能力找出最貼切的翻譯。

仿作對白

使用「元気を出す」創作獨自的對白。

例　A：ご飯を奢ってあげるから、早く元気を出せよ。（我請你吃飯吧，你快
點提起精神！）

A：＿＿＿＿＿＿＿＿＿＿＿＿＿＿＿＿＿＿＿＿＿＿＿から、
早く元気を出せよ。

參考書籍：《日本語能力試験精讀本 N4》chapter 51

基本解說

電影：《逃學威龍》

題一　答案：1
題二　答案：3

廣　黃 Sir：我問你想唔想扎呀？
　　周星星：我係唔會做鴨嘅，sir。
　　黃 Sir：九唔搭八，我問你想唔想升級呀？
　　周星星：想，但係我係唔會出賣自己嘅貞操嘅，sir。

黃 Sir：邊個要你嘅貞操啫？我要你嘅青春呀！

周星星：青春對於我嚟講同貞操一樣咁重要！

黃 Sir：我問你想不想升呀？

周星星：我是不會做鴨的，sir。

黃 Sir：我不知你在說甚麼，我問你想不想升級？

周星星：想，但是我是不會出賣自己的貞操，sir。

黃 Sir：誰要你的貞操，我要的是你的青春。

周星星：青春對於我來說和貞操一樣重要！

中文翻譯

題一：哪一個是放在（a）裏最合適的單詞？

1. 昇進（しょうしん）したいかどうか＝想不想昇職

2. 文法錯誤

3. 文法錯誤

4. 文法錯誤

題二：哪一個是放在（b）裏最合適的單詞？

1. 僕（ぼく）でも＝即使是我

2. 僕（ぼく）になって＝成為我

3. 僕（ぼく）にとって＝對我而言

4. 僕（ぼく）なのに＝明明是我

文法：普（行（い）く / 行（い）った / 行（い）っている / 安（やす）い / 有名（ゆうめい） / 日本人（にほんじん））＋ かどうか

N（わたし / 人生（じんせい））＋ にとって

題一的「～かどうか」是 N4 文法的代表，表示「～還是不～」，如：

I 明日（あした）雨（あめ）が降（ふ）るかどうか知（し）っていますか？（你知道明天會不會下雨？）

日語的自我修養

Ⅱ 先生の言っていることは正しいかどうか私にはわかりません。（老師説的話對不對，我不太明白。）

而題二的「N にとって」介乎 N4 與 N3 中間，基本上屬於 N3，但亦曾經在 N4 出現。其實意思不難理解，是「對 N 而言」，如：

Ⅲ あなたにとって、理想的な恋人とはどんな人ですか。（對你而言，怎樣的人才是理想的戀人？）

Ⅳ 芸能人にとって、歯が命だと言われています。（對藝人來説，牙齒被認為就是生命。）

仿作對白

使用「～かどうか」創作獨自的對白。

例 A：過去を忘れて俺と一緒に新しい未来を作るかどうかはお前次第だ。

（忘記過去，和不和我一起創造新的未來，這完全取決於你。）

A：＿＿＿＿＿＿＿＿＿＿＿＿＿＿＿＿＿＿＿＿＿＿かどうか
はお前次第だ。

參考書籍：《日本語能力試驗精讀本 N3》chapter 58

題一 答案：2
題二 答案：4

題一的 4 個選擇為「すこしも＝一點也」、「けっこう＝頗」、「よく＝經常」和「あまり＝不太」，由於「すこしも」和「あまり」需要後接否定語句，而「よく」則多與動詞配合，所以答案只能是「けっこう」，漢字為「結構」。4 個副詞的例句如下：

I その方法でやってみたが、少しも効果がなかった。（曾嘗試用那個方法去做，但一點也沒有效果。）

II その方法でやってみたら、結構効果があった／効果が大きかった。（嘗試用那個方法去做，竟發現頗有效果／效果頗大。）

III よくその方法でやっていたが、結局効果がなかった。（以前經常用那個方法去做，但最後也沒有效果。）

IV その方法でやってみたが、あまり効果がなかった。（曾嘗試用那個方法去做，但不太有效果。）

題二的「器が小さい」仿如中文一樣，表示一個人器量小，如

V 器が小さい人は、つまらないことでも怒りやすいです。（器量小的人，即使是微不足道的事也容易生氣。）

另外幾個選擇則是「噂＝傳言」，「浮気＝婚外情／不倫戀」，「内気＝個性內向」。

延伸學習

有一點需要注意的是，「結構＋形容詞」的時候，「結構」表示「頗」，屬於「肯定」形容詞的性質；然而如果是「Ｎは結構です」的話，則表示「不需要Ｎ」，屬於「否定」意思，如：

VI 【友人の家で】お茶は結構ですよ。それにしても、結構綺麗なお家ですね。（【在朋友家】不用給我倒茶了。話說，你家挺漂亮的。）

仿作對白

使用「結構」創作獨自的對白。

例 A：社長、コーヒーはいかがですか？（老闆，你要咖啡不？）

B：コーヒーは結構だ。（我不要咖啡。）

A：じゃ、あたしはいかがですか？（那，要我不？）

日語的自我修養

B：それなら、結構いいね。（要是這個的話，那挺不錯的。）

A：社長、＿＿＿＿＿＿＿＿＿＿＿＿＿＿＿＿＿はいかがですか？

B：＿＿＿＿＿＿＿＿＿＿＿＿＿＿＿＿＿は結構だ。

A：じゃ、＿＿＿＿＿＿＿＿＿＿＿＿＿＿＿＿＿はいかがですか？

B：それなら、結構いいね。

參考書籍：《日本語能力試驗精讀本 N5》chapter 28
《日本語能力試驗精讀本 N4》chapter 27

071 基本解説
電影：《破壞之王》

題一　答案：4
題二　答案：4

　　題一的「インターナショナル＝ International（國際）」，「インストール＝ Install（安裝）」，「インスタント＝ Instant（速成），インスタントラーメン＝方便麵」，「インタビュー＝ Interview（訪問）」，從前後文意推測，不難找出答案是「接受訪問」。

　　然後題二的 2 個助詞，首先「週」後面加「に」表示「每星期 V 的頻率」，所以可以刪除 1 和 3。然後第 2 個助詞，在次數「1 回」後面，其實「は」和「も」理論上都可成立，但「1 回は」表示「最少 1 次」而「1 回も」表示「竟然有 1 次或 1 次也沒有」，所以何金銀説他「扶婆婆過馬路每星期（最少）都會做一次」的話是「は」，而後面「星期日和公眾假期還會做三四次」則通過「も（或者是まで）」去帶出一種「竟然／甚至」的語氣。再如：

Ⅰ　年に 1 回は日本へ出張に行きます。（1 年最少去日本出差 1 次。）

Ⅱ　年に 10 回も日本へ出張に行きます。（1 年竟然去日本出差 10 次。）

Ⅲ　年に 1 回も日本へ出張に行けません。（1 年連 1 次都不能去日本出差。）

仿作對白

使用「は / も」創作獨自的對白。

例 A：周星馳_{チャウセインチ}の映画_{えいが}は / なら、少_{すく}なくとも 100 回_{かい}は見_みたよ。好_すきだから。

（周星馳的電影，最少看過 100 次。無他的，就因為喜歡。）

A：＿＿＿＿＿は / なら、少_{すく}なくとも＿＿＿＿＿は＿＿＿＿＿よ。好_すきだから。

参考書籍：《日本語能力試験精讀本 N5》chapter 35、41

★72 基本解說
電影：《武狀元蘇乞兒》

題一 答案：4
題二 答案：3

文法：N（日本人_{にほんじん}、行_いったこと）に変_かわりはない

題一的「王」究竟讀「おお」還是「おう」？其實不難，看下圖便知：

段	ou（＋う）	oo（＋お）
お	おう（王，央 etc.）	おおきい（大きい）
こ	こう（高，校 etc.）	こおり（氷）
ご	ごう（号，豪 etc.）	✘
そ	そう（送，相 etc.）	✘
ぞ	ぞう（増，像 etc.）	✘
と	とう（東，糖 etc.） *** 父（とう）さん	とお（十），とおい（遠い），とおる（通る）
ど	どう（同，動 etc.）	✘
の	のう（能，農 etc.）	✘
ほ	ほう（方，報 etc.）	ほお（頬）
ぼう	ぼう（帽，防 etc.）	✘
も	もう（毛 etc.）	✘
よ	よう（用，陽 etc.）	✘
ろ	ろう（労，老 etc.）	✘

日語的自我修養

可見，長音一般來說 ou（＋う）佔多數，oo（＋お）屬少數，而且 ou 多音讀，oo 多訓讀，故可推測「王」的音讀很大機會是「おう」。

題 2 的「Ｎに<ruby>変<rt>か</rt></ruby>わりはない」是一個常用短句，單詞本身屬於 N4 程度，但作為文法，表示「Ｎ沒有改變／還是一樣」意思的話，則可視為 N2 程度。然而接合方法很簡單，只需在前面放 N 或「名詞化」的「こと」就可以了，如：

I　<ruby>太郎君<rt>たろうくん</rt></ruby>は<ruby>香港<rt>ホンコン</rt></ruby>で<ruby>生<rt>う</rt></ruby>まれたのですが、<ruby>日本人<rt>にほんじん</rt></ruby>に<ruby>変<rt>か</rt></ruby>わりはないです。（太郎君雖然是在香港出身，但無改他是日本人的事實。）

II　<ruby>確<rt>たし</rt></ruby>かに<ruby>前<rt>まえ</rt></ruby>の<ruby>成績<rt>せいせき</rt></ruby>より<ruby>大分<rt>だいぶ</rt></ruby>よくなりましたが、<ruby>不合格<rt>ふごうかく</rt></ruby>であることに<ruby>変<rt>か</rt></ruby>わりはない。（成績的確比以前進步了很多，但畢竟還是不合格。）

仿作對白

使用「Ｎに<ruby>変<rt>か</rt></ruby>わりはない」創作獨自的對白。

例　A：<ruby>確<rt>たし</rt></ruby>かに<u>豪華なランチを</u><ruby>奢<rt>おご</rt></ruby>ってくれたのですが、<ruby>私<rt>わたし</rt></ruby>に<ruby>嘘<rt>うそ</rt></ruby>をついたことに<ruby>変<rt>か</rt></ruby>わりはないよ。（的確你請我吃了一頓豐富的午餐，但仍然無改你對我撒謊這一件事。）

A：<ruby>確<rt>たし</rt></ruby>かに_____のですが、<ruby>私<rt>わたし</rt></ruby>に<ruby>嘘<rt>うそ</rt></ruby>をついたことに<ruby>変<rt>か</rt></ruby>わりはないよ。

參考書籍：《日本語能力試驗精讀本 N5》chapter 13

073　基本解說

電影：《回魂夜》

題一　答案：1

題二　答案：4

題一學習者可能以為筆者又在考大家「尊敬語」和「謙讓語」的不同，並且由於想對偉大的愛恩斯坦表示尊敬而選擇 4 吧（笑）！的確我們需要對愛恩斯坦表示尊敬，但首先我們需要知道「<ruby>言<rt>い</rt></ruby>いました」和「<ruby>言<rt>い</rt></ruby>っていました」有甚麼不同。

一般來説「言いました」是用於「直接引用某人的話，或單純表達某人説了某句話」的意思，而「言っていました」則有「你曾親耳聽過某人説過某句話，並打算把它傳達給第三者」的語感。看到這裏，你應該可以想像到為甚麼「アインシュタインが言っていました」是不對的，因為我們（最起碼筆者）是不可能親耳聽過愛恩斯坦説這番説話的，而其他諸如「子曰：有朋自遠方來，不亦樂乎」，或是「拿破崙説過他的字典中沒有『不可能』這個字」等都會用「言いました」比較合適。

至於題二中 1 和 2 是自動詞和自動詞＋可能型的話，需要把前面的「不可能を」改成「不可能が」，3 是不存在的，所以只能是 4 的他動詞＋可能型，即「変えられる」，現把自他動詞及其可能型共 4 個的例文略載如下：

I　人の性格は年と共にだんだん変わっていく。（人的性格隨着年齡逐漸而改變。）

II　十分なきっかけがあれば、人の性格は変われる。（若有充分的契機，人的性格是可以改變的。）

III　入社後、すこしずつ性格を変えていきたい。（進公司後，想一點點改變性格。）

IV　まさか彼女の性格を変えられるとは夢にも思わなかった。（做夢也想不到能改變女朋友的性格。）

仿作對白

使用「名人が…と言いました」創作獨自的對白。

例　A：昔、イエスが「右の頬を殴られたら左の頬を差し出せ」と言いました。（從前，耶穌説過：「若有人打你的右臉，那麼左臉也讓他打吧！」）

A：昔、_____と言いました。

參考書籍：《日本語能力試験精讀本 N4》chapter 20-21

日語的自我修養

題一　答案：4
題二　答案：2

廣

宋世傑：計計下我哋都有死咗 12 個仔呢！

宋世傑老婆：好心你唔好講啦，講親我就唔忍得住。…封筆啦，老公！

宋世傑：封咗筆，何來咁多金鈪、金鏈、玉戒指、寶石、耳環過你戴？

宋世傑老婆：我只係想個仔平平安安咋！

普

宋世傑：算一算我們都有死了 12 個孩兒。

宋世傑老婆：拜托你就不要說好嗎？你一說起我就忍不住。…封筆吧，老公！

宋世傑：封了筆，哪來那麼多金手鐲、金項鏈、玉戒指、寶石、耳環給你戴？

宋世傑老婆：我只希望兒子能平平安安而已！

日

女の人が男の人に今の仕事を辞めるように説得しています。

宋世傑：数えたら、亡くなった子供の数はもう 12 人になったね。

宋世傑の奥さん：これ以上言わないで。この話をするたびにどうしても我慢できずついつい泣いてしまう。ね、あなた、この仕事辞めたら？

宋世傑：じゃ、今までのようにブレスレットとか、ネックレスとか、指輪とか、宝石とか、イヤリングなど、全部買えなくなってしまうよ。

宋世傑の奥さん：今はたった一人の子供が健康でありますように願っているだけよ。

題一：女の人が持っていないものはどれですか？持っていないものです。

題二：もし子供が全員生きているとしたら、今この家族は何人家族ですか？

中文翻譯

題一：女人沒有的東西是哪一個？是沒有的東西。

1. 金手鐲

2. 玉戒指

3. 耳環

4. 髮釵

題二：如果所有小孩都在生的話，現在這個家庭是幾人家庭？

1. 14 人

2. 15 人

3. 16 人

4. 17 人

　　題二的話，除了 12 個去世的小孩和夫婦 2 人外，不要忘記還有「たった一人の<ruby>子供<rt>こども</rt></ruby>」，所以一共是 15 人。另外用日語向神明求願，表示「希望〜」的話，一般都會用到：

「Ｖます：＋ように＋お<ruby>祈<rt>いの</rt></ruby>りします（表示「祈求」，但此句一般可省略，下同）」，

「い形：刪除い＋くなりますように」；

「な形／Ｎ：＋になりますように或＋でありますように」等文型，如：

Ｉ　<ruby>来年<rt>らいねん</rt></ruby>こそ<ruby>日本<rt>にほん</rt></ruby>へ<ruby>行<rt>い</rt></ruby>けますように。（希望明年真的能去日本！）

Ⅱ　<ruby>皆様<rt>みなさま</rt></ruby>の<ruby>未来<rt>みらい</rt></ruby>が<ruby>明<rt>あか</rt></ruby>るくなりますように。（希望各位前程錦繡！）

Ⅲ　<ruby>世界<rt>せかい</rt></ruby>が<ruby>平和<rt>へいわ</rt></ruby>になりますように。（希望世界變得和平！）

Ⅳ　<ruby>今度<rt>こんど</rt></ruby>こそ<ruby>息子<rt>むすこ</rt></ruby>でありますように。（希望這次真的是個男嬰！）

日語的自我修養

仿作對白

使用「ように」創作獨自的對白。

例 A：神様にどんな願い事をしたんですか？（你向神求了甚麼心願？）

B：<u>お前が俺の嫁になります</u>ようにお願いしました。（那就是，我希望你會做我的老婆。）

A：神様にどんな願い事をしたんですか？

B：＿＿＿＿＿＿＿＿＿＿＿＿＿＿＿＿＿＿＿＿ようにお願いしました。

題一　答案：4
題二　答案：3

五師弟：不過前排我見你重倒緊屎㗎，點解好哋哋又轉做洗碗呢？
二師兄：點解？點解唔係你哋問呀，係我問呀！點解我老竇唔係李嘉誠呀？點解我生得咁靚仔，但係要甩頭髮？你哋兩個咁肉酸，但係冇甩頭髮？點解人哋細嗰時有書讀，而我細個時就畀個老坑迫住嚟練咩爛鬼武功！練到依家喺呢度，洗碗！倒屎！
五師弟：阿二師兄你冷靜啲呀！其實命運始終掌握自己手嘅。
二師兄：冷靜？！如果唔夠冷靜呀，我就一刀斬死你兩個粉腸！冷靜？！

五師弟：不過前一段日子我見你還在倒夜香，幹得好好的為啥來洗碗呢？
二師兄：為啥？為啥不是你們問，是我問呀！為啥我老爸不是李嘉誠呀？為啥我生得這麼帥，但是要脫頭髮？你們兩個長得那麼醜，但沒有脫頭髮？為啥人家小時候能讀書，而我年紀小小就被那個老而不強迫練他媽的甚麼鬼武功！練到現在在這裏，洗碗！倒夜香！
五師弟：二師兄你冷靜點！其實命運始終掌握自己手裏。
二師兄：冷靜？！如果我不夠冷靜，我早就一刀劈死你兩個混蛋！冷靜？！

男 二人が仕事や運命について話しています。

五師弟：二師兄はついこないだまでうんこ流しの仕事をしてたじゃないですか、どうしてあんな素敵な仕事を辞めてここで食器洗いをしてるんですか？

二師兄：どうして？あんたらよりも俺が聞きたいよ。なぜ父親は大金持ちの李嘉誠じゃないのか？こんなにイケメンなのに、なんで髪の毛が抜けなくちゃいけないのか？逆に、あんたらは不細工なのに、全然抜けたりしない。どうしてほかの子供は小っちゃい頃学校に通えてたのに、俺だけが糞おやじに役に立たないカンフーを習わされなきゃいけなかったのか？結局、食器洗い、うんこ流しのこの有様！

五師弟：二師兄、どうか落ち着いてください！自分の運命は自分の手に握れるはずですよ。

二師兄：落ち着けって？！落ち着いてなかったら、とうにお前らをバッサリ一刀両断にしてたはずだ。これでも落ち着いてないというのか？

題一：二師兄のこれまでの人生を正確に説明できる絵はどれですか？

題二：二師兄はどの分野に自慢と不満の両方の気持ちを持っていますか？

中文翻譯

題一：那一幅圖可以正確説明二師兄到現在為止的人生？

題二：二師兄對哪一件事是同時混合着自信和不滿兩種感情的？

1. 家庭教育

2. 工作內容

3. 容貌

4. 金錢

文法：普（行く、行かない、行った、行かなかった、行っている、安い、有名な、日本人な）＋ のに

　　題二可從二師兄的那句「こんなにイケメンなのに、なんで髪の毛が抜けなくちゃいけないのか？（為啥我生得這麼帥，但是要脫頭髮？）」輕易理解。當中的「のに」含有「明明／雖然」的意思，屬於 N4 文法，用法如下：

I　勇気を出して好きな女性に交際の申し込みをしたのに、断られた。（雖然鼓起勇氣向心儀的女性提出交往要求，但慘遭拒絕。）

II　もう夜中の３時なのに、まだ眠れない。（明明已經是深夜 3 點，但還無法入睡。）

仿作對白

使用「のに」創作獨自的對白。

例　A：晴子って、背も低いし別に美人でもないのに、なんであんなに男の子に人気があるのかしら？（明明晴子她長得又矮又不漂亮，但為何男孩子那麼喜歡她？）

　　B：え、知らないの、だって、晴子のお父さんはこの学校の校長先生なんだよ。（你不知道嗎？晴子他爸爸可是這間學校的校長耶。）

　　A：だからか…（原來如此…）

A：晴子って、背も低いし別に美人でもないのに、なんであんなに男の子に人気があるのかしら？

B：え、知らないの、だって、＿＿＿＿＿＿＿＿＿＿＿＿＿＿＿＿＿＿＿んだよ。

A：だからか…

参考書籍：《日本語能力試験精讀本 N4》chapter 40

題一　答案：2
題二　答案：2

首先是題一，廣東話的 p 尾音（入聲字）當轉化成日語音讀時，語尾會變成「う」或「つ」。「協」字廣東話為 hip，所以可以推斷出其語尾應由以上特徵，則 1 和 3 可刪除。

至於題二的「N の肩を持つ」是日語的慣用句，表示「支持 / 偏袒 N」的意思，好壞兩面都能用，如：

I　落ち込んでいたあの頃、ずっと僕の肩を持ってくれた優子には感謝しています。（在那段頹廢失意的日子，感謝對我不離不棄，一直支持我的優子。）

II　一方に肩を持つようでは、平等な審議ができません。（如祖護某一方的話，就不能作出公平的審議。）

延伸學習

「肩を持つ」這句慣用語其實與中國歷史有莫大的淵源。話說，漢高祖劉邦死後，呂后當權並培植呂氏一族的勢力。後來呂后死，太尉周勃打算奪取呂氏一族的兵權，就在軍中對眾人說：「擁護呂氏的露出右臂，擁護劉氏的露出左臂。結果全軍皆露出左臂（原文：為呂氏右袒，為劉氏左袒。軍中皆左袒。」《史記‧呂太后本紀》）。日語吸收了這個經典故事，創造了「肩を持つ」這另一個經典。

仿作對白

使用「肩を持つ」創作獨自的對白。

例　A：落ち込んでいたあの頃、ずっと僕の肩を持ってくれて離れようとしなかった優子さんへのお礼として、イケメンで金持ちの独身男正男君を紹介してあげました。（作為在那段頹廢失意的日子，對我不離不棄，一直支持我的優子的回報，我介紹了有錢的單身帥哥正男給她認識。）

Ａ：落ち込んでいたあの頃、ずっと僕の肩を持っててくれて離れようとしなかった優子さんへのお礼として、＿＿＿＿＿＿＿＿＿＿＿＿＿＿＿

＿＿＿＿＿＿＿＿＿＿＿＿＿＿＿＿てあげました。

参考書籍：《日本語能力試驗精讀本 N5》chapter 3

題一　答案：3
題二　答案：1

文法：Ｖない（行かない、食べない、しない／来ない）＝
　　Ｖず（行かず、食べず、せず／来ず）

題一的話，能表示「沒有 V1 而／就 V2」（沒有夢想而活着）的只有 3。1 如果是「持たないで」的話就等同於 3 的「持たずに」；2 表示的是「因為沒有 V，所以～」的因果關係，而 4 是不存在的。「Ｖないで」、「Ｖずに」和「Ｖなくて」在 N4 或以上的 JLPT 試卷老是常出現，要注意：

Ｉ　彼女は何も言わずに（V1）ずっと泣いていた（V2）。（她甚麼也沒説就一直在哭。）

Ⅱ　彼女は何も言わないで（V1）ずっと泣いていた（V2）。（她甚麼也沒説就一直在哭。）

Ⅲ　彼女に何も言えなくて（V）残念でした。（因為沒有跟她説任何話，我覺得很遺憾。）

題二的話，其實可以譯作「一匹の干物の魚（or 死体）と変わらない」會更自然，但為了配合 N4 練習內容，這裏特意譯作「異ならない」。題外話，廣東話的「鹹魚」，除了「鹹魚」的意思外，還可以指「屍體」。

仿作對白

使用「Vずに」創作獨自的對白。

例 A：君と一緒にマチュピチュに行かずにこの世を去るなんて絶対にいや！

（沒有和你一起去過馬丘比丘就要死，我肯定不甘心！）

A：＿＿＿＿＿＿＿＿＿＿＿＿＿＿＿＿＿＿＿＿＿＿＿＿＿＿ずにこの
世を去るなんて絶対にいや！

參考書籍：《日本語能力試驗精讀本 N4》chapter 59

078 **基本解説**
電影：《少林足球》

題一　答案：4
題二　答案：4

文法：V ない（行かない、食べない、しない／来ない）＋ N（日、人）はない／いない

題一的「インスタグラム＝Instagram（IG）」、「インフォメーション＝Information（資訊）」、「インストラクター＝Instructor（導師）」和「インスピレーション＝Inspiration（靈感）」，能與「爆発」配合的也只有 4。

至於 II 的「V ない N はない／いない」組合都用做表示「無 N 不 V」的意思。

I　彼は大の酒好きで、飲まない日はない。（他很喜歡酒，沒有一天不喝。）

II　あれはこの地域で有名な話ですから、知らない人はいないよ。（那是一個在這一帶很有名的事，無人不知。）

仿作對白

使用「Vない Nない／いない」創作獨自的對白。

例 A：この地域で知らない人がいないほど有名な話はありますか？（這一帶
　　　　附近，有沒有些無人不知的有名事情？）

　　B：ありますよ。それはたぶん<u>田中さんの右手に 7 本の指もある</u>という
　　　　ことでしょう。（有呀，那應該就是田中先生的右手有 7 根手指頭這事
　　　　吧。）

A：この地域で知らない人がいないほど有名な話はありますか？

B：ありますよ。それはたぶん＿＿＿＿＿＿＿＿＿＿＿＿＿＿＿＿＿＿＿＿

＿＿＿＿＿＿＿＿＿＿＿＿＿＿＿＿＿＿＿ということでしょう。

079 基本解説
電影：《整蟲專家》

題一　答案：2
題二　答案：1

　　　題一的 4 個選擇為「裸足＝赤腳」，「正し（正す）＝改良／糾正」，「来たし
（来たす）＝帶來／招致…影響」和「下し（下す）＝下達命令」，「正す」和い形
容詞的「正しい」讀音基本一樣，有「改良／糾正」的意思，如：

I 　文章の中の誤りを正す。（改正文中的錯處。）

II 　服装を正して出席する。（整理衣服然後出席。）

　　　然後題二的「ジェントルマン＝ Gentleman（紳士）」，「レディーファースト
＝ Lady first（女性優先）」，「ファーストクラス＝ First class（頭等）」，「ジェ
ネレーション＝ Generation（世代）」，從前後文意推測，不難找出答案。

仿作對白

使用「ジェントルマン」創作獨自的對白。

例 A：田中君（たなかくん）って本当（ほんとう）にジェントルマンですね！（田中君真是一個紳士！）

　　B：というと？（也就是説？）

　　A：だっていつも重（おも）い荷物（にもつ）を持（も）ってくれるんですもの。（因為他總是替我拿很重的行李。）

A：田中君（たなかくん）って本当（ほんとう）にジェントルマンですね！

B：というと？

A：だって＿＿＿＿＿＿＿＿＿＿＿＿＿＿＿＿＿＿＿＿＿んですもの。

參考書籍：《日本語能力試驗精讀本 N3》chapter 23

基本解説

電影：《唐伯虎點秋香》

| 題一 | 答案：4 |
| 題二 | 答案：1 |

文法：BにV受身（飲（の）まれる、食（た）べられる、議論（ぎろん）される / 来（こ）られる）

　　題一是日本人口語化的例子。日本人習慣把「では」簡化成「じゃ」，所以「死（し）んではダメ / 死んではいけない」能變成「死んじゃダメ / 死んじゃいけない）」。如果把 3 的「死（し）にな」改成「死（し）ぬな」，也能成為答案。

　　然後題二的「AはBに先（さき）に死（し）なれる」，直譯的話是「A被B先死了」，不符合邏輯，但因為日語中能通過「AはBにV受身」表示「A由於B的V而蒙受痛苦 / 傷害」，即「迷惑受身（めいわくうけみ）」（「迷惑」有「帶來麻煩 / 不幸」的意思），如：

I　突然（とつぜん）友達（ともだち）に家（いえ）に来（こ）られてびっくりした。（突然由於朋友來家＝嚇了一跳）

II　一晩（ひとばん）赤（あか）ちゃんに泣（な）かれて眠（ねむ）れなかった。（整晚由於嬰兒哭＝不能入睡）

289

日語的自我修養

所以「今日お前に先に死なれる＝我由於你死了而蒙受痛苦／傷害＝白頭人送黑頭人」。受身雖為 N4 文法，但若要能靈活使用迷惑受身則差不多需要 N2 程度。

仿作對白

使用「迷惑受身」創作獨自的對白。

例　A：どうして泣いてんの？（為甚麼在哭呀？）

　　B：昨日最愛なペット白ちゃんに死なれて悲しんでいるの。（昨日我最愛的寵物小白【不問我感受而】捨我而去了，令我傷痛欲絕！）

A：どうして泣いてんの？

B：＿＿＿＿＿＿＿＿＿＿＿＿＿＿＿＿＿＿＿悲しんでいるの。

參考書籍：《日本語能力試驗精讀本 N4》chapter 8、69

題一　答案：2

題二　答案：3

文法：普（行く、行かない、行った、行かなかった、行っている、安い、有名だ、日本人な）＋んだから

題一的 4 個選擇前面都可以加 N（女同士），但意思截然不同，即：

女同士だからといって：雖然大家都是女人…

女同士なんだから：畢竟／既然大家都是女人…

女同士はもとより：固然／先不用說大家都是女人…

女同士ばかりか：何止大家都是女人…

當中「んだから」的其中一種譯法是「畢竟…真沒辦法／姑且」，表示「無可奈何的理由」，正正符合「畢竟／既然大家都是女人」這口吻。如：

I 事故があったんだから、しょうがなく遅れちゃったんだ。（因為發生意外，所以無可奈何的遲到了。）

II 家族なんだから、助けない訳にもいかないでしょう！（畢竟是一家人，不幫助是不行的吧！）

至於題二中「遊女でも」意思是「就算是妓女」，也是忠實帶出「就算是妓女也有愛國的」這語意出來。這個屬於 N5 文法，其他例子如：

III この問題は子供でも分かる。（這條問題就算是小孩子也懂。）

IV 親への感謝は一生でも足りない。（對父母的感謝，就算一生也不夠。）

仿作對白

使用「んだから」創作獨自的對白。

例　A：自分が選んだ道なんだから、簡単には諦められない！（畢竟是自己選擇的路，所以不能輕易放棄！）

A：＿＿＿＿＿＿＿＿＿＿＿＿＿＿＿＿＿＿＿＿んだから、簡単には諦められない！

參考書籍：《日本語能力試驗精讀本 N3》chapter 44

題一　答案：3
題二　答案：2

周鐵：我哋雖然話係窮，但唔打交、唔講大話、唔係自己嘅嘢絕對唔會拎，要努力讀書，將來做個貢獻社會嘅人。…你老闆係你同學？我哋雖然窮咋，我哋唔講粗口㗎！

日語的自我修養

周鐵：我們雖然窮，但不打架，不説謊，不是自己的東西絕對不會拿，要努力讀書，將來做一個貢獻社會的人。…你老闆（廣東話裏面算是輕微的髒話）是你同學？我們雖然窮，但我們不説髒話的！

中文翻譯

題一：哪一個是放在（a）裏最合適的單詞？

1. もの

2. ところ

3. こと

4. わけ

題二：男人敘述的家訓中，哪一項並非其特徵？

1. 包含有關家庭狀況的記述。

2. 所述應該做的事比不應該做的事多。

3. 如果換一句話説的話，「要做」的次數比「不可以做」的次數少。

4. 並非只是關於今天的事情，還包括了對將來的期待。

文法：Ｖる（行く、食べる、来る / する）、Ｖない（行かない、食べない、来ない / しない）＋ こと（だ）

首先是題一，N3 文法的「こと（だ）」表示「請一定」的意思，一般用於勸諭對方，如：

Ⅰ　電車の中では静かにすること！（【通告】電車裏請保持安靜！）

Ⅱ　電車の中では化粧しないこと！（【通告】電車裏請不要化妝！）

Ⅲ　電車の中では静かにすることだ！（【長輩對晚輩】電車裏請保持安靜哦，知道嗎？）

Ⅳ　電車の中では化粧しないことだ！（【長輩對晚輩】電車裏請不要化妝哦，知道嗎？）

一般而言，「Ｖること」乃通告用語，表示「請一定 / 務必」；

「V ることだ」則是長輩對晚輩的忠告，表示「請一定 / 務必」，所以理應用「こ
とだ」，但這裏有多條家訓，重複用「ことだ」會略顯纍贅，所以從簡為「こと」。

　　至於題二，選擇 2 和 3 是相對的，由於周鐵所述「不應做的事＝不打架＋不説謊＋
不是自己的東西絕對不會拿＋不説髒話的（4 個）」比「應該做的事＝要努力讀書，
將來做一個貢獻社會的人（1 個）」多，所以答案是 2。

仿作對白

使用「ことだ」創作獨自的對白。

例　A：俺の弟子になりたいって？いいよ、うちのルールはな、まずは師匠の
　　　　ために、毎日美味しいご飯を作ること。それに、料理の中には絶対に
　　　　コリアンダーを入れないこと。以上のことを守らない場合は破門だ。

　　　　（甚麼？你想成為我的弟子？那好吧，我們這派的規條嘛，首先每天得
　　　　為師傅烹調佳餚。還有，菜裏面絕對不能放芫茜！不遵守以上規則的話
　　　　就逐出師門！）

　　A：俺の弟子になりたいって？いいよ、うちのルールはな、まずは＿＿＿＿＿＿
　　　　＿＿＿＿＿＿＿＿＿＿＿＿＿＿＿＿＿＿こと。それに、＿＿＿＿＿＿
　　　　＿＿＿＿＿＿＿＿＿＿＿＿＿＿＿＿＿＿ないこと。以上のことを守
　　らない場合は破門だ。

参考書籍：《日本語能力試驗精讀本 N3》chapter 60

★★★ 基本解説
電影：《西遊・降魔篇》

題一　答案：1
題二　答案：1

文法：普（行く、行かない、行った、行かなかった、行っている、安い、
　　　有名だ、日本人だ）＋ からこそ

日語的自我修養

題一的「からこそ＝正正因為」，「からして＝光看就」，「からみれば＝從～角度看」和「からには＝既然」4個選擇的意思非常相似，但各有不同意思，宜分清用法。「からこそ」的用法如：

I　あの時の努力と辛抱があったからこそ、今日の成功がある。（正正因為有當時的努力和忍耐，才有了今天的成功。）

II　親友だからこそ、あなたには何も隠さずに話そうと考えている。（正正因為咱們是知己朋友，我才考慮不隱瞞你任何事情，和盤托出。）

　　理解「からこそ＝正正因為」這概念完全不難，因為只要結合以下2個意思即可：

III　君こそ僕がずっと探していた理想的な女性です。（你正正就是我一直在尋找的理想女性。）

IV　君のためなら、何でもできます。なぜなら、君は僕の大好きな人ですから。（為了你我甚麼都能做到，因為你是我喜歡的人。）

　　像題二的「執着心」般，「執」讀「しゅう」的例子，其他還有「執念」，「執心」等，均是表示一種佛家所言的執妄甚至業障，屬於偏向否定的語感；但在譯文中也有出現而意思為「依戀」的「未練」，則有一種凡人皆有七情六欲，故受情感約束／羈絆也是無可奈何的語感，偏向肯定。

仿作對白

使用「からこそ」創作獨自的對白。

例　A：私のことを見捨てずにしてくれた母親がいたからこそ、今の私がある。（正正有那個對我不離不棄的媽媽，才有今天的我。）

A：＿＿＿＿＿＿＿＿＿＿＿＿＿＿＿＿＿からこそ、今の私がある。

参考書籍：《日本語能力試験精読本 N2》chapter 67

文法：Ｖる（無駄にする）、Ｖている（無駄にしている）、Ｖた（無駄にした）、Ｎ（学生、16歳）に過ぎない

「過ぎず」有「只不過是」的意思，比起意思是「不跟從」的「従わず」，「不論」的「関わらず」和「不限於」的「限らず」，更加符合場務阿毛罵尹天仇「你只不過是一坨屎」的語氣。其他例句如：

Ⅰ　それは個人的な意見に過ぎません。（那只不過是個人的意見而已！）

Ⅱ　私はこの会社の一人の社員にすぎない。（我僅是公司的一員罷了！）

「に過ぎない」前多為Ｎ，但偶爾也會有動詞出現：

Ⅲ　彼の作文は他人のをコピペしたにすぎない。（他的作文不過是 copy and paste 他人的。）

Ⅳ　目標がないままでひたすら頑張っていても、時間を無駄にしているに過ぎません。（沒有目標而一味的在努力，那只不過是對時間的浪費。）

而題二4個選擇放進「蟻の命…も価値が低い」當中，會變成：

蟻の命しかも価値が低い。✘（螞蟻的性命而且便宜。）

蟻の命さえも価値が低い。△（連螞蟻的性命也便宜。）

蟻の命よりも価値が低い。✔（比螞蟻的性命更便宜。）

蟻の命までも価値が低い。△（以至於螞蟻的性命也便宜。）

「～より（も）」表示「相比～」，是最好選擇，再來一句例文：

Ⅴ　子供に対する教育方法ですが、たいてい鞭より飴のほうがいいと思う人が多い。（説起對孩子的教育方法嘛，很多人普遍認為，相比起皮鞭【硬的方法】，糖果【軟的方法】會更合適。）

仿作對白

使用「Ｎに過_すぎない」創作獨自的對白。

例　A：<u>私_{わたし}たちは単_{たん}に友達_{ともだち}に過_すぎない</u>ので、どうか誤解_{ごかい}のないように…（我

們只不過是朋友而已，請不要誤會…）

A：_____に過_すぎないので、

どうか誤解_{ごかい}のないように…

參考書籍：《日本語能力試験精讀本 N2》chapter 48

| 題一　答案：2 |
| 題二　答案：1 |

囚犯 A：嘩咪住先嘩，我冤枉㗎，我根本就冇偷睇到國防機密，你
哋做人要有 d 良知先得㗎。係人都知道我盲㗎嘛，你哋居然屈一
個盲人，話佢偷睇國防機密咁離譜…

犯人 B，C：咪住啊！咪住啊…我老竇就係陳局長，你殺我，我叫
佢殺返你㗎。

公安：預備！

犯人 B，C：唔好啊…我咁靚仔，我唔想死啊，哇——啊——

公安：p 你個臭 k 呀！喊得你咁樣衰！咁樣衰！

犯人 D：射得好！

公安：下一個！

犯人 D：三十年嘅苦練，今日終於大派用場。

公安：預備。

犯人 D：哈哈哈哈哈哈哈哈哈，想殺我鐵腿水上飄？！冇咁易！

囚犯 A：先聽我說，我是冤枉的，我根本就沒有偷看國防機密，你
們做人要有良知才行呀。誰都知道我是盲的，你們居然冤枉一個
盲人，說他偷看國防機密，太過分了…

犯人 B，C：住手呀！不要呀…我老爸就是陳局長，你殺我，我叫
他把你也幹掉。

公安：預備！

犯人 B，C：不要呀…我這麼帥，我不想死呀，哇——啊——

刑長：TMD！哭也哭得這麼難看！這麼難看！

犯人 D：射得好！

公安：下一個！

犯人 D：三十年的苦練，今日終於大派用場啦。

公安：預備。

犯人 D：哈哈哈哈哈哈哈哈哈，想殺我鐵腿水上飄？！沒那麼容易！

中文翻譯

題一：以下哪個內容不見於囚犯為了脫罪而所說的話中？

1. 長年努力的結果（三十年年苦練，今日終於大派用場啦。）

2. 對於授予金錢的承諾

3. 與第三者的關係（我老爸就係陳局長。）

4. 自己身體的特徵（誰都知道我是盲的。）

題二：哪一個是放在（a）裏最合適的單詞？

1. 積(つ)んできたかい＝沒有白費三十年的苦練

2. 積(つ)んできたつもり＝當作是三十年的苦練

3. 積(つ)んできたせい＝都怪三十年的苦練

4. 文法錯誤

文法：V る（行(い)く）、V た（行(い)った）、V-stem（行(い)き）、N（治療(ちりょう)）の ＋ 甲斐(かい)があって / 甲斐(かい)がない

題二的「甲斐(かい)」單字表示「價值」，所以「甲斐(かい)があって＝有價值 / 沒有白費」，「甲斐(かい)がない＝沒有價值 / 徒勞無功」，如：

I　必死(ひっし)に勉強(べんきょう)した甲斐(かい)があって、わずか半年(はんとし)で N1 に合格(ごうかく)した。（沒有白費努力學習，短短的半年就考到 N1。）

II　彼女(かのじょ)の好(す)きな歌手(かしゅ)のコンサートのチケットを買(か)うためなら、3 時間(じかん)でも並(なら)ぶ甲斐(かい)がある。（如果是為了買女朋友喜歡的歌手的演唱會門票，哪怕要等 3 個小時也是值得的。）

日語的自我修養

III 　給料は安いけど、社会への貢献度から言えば、実に遣り甲斐のある仕事だ。

　　（工資很低，但從對社會的貢獻度而言，實在是一份值得做的工作。）

IV 　ペットは治療の甲斐もなくわずか３歳で飼い主の懐を離れて天国に行った。

　　（寵物接受的治療沒有起作用，最終年僅３歲就離開主人的懷抱，遠赴天國了。）

仿作對白

使用「甲斐」創作獨自的對白。

例 A：あなたにとって、生き甲斐とは何のこと？（對你而言甚麼是生存意義？）

　B：こうやって、新鮮な空気を吸いながらお前と楽しく話せることかな。

　　（就像這樣，一邊呼吸着新鮮的空氣，一邊和你開心的談天説地吧！）

A：あなたにとって、生き甲斐とは何のこと？

B：＿＿＿＿＿＿＿＿＿＿＿＿＿＿＿＿＿＿＿＿＿＿ことかな。

題一　答案：2

題二　答案：3

文法：普（行く、行かない、行った、行かなかった、行っている、安い、
有名な / 有名である、日本人の / 日本人である）＋ わりに（は）

普（行く、行かない、行った、行かなかった、行っている、安い、
有名な / 有名である、日本人の / 日本人である）＋ くせに

　　題一的４個選擇分別是「傲慢なくせに＝明明很高傲」，「傲慢なわりには＝雖
然很高傲，但卻…」，「傲慢なあまり＝太過高傲」和「傲慢なだけに＝正因為高傲，
所以 / オ…」，在這個層面，似乎「くせに」和「わりには」都可以成立，但為甚麼
是後者呢？原因是與「くせに」配合的後文偏向是責備，而「わりには」則讚賞責備

兩邊均可，如下：

I クラスメイトをいじめる<ruby>割<rt>わり</rt></ruby>には<ruby>先生<rt>せんせい</rt></ruby>の<ruby>前<rt>まえ</rt></ruby>ではいつも<ruby>猫<rt>ねこ</rt></ruby>をかぶっています。✔

（欺負同學卻總在老師面前裝老實／扮乖。）

II クラスメイトをいじめるくせに<ruby>先生<rt>せんせい</rt></ruby>の<ruby>前<rt>まえ</rt></ruby>ではいつも<ruby>猫<rt>ねこ</rt></ruby>をかぶっています。✔

（欺負同學卻總在老師面前裝老實／扮乖。）

III <ruby>傲慢<rt>ごうまん</rt></ruby>なわりには<ruby>人懐<rt>ひとなつ</rt></ruby>っこいです。✔ （高傲卻宅心仁厚。）

IV <ruby>傲慢<rt>ごうまん</rt></ruby>なくせに<ruby>人懐<rt>ひとなつ</rt></ruby>っこいです。✘

至於題二，「<ruby>控<rt>ひか</rt></ruby>えめ」有「低調／慎重／少量」的意思，有時候見到食品的包裝上寫着「OO <ruby>控<rt>ひか</rt></ruby>えめ」，即表示「相比其他同類商品，包含較少 OO」的意思，例文如下：

V <ruby>毎日<rt>まいにち</rt></ruby>、<ruby>糖分<rt>とうぶん</rt></ruby><ruby>控<rt>ひか</rt></ruby>えめなヨーグルトを<ruby>食<rt>た</rt></ruby>べるようにしています。（每天堅持吃糖分較少的乳酪。）

VI <ruby>今<rt>いま</rt></ruby>は<ruby>高血圧<rt>こうけつあつ</rt></ruby>ですから、<ruby>塩分<rt>えんぶん</rt></ruby><ruby>控<rt>ひか</rt></ruby>えめにしないとダメでしょう。（你現在是高血壓，一定要控制鹽分哦！）

仿作對白

使用「わりには」創作獨自的對白。

例 A：<ruby>お母<rt>かあ</rt></ruby>さんは、<ruby>年齢<rt>ねんれい</rt></ruby>のわりに<ruby>若<rt>わか</rt></ruby>く<ruby>見<rt>み</rt></ruby>えますね。<ruby>何<rt>なに</rt></ruby>か<ruby>秘訣<rt>ひけつ</rt></ruby>でもありますか？（這位女士，和年齡相比，您看起來很年輕，有甚麼秘訣嗎？）

B：それはうちの<ruby>旦那<rt>だんな</rt></ruby>の<ruby>稼<rt>かせ</rt></ruby>ぎで<ruby>高価<rt>こうか</rt></ruby>な<ruby>化粧品<rt>けしょうひん</rt></ruby>を<ruby>買<rt>か</rt></ruby>うことだわ。おホホホホホ…（就是用我老公賺的錢去買昂貴的化妝品哦，呵呵呵呵呵…）

A：<ruby>お母<rt>かあ</rt></ruby>さんは、<ruby>年齢<rt>ねんれい</rt></ruby>のわりに<ruby>若<rt>わか</rt></ruby>く<ruby>見<rt>み</rt></ruby>えますね。<ruby>何<rt>なに</rt></ruby>か<ruby>秘訣<rt>ひけつ</rt></ruby>でもありますか？

B：＿＿＿＿＿＿＿＿＿＿＿＿＿＿＿＿＿＿＿＿ことだわ。おホホホホホ…

参考書籍：《日本語能力試験精読本 N3》chapter 66

日語的自我修養

題一　答案：2
題二　答案：4

文法：たかが＋Vる（行く、食べる、する／来る）、Vた（行った、食べた、した／来た）＋だけで／ぐらいで

　　題一的「別嬪」是作為舊式且傾向關西腔的講法，其意思與標準話「美人」一樣，但多為上了年紀的男性使用，與電影中的鱷魚幫首領形象相符。可理解為「與別不同且像古代妃嬪」般的美女，只要細心推敲，不難找出答案。

　　至於題二，作為N0文法「たかがVただけで」「たかがVたぐらいで」表示「不過就是／充其量」的意思，如：

Ⅰ　たかが近くのスーパーに行くだけで、わざわざ化粧するまでもないでしょう。

　　（只是去附近的超市而已，用不着特意化妝吧！）

Ⅱ　たかが風邪を引いたぐらいで欠勤するなよ。（不過就是感冒而已，別請假哦！）

　　雖然這個文法估計在N試中不會出現，但其實只需想像一下它蘊涵的那種「只是……而已／不過這樣的程度」的意思，相信選出後續的「だけで／ぐらいで」的難度也不太大。

仿作對白

使用「別嬪」創作獨自的對白。

例　A：「別嬪」と言えば、まずだれを思い出しますか？（説起美女，首先你會想起誰？）

　　B：考えるまでもなく常盤貴子さんです！（想也不用想，肯定是常盤貴子小姐！）

A：「別嬪」と言えば、まずだれを思い出しますか？

B：考えるまでもなく＿＿＿＿＿＿＿＿＿＿＿＿＿＿＿＿＿です！

題一　答案：1
題二　答案：1

文法：Ｖる（行く、見る、する / 来る）、Ｖ受身（行かれる、見られる、
**　　　される / 来られる）＋ 筋合いはない**

題一的「よせ」是「止す」的命令型，用來表示希望對方儘快停止某個行為，如：

I　喧嘩は止せ / 止しなさい。（別吵架！）

II　止せよ！（住口 / 滾蛋！廣東話的話，應該比較接近「收皮啦你！」）

題目二中「〜筋合いはない」意思是「沒〜的道理」。相信不會出現在 N 試任何一個水平中，但用來表現星爺電影的磅礡氣勢，卻又恰到好處。例文如下：

III　おふくろさんにご飯を作ってもらってるんやから、味に文句をつける筋合いはないやろう。（關西腔調：因為是你媽媽替你做的飯，你沒有挑剔味道的道理吧！）

IV　単に自分の意見を述べているだけであって、「けしからん」だなんて君に批判される筋合いはどこにある？（我只不過是發表自己的意見而已，你憑甚麼說我「荒謬」？）

仿作對白

使用「筋合いはない」創作獨自的對白。

例　A：あんたも遅れたんだから、他人を非難する筋合いはないじゃない？（你自己也遲到了，哪有資格批評人家？）

A：＿＿＿＿＿＿＿＿＿＿＿＿＿＿＿＿＿＿＿＿＿＿＿＿＿＿＿んだから、
他人を非難する筋合いはないじゃない？

日語和周星馳電影的熟悉程度總評

請把 1-88 篇的總分加起來，便可知你對日語和周星馳電影的
熟悉屬於（顏色部分屬於該程度的文法或語彙）：

293

N5 程度： 0-73

<ruby>日本語<rt>にほんご</rt></ruby>も<ruby>周星馳<rt>チャウセィンチ</rt></ruby>の<ruby>映画<rt>えいが</rt></ruby>も<ruby>大体理解<rt>だいたいりかい</rt></ruby>していますが、<ruby>宜<rt>よろ</rt></ruby>しかったら、これからも<ruby>頑張<rt>がんば</rt></ruby>ってくださいね！（對於日語和周星馳電影，你大致上都能理解，如果不介意的話，請今後繼續努力！）

N4 程度： 74-129

<ruby>日本語<rt>にほんご</rt></ruby>については N4 のレベルだし、<ruby>周星馳<rt>チャウセィンチ</rt></ruby>の<ruby>映画<rt>えいが</rt></ruby>の<ruby>知識<rt>ちしき</rt></ruby>も<ruby>人並<rt>ひとな</rt></ruby>み（<ruby>世間一般<rt>せけんいっぱん</rt></ruby>の<ruby>人<rt>ひと</rt></ruby>と<ruby>同<rt>おな</rt></ruby>じぐらいの<ruby>程度<rt>ていど</rt></ruby>）のようです。（對於日語你已擁有 N4 的能力，另外看起來對周星馳電影亦有和普通人一樣的認識。）

N3 程度： 130-174

この<ruby>成績<rt>せいせき</rt></ruby>から<ruby>見<rt>み</rt></ruby>れば、<ruby>日本語<rt>にほんご</rt></ruby>をマスターした<ruby>中級者<rt>ちゅうきゅうしゃ</rt></ruby>と<ruby>言<rt>い</rt></ruby>えるし、また<ruby>周星馳<rt>チャウセィンチ</rt></ruby>の<ruby>映画<rt>えいが</rt></ruby>の<ruby>知識<rt>ちしき</rt></ruby>にかけては、そこそこのファンなのではないかと<ruby>思<rt>おも</rt></ruby>われます。（從這個成績可見，你是日語的中級學習者，另外在周星馳電影的知識層面而言，我覺得你也應該算是個影迷，不是嗎？）

N2 程度： 175-219

この成績をおさめている以上、日本語を習得した上級者と言っても過言ではないし、周星馳の映画の情熱なファンに相違ありません。（既然你拿到這個成績，説你是日語的上級學習者一點也不過分。此外也一定是周星馳電影的死忠無疑。）

N1 程度： 220-259

神様とは称されないまでも、日本語と周星馳の映画の知識が豊富なのは、生まれながらの才能以外の何ものでもありません。（即使不能被稱爲神，但你對日語和周星馳電影的豐富知識，我除了説這是與生俱來的才華以外，再想不到其他貼切的用詞。）

N0 程度： 260-293

神様そのものではないでしょうか？辞書なんか一度も引いてないぞ云々と大言壮語されても、俄かに信じ難い話ですね。あるいは、日本語と周星馳の映画三昧の毎日を過ごしているのでは？（你莫非就是神？就算你對我信誓旦旦的説一次都沒有查過字典，一時三刻是很難令人相信的。莫非，你過的是每天只縱情於日語和周星馳電影的生活不成？）

日語的自我修養

日語的自我修養

編著
陳洲

責任編輯
梁卓倫

協力
福山美智

裝幀設計
羅美齡

插畫
吳廣德、張遠濤

錄音
陳洲、方士高維治、蔣淑行、陳穎華

排版
辛紅梅

出版者
萬里機構出版有限公司
香港北角英皇道 499 號北角工業大廈 20 樓
電話：2564 7511　　傳真：2565 5539
電郵：info@wanlibk.com
網址：http://www.wanlibk.com
　　　http://www.facebook.com/wanlibk

發行者
香港聯合書刊物流有限公司
香港荃灣德士古道 220-248 號荃灣工業中心 16 樓
電話：2150 2100　　傳真：2407 3062
電郵：info@suplogistics.com.hk
網址：http://www.suplogistics.com.hk

承印者
中華商務彩色印刷有限公司
香港新界大埔汀麗路 36 號

出版日期
二〇二二年七月第一次印刷

規格
32 開（148 mm × 210 mm）